Cornwall College

Was weiß Cara Winter?

**CORNWALL COLLEGE**

Annika Harper

# Was weiß Cara Winter?

# Inhalt

## Ein neuer Anfang

## Fast nichts im Leben ist, wie es scheint

♥
♥

# ✶✶ Die Geister der Vergangenheit ✶

# Ein neuer Anfang

Dear Dad,

dies ist der erste Brief in meinem Leben, den ich an dich schreibe. Ich hoffe, du erinnerst dich an mich ...

Stopp! *Ich hoffe, du erinnerst dich an mich* – hallo? Was für einen verquirlten Quark schreibe ich eigentlich? Natürlich erinnert sich ein Vater an seine Tochter. (Äh, oder?) Ich fange noch mal an ...

Dear Dad,

ich bin endlich in einer richtigen Schule, in einem Internat genauer gesagt. Nana hat mir nach fünfzehn langen Jahren zu Hause tatsächlich erlaubt, raus in die Welt zu gehen. Stell dir vor, ich führe ein (fast) normales Leben! Auch wenn Nan immer noch schrecklich ängstlich ist ... du kennst sie ja! Deswegen hat sie für mich einen – zum Glück netten – privaten Leibwächter in die Schule eingeschleust, von dessen wahrer Identität im Internat aber niemand etwas ahnt. Er sieht viel jünger aus, als er ist, und hat sich dort als Schüler eingeschrieben, obwohl er natürlich schon längst erwachsen ist und eine ordentliche Ausbildung als Bodyguard hat. Einer von Nans genialen Schachzügen!

Ich schätze, es beruhigt dich ebenfalls, dass ich nun auch im Internat unter Schutz stehe. Du warst ja immer beinahe genauso besorgt wie Nan. (Die ist wirklich noch schlimmer als eine Glucke kurz vor dem Kollaps, weil ihr Küken mal einen halben Zentimeter neben dem Fressnapf scharren will.) Das Internat soll eines der besten ganz Großbritanniens sein und liegt wunderschön mitten in Cornwall in the middle of nowhere. Wenn man eine halbe Stunde zu Fuß geht, kommt man in das kleine Dorf Brockhampton St. Johns, das so malerisch ist, dass es garantiert jede kitschige Postkarte toppen würde. Mum würde es lieben. Würdest du es auch lieben, Dad?

Auch Blödsinn! Was quatsche ich meinen Vater mit dem Cornwall College voll, wenn es eigentlich ganz andere Dinge sind, die ich ihm sagen möchte? Die ich ihn fragen möchte ... die mir seit Jahren immer mehr im Kopf herumgehen ...

Du und Mum – und ich – also, wir alle zusammen
haben ja in Deutschland gewohnt. Wegen der
Firma deines Vaters, die du übernommen hast.
Mum aber hat England immer vermisst. Sagt
jedenfalls Nana. Ich weiß es nicht. Hat Mum ihr
Heimatland wirklich sehr gefehlt?
Nana selbst vermisst England schrecklich. Auch
wenn sie das nie zugeben würde, sie muss ja in
Deutschland unsere Firma führen. Aber sie ist
natürlich britischer als die Queen und findet die
Deutschen – nun ja – schrecklich deutsch eben.
(Haha, du weißt schon, was ich meine!)
Natürlich würde sie sich nie erlauben, aus
Hamburg wegzugehen, bevor ich nicht alt
genug bin, um unsere Norden-Werke zu übernehmen.
Ach, Dad, ich denke so oft darüber nach. Die
Firma, die du zu einer der größten der Welt
aufgebaut hast, war dir so wichtig. Das kann ich
verstehen. Aber ich – ich bin doch jemand ganz
anderes, und ich ... Ich weiß nicht, wie ich es dir
sagen soll. (Vor allem, weil du gar nicht da bist.)
Wärst du mir sehr böse ... wärst du sehr enttäuscht ...? Also, die Sache ist die, ich überlege in

letzter Zeit immer öfter: WILL ich überhaupt die Norden-Werke übernehmen? Ich bin noch so unentschlossen. In allem. Aber ich hab ja noch Zeit ... Eines aber weiß ich sicher: Es tut so gut, im Cornwall College zu sein.

# Ein Brief, ein blumiges Buch und endlich der Flughafen

Es macht sanft Plopp, als ich das fliederfarbene Büchlein wieder zuschlage. Vermutlich sowieso saudumm von mir, diese Idee mit dem Brief. Besonders, da ich ihn an jemanden schreibe, der ihn nie lesen wird.

Vorsichtig streiche ich über den seidenen Stoffeinband des Buches mit den noch fast leeren Seiten. Miss Gwynn hat es mir zu Weihnachten geschenkt.

„Für lauter geheime Gedanken!", hat sie liebevoll gesagt.

Ich mag meine alte Hauslehrerin sehr. Wie oft hätte ich mich in den Jahren nach dem Tod meiner Eltern verloren gefühlt, wäre sie nicht gewesen. Sie war immer viel mehr für mich als nur eine Privatlehrerin. Miss Gwynn ist Familie.

Ich grinse in mich rein – tja, wenn man keine große Familie mehr hat, bastelt man sich eben selbst eine.

Irgendwie scheint Nana wohl ähnlich zu fühlen. Hinter ihrer aristokratisch harten Schale verbirgt sich vermutlich doch ein weicher Kern. Statt meine alte Lehrerin zu entlassen, weil sie ja nun nicht mehr gebraucht wird, hat sie sie kurzerhand zu ihrer Privatsekretärin befördert.

„Du kannst mit dem leeren Buch machen, was du willst", hat mich Miss Gwynn ermuntert. „Du kannst es als Tagebuch nutzen oder darin zeichnen oder ..." Sie kicherte. (Typisch britischer Humor!) „... wenn du möchtest, auch Mathe üben. Verwende es, wie immer du willst, Angie!"

Was Schule angeht, kennt Miss Gwynn meine Stärken und meine Schwachstellen wie keine andere. Und – wo sie recht hat, hat sie recht – zu meinen Stärken gehört Mathe definitiv *nicht*. Ich habe zu ihrem Witz verschwörerisch gelächelt.

„Bist du fertig, Angie, my dear?" Nanas leicht gestresste Stimme schallt von unten aus dem Treppenhaus durch meine geöffnete Tür und reißt mich aus meinen Gedanken.

Komisch, bei den größten Business-Deals der Welt ist meine Großmutter nicht aus der Ruhe zu bringen. Ihr Pokerface eilt ihr praktisch überall als Markenzeichen voraus. Obwohl das eigentlich gar kein Pokerface ist, also nichts, was sie sich antrainiert hat. Dieser Gesichtsausdruck ist angeboren. Nana ist eben Britin durch und durch, von Kopf bis Fuß. So, wie sie hocherhobenen Hauptes alles und jeden überblickt, ist sie der Queen garantiert ebenbürtig. Ihr Motto? Haltung ist das Rückgrat des Lebens. Und das Rückgrat meiner Großmutter verbiegt sich ganz sicher auch bei Windstärke zwölf nicht. Klar, dass ich mit fünf Jahren ihre täglichen Zurufe „Contenance, Angie, Contenance! Haltung!" für ganz normale Omi-Kommentare gegenüber ihren im Matsch spielenden Enkeln hielt. (Zum Glück haben Mum und Dad mir solche Sachen nie zugerufen!)

Umso erstaunlicher also, dass meine Großmutter in Momenten wie diesem, ein wenig – nun ja – kopflos wirkt. Schließlich haben wir noch über zwei Stunden Zeit bis zum Abflug und der Flughafen ist kaum vierzig Minuten von uns entfernt.

„In zwei Minuten bin ich unten, Nan!", rufe ich zurück und stopfe Miss Gwynns schönes Geschenk schnell in meinen Rucksack.

„Du willst doch die Maschine nicht verpassen!", ruft meine Großmutter noch etwas lauter.

Während ihre Schuhe auf dem Marmorboden unserer Eingangshalle in Richtung Cloakroom klackern, höre ich sie zu sich selbst grummeln: „Warum das Kind unbedingt in eines von diesen ordinären Allerweltsflugzeugen steigen will, remains a mystery to me! Wo wir doch zwei exzellente Firmenjets am Flughafen stehen haben! Ts-ts-tsss!"

Ach, Nana, liebste Nan! Weil es viiiiiel mehr Spaß macht, Allerweltsdinge zu tun, als in einem goldenen Käfig zu leben!

„Ich bin jetzt fertig", lasse ich unten in der Halle Heinrich wissen, der darauf schon gewartet hat. Trotz seines inzwischen leicht fortgeschrittenen Alters eilt er sofort die Treppe hoch, um meine Koffer zu holen.

Ich lächele, als ich wenig später dabei zusehe, wie er draußen mein Gepäck im Kofferraum unseres alten Mercedes' verstaut.

Jetzt geht es also wieder los. Cornwall College, ich komme! Automatisch schießen freudig aufgeregte Glückspikser in meinen Bauch.

„Nana, bitte guck doch nicht so besorgt!" Ich zwinge meiner steifen Großmutter eine dicke Umarmung auf, noch bevor wir hinausgehen und uns in den Wagen setzen.

Nana lässt es nicht nur geschehen, sondern erwidert mein Drücken sogar. Ein untrügliches Zeichen dafür, dass sie sich wirklich Sorgen macht. Ihre harte Schale bröckelt nur selten.

„Oh, Angie, my dear …", seufzt sie in mein Ohr und gibt mir einen schnellen Kuss auf die Wange. „Versprich mir …!"

Ich lache. „Ich verspreche dir doch immer alles, Nan! Nichts wird passieren, glaub mir! Ich werde brav und langweilig das nächste Schul-Term absitzen, allerhöchstens mal mit Hettie,

Raine, Bailey oder Pippa in Truro Tee trinken gehen und dich natürlich jeden Sonntag anrufen. Wie immer! Und außerdem habe ich ja jetzt auch Josh."

Weil ich so strahle, kann meine Großmutter vermutlich nicht anders, als auch zu lächeln. „Ich weiß, ich weiß." Dann wird ihr Gesicht wieder ernst. „Aber vergiss nicht, was in den ersten Wochen deines Aufenthalts …!"

„Nan!" Ich atme leicht genervt aus. Warum fängt sie nur immer wieder mit dieser alten Geschichte an? „Die Kerle sitzen im Gefängnis! Die können mir nichts mehr tun."

Nana seufzt noch mal und schaut dabei sinnend in die Ferne.

Die Ferne ist bei uns zu Hause in der Regel eines der imposanten Gemälde, die meinen Großvater zeigen. Hier in der Eingangshalle ist Grandad in voller Reitermontur auf seinem Lieblingspferd vor einem kleinen Wäldchen irgendwo in der Nähe von Oxford zu sehen. Dort hatten er und Nan ein altes Cottage für die Ferien. So schöne Erinnerungen! Nana und Mum und Dad und ich. Grandad, mein Großvater, ist ja leider schon gestorben, bevor ich geboren wurde. Ich habe ihn also nie kennengelernt.

Aber das Bild mag ich auch sehr.

Endlich reißt sich meine Großmutter davon los. „Weißt du, Angie, es gibt noch einige Dinge, die ich dir vermutlich etwas besser erklären muss. Du wirst im März sechzehn. Ich denke, du bist jetzt alt genug. Es ist nämlich nicht alles so einfach, wie du denkst, es gibt da …"

Oh, nein! Jetzt kommt doch nicht etwa wieder eine dieser langen Standpauken über die Verantwortung, die wir als Familie aufgrund unseres Besitzes der Welt gegenüber haben, über unsere riesige Firma, über die Verpflichtung gegenüber unseren Angestellten …?

„Nana, bitte nicht jetzt!" Ich lächele sie versöhnlich an. „Sonst verpassen wir wirklich noch den Flieger – und dann?"

Und dann würde natürlich auch nicht viel passieren. Mit einem unserer Jets wäre ich sogar schneller im Internat als mit dem gewöhnlichen Linienflug, weil der Flieger ja erst mal weit weg von Cornwall in London landet und ich danach noch einen langen Weg auf der Autobahn vor mir habe, bis ich abends endlich im Cornwall College bin. Doch dann würde ich Moritz nicht auf dem Flughafen treffen …

„Komm schon!", drängele ich.

Nana lächelt ebenfalls. „Yes, you are right, my love! Darüber reden wir einfach in den nächsten Ferien, das wird reichen. Half-Term ist ja schon im Februar, nicht wahr?"

Ich nicke. „Genau. In nur sechs Wochen. Dann bin ich schon wieder da."

Das scheint meine Großmutter zu beruhigen. „Ah, well, dann lass uns dich jetzt wie ein ganz normales Mädchen in eines dieser grässlich engen Flugzeuge setzen, damit du wieder zur unauffälligen Cara Winter wirst und Anna-Louise Norden, reichste Erbin Europas, hinter dir lässt."

„Das war *deine* Idee, Nan!" Ich grinse.

Sie zuckt mit den Schultern und ein zufriedenes Lächeln erscheint auf ihrem Mund. „Ja, und eine sehr gute Idee noch dazu, wenn ich mich einmal selbst loben darf!"

Das stimmt. Weil meine Großmutter mir Anfang September eine frei erfundene, nagelneue Identität geschenkt hat, begreife ich endlich, was andere Mädchen in meinem Alter alles machen können. Was man *in Freiheit* alles tun kann.

Wie aufregend das ist, kann ich immer noch kaum fassen! Sogar der Unterricht macht viel mehr Spaß, wenn man nicht nur allein in die blöden Bücher gucken muss. Richtige Freundinnen zu haben, davon habe ich von klein auf geträumt. Mit ihnen zu reden, zu lachen, über geheimste Geheimnisse zu kichern und neue zu erfinden.

Als Mum und Dad noch lebten, also als ich noch klein war, kamen die beiden jüngsten Töchter von Frau Singer, unserer Hauswirtschafterin, oft für einen Nachmittag in der Woche zu uns. Oh, wie hab ich mich immer gefreut! Auch wenn die beiden mindestens fünf Jahre älter waren als ich, waren sie doch Kinder, und ich war ja sonst die meiste Zeit nur von Erwachsenen umgeben. Die Mädchen lasen mir Geschichten vor, spielten im Garten Verstecken und halfen mir, auf die großen Eichen im Park hinter dem Haus zu klettern. Aber am allermeisten habe ich mir natürlich trotzdem Freundinnen in meinem eigenen Alter gewünscht.

Und die habe ich jetzt endlich – hurra!

Mit Hettie, Raine, Bailey und Pippa kann ich über alles reden, was passiert. Über alles, was uns im Kopf rumgeht.

Na ja, gut, über wirklich alles – ich meine, über *alles-alles* – leider doch nicht ganz. Also jedenfalls nicht, was mich betrifft. Denn wer ich wirklich bin – das musste ich Nana felsenfest und himmelhochheilig versprechen –, das weiß im Cornwall College niemand. (Außer Josh, mein Bodyguard, natürlich.)

Dass niemand meine richtige Identität kennt, schützt mich. Es gibt einfach zu viele miese Leute, die versuchen, Kinder reicher Eltern zu entführen, um dann ein sattes Lösegeld zu fordern. Klar, selbst die höchste Summe würde meiner Großmutter, beziehungsweise uns und den Norden-Werken, finanziell nicht besonders wehtun, aber sie hat natürlich Angst, dass mir bei einer Entführung noch Schlimmeres geschehen könnte. (Ich selbst bin übrigens auch nicht besonders scharf drauf, entführt zu werden.)

Über meine allertiefsten Sorgen und Gefühle kann ich also immer noch mit keinem reden.

Über meine tief verbuddelten Gedanken zu meinen Eltern auch nicht.

Über die Nachricht von ihrem plötzlichen Tod bei dem schrecklichen Unglück in den Bergen in Frankreich, als ihr Auto in den Serpentinen von der Straße abkam und knapp fünfhundert Meter den Hang hinunter und danach in einen tiefen See stürzte ... und über all die damit verbundenen Fragen, und vor allem darüber, wie sehr ich sie beide vermisse. Der Unfall ging damals weltweit durch alle Zeitungen. *Christian Norden, Inhaber der Norden-Werke, tödlich verunglückt in Südfrankreich!*, war damals die gängige Schlagzeile. *Mit ihm starb seine Ehefrau Helen Hatherley-Brompton Norden. Die beiden hinterlassen eine Tochter.*

Weil ich also zu meiner eigenen Sicherheit mit niemandem darüber reden kann (nicht mal mit Moritz, dabei würde ich gerade ihm sooo gern so viel erklären), kam mir die Idee, mir mit einem Brief ein paar Dinge von der Seele zu schreiben ...


Der alte Mercedes (bestimmt schon fast *fünf* Jahre alt ...) braust sanft dahin. Nana benutzt ihn immer dann, statt einer unserer Limousinen, wenn sie *unauffällig* unterwegs sein

will, weil er sich so schön nahtlos in den Hamburger Stadt-
verkehr einreiht. Die Häuser der Alsterkrugchaussee fliegen
im Nieselregen vorbei, wir sind fast schon am Flughafen.

Abdul, unser neuer Chauffeur, hält das Lenkrad lässig mit
nur zwei Fingern fest, während er fröhlich zu einem Song
im Radio pfeift.

Hihi, ich brauche gar nicht zu Nana rüberzuschauen, um zu
wissen, wie sie neben mir mit ihren Gesichtszügen kämpft.
Nan mag Abdul, das weiß ich, er ist ein charmanter Kerl.
Außerdem hat er ausgezeichnete Zeugnisse als Fahrer. Doch
mit seiner, für Nanas Geschmack, manchmal ein klein wenig *zu* fröhlichen und entspannten Art, hat sie – äh – leichte
Schwierigkeiten.

Es ist ja kein großes Geheimnis, dass die Deutschen nicht
gerade zu den relaxten Nationen der Welt gehören. Aber die
Briten – einschließlich Nana – stehen da in Sachen Steifheit
in nichts nach. Das darf ich bloß nicht laut sagen. Meine
Großmutter würde nämlich mit kerzengeradem Rücken
und ohne das klitzekleinste Lächeln empört entgegnen, dass
das eine unverfrorene Unterstellung sei.

Ach, ich hab meine Nana schrecklich lieb! So steif und
snobby sie nach außen wirkt, so sanft und liebevoll ist sie
mein Leben lang zu mir gewesen. Deswegen lächele ich
über ihren britischen Snobismus einfach hinweg.

„Warum lachst du, mein Liebes?" Nana guckt fragend zu mir rüber.

„Ach, ich freu mich eben", behaupte ich, „über das Lied im Radio und Abduls tolles Pfeifen und überhaupt!"

Unser neuer Fahrer lächelt geschmeichelt und beginnt jetzt auch noch, auf dem weich gepolsterten Sitz des Wagens im Takt leicht auf und ab zu federn, als säße er auf einem Trampolin.

„Hmmmgh …?", kommt es von Nana neben mir, die vermutlich nicht viel davon hält, Autositze zu Trampolinen umzufunktionieren, aber sie sieht Abdul doch etwas gnädiger an.

· 23 ·

„Cooles Lied", betone ich, damit Nan auch ja nichts Blödes zu ihm sagt. „Von wem ist das?"

„Von Raw", antwortet Abdul, ohne den Blick von der Straße abzuwenden, aber auch ohne mit dem Hüpfen aufzuhören. „Kennst du?"

Ob ich die kenne?

Ich nicke. „Klar!"

Ha, die kenne ich tatsächlich – und zwar persönlich! Doch das muss ich Abdul vielleicht nicht unbedingt verraten.

Raw ist die Mutter von Amy, einem Mädchen aus meinem Jahrgang im Cornwall College.

Erst vor ein paar Wochen hab ich Raw und ihre Band auf

einem Festival gesehen, und hinterher ist sie mit ins Internat in Amys Zimmer gekommen und hat dort bereitwillig Autogramme verteilt. Superklasse Musik! (Mit Autogrammen hab ich's allerdings nicht so. Darauf konnte ich ganz gut verzichten.)

„Sie dürfen meine Enkelin gerne siezen!", mischt sich Nana nun doch gewohnt steif ein.

„Oh, bitte entschuldigen Sie!", beeilt sich Abdul ehrlich betroffen zu sagen und sitzt sogar für einen Moment still.

„Natürlich, natürlich! Bitte entschuldigen Sie, Fräulein Norden."

Nana sieht gleich zufriedener aus, doch nun kräusele ich meine Stirn.

Hab ich mich verhört? *Fräulein* Norden? Sind wir etwa statt zum Flughafen hundert Jahre in der Zeit zurückgefahren?

„Bitte nennen Sie mich einfach Anna-Louise …!", schlage ich vor, um mich dann schnell zu korrigieren: „Oder nein, besser Cara! Den Namen mag ich – äh – lieber."

Abdul guckt mir durch den Rückspiegel kurz in die Augen. Ich kann sein Erstaunen verstehen. Aber ich heiße wirklich lieber Cara. Erstens war das Mums Kosename für mich und zweitens ist der Name seit den letzten Monaten für mich gleichbedeutend mit *Freiheit* geworden. Für die superreiche Angie, also Anna-Louise, wäre diese Freiheit viel zu gefährlich gewesen. Doch Cara darf im Internat endlich *frei* sein.

„Sehr gerne, Cara, vielen Dank!", nickt Abdul höflich und konzentriert sich wieder auf den Verkehr.

Er muss sich jetzt inmitten der vielen Abzweigungen für das richtige Terminal einordnen, da will er keinen Fehler machen. Eine Minute später haben wir das Abfluggebäude erreicht.

Meine Güte, es ist brechend voll auf dem schmalen Haltestreifen!

Die Flüge nach Großbritannien starten fast alle von Terminal 2, und dort scheinen heute besonders viele Leute hinzuwollen. Taxen stehen zum Teil schon in der zweiten Reihe und warten wie angespannte Raubtiere darauf, einen freien Platz zu ergattern, um ihre Fahrgäste aussteigen zu lassen. Wildes Hupen ertönt sofort aus mindestens drei Wagen, sobald sich ein neu ankommendes Auto vorzudrängeln versucht.

„Dear me!", entfährt es Nan. „Da werden wir wohl woanders halten müssen."

„Nein, nein!", grinst Abdul lässig. „Überlassen Sie das nur mir!"

Mit einem gewagten Durchstartmanöver, direkt gefolgt von einem noch gewagteren Abbremsmanöver und einem – für unseren massiven Mercedes – ganz erstaunlichen Satz zur Seite, stehen wir plötzlich in einer Lücke auf dem Haltestreifen, die eine Sekunde vorher noch gar nicht da war. (Abdul muss echt adlerscharfe Augen haben.) Eine zirkusreife Vorstellung!

Das empörte Hupkonzert um uns herum ist lauter als die Glocken von Big Ben zur Mittagszeit. Doch Abdul scheint mit glücklicher Taubheit gesegnet zu sein. Mit einem Sprung ist er draußen auf dem Gehsteig und öffnet die Tür für Nana. Mamma mia, ich hab noch nie jemanden eines von Nanas Autos so fahren sehen!

Nana anscheinend auch nicht.

„Dear me!", entfährt es Nan ein weiteres Mal. Diesmal allerdings verärgerter. „Sehr höflich den anderen Fahrern gegenüber war das nicht! Ich muss schon sagen!"

Abdul versucht brav, beschämt zu gucken, doch seine Augen funkeln zufrieden und in seinen Mundwinkeln hängt sogar ein leichtes Grinsen.

Statt zu antworten, macht er vor meiner Großmutter eine kleine Verbeugung. „Bitte sehr, Madam!" Er reicht ihr eine Hand, um ihr beim Aussteigen behilflich zu sein. „Ich hole sofort die Koffer." Dann guckt er zu mir. „Mit welcher Gesellschaft reisen Sie, Anna-Lou… ähm, Cara?"

Ich will gerade antworten, da kommt mir Nana zuvor. „Das

tut nichts zur Sache. Wir wollen keine Aufmerksamkeit erregen." Sie nickt mir zu. „Von hier an wieder allein, ja? Das schaffst du doch, oder?"

„Natürlich!" Ich kann ein freudiges Lächeln nicht unterdrücken.

Von hier an geht Cara sehr, *sehr* gern allein – jaaa! Cara, die frei ist. Cara, die ist wie jede und jeder andere in meinem Alter hier auf dem Flughafen.

„Klar, schaffe ich das, liebste Nan!" Ich umarme sie stürmisch. „Ich fliege die Strecke ja nicht zum ersten Mal. Ich bin Profi!"

„Na, schön, du Profi!", lacht Nana. „Mach's gut – take care, my love! Und sei bitte …"

Mitten im Satz gebe ich ihr einen dicken Kuss auf die Wange. „Ich BIN vorsichtig, Nan!"

Meine Großmutter lächelt, als sie mir zuwinkt, während ich mit meinen zwei Koffern auf die große, runde Drehtür zustapfe. Doch ich kann ihr innerliches Seufzen förmlich hören. Ach, liebste Nan, warum machst du dir bloß immer so viele unnötige Sorgen?

# Gefahren lauern überall – vor allem in Abflughallen

**D**iese Drehtüren am Flughafen sind echt tricky! Wenn man viel Gepäck hat, ist es gar nicht so einfach, wieder heil rauszukommen – ohne anzuecken und somit die ganze Rotation zu stoppen. Mal drehen sie sich so schnell, dass man kaum mitkommt. Mal bleiben sie ohne Grund plötzlich stehen und man ist im Inneren gefangen. Zum Glück mache ich das ja, wie gesagt, nicht das erste Mal. Und – ssst – bin ich auch schon wieder raus aus der Tür – und drin in der riesigen, gläsernen Abflughalle. Ohne Malheur. Ha! (Ich weiß, es ist albern, aber trotzdem: Ich bin ziemlich stolz auf mich.)

Zufrieden strahle ich in die Gegend, während ich den Schalter für British Airways suche. Außerdem müsste doch hier irgendwo Moritz …?

Wir haben uns diesmal schon in der Abflughalle verabredet. Damit wir zusammen durch die Sicherheitskontrolle gehen können, um danach in Ruhe einen Cappuccino zu trinken und uns gemütlich von unseren Weihnachtsferien zu erzählen.

Oh, und wie viel ich zu erzählen habe! Von Tahiti, von meiner Tante Rosie, von dem so komplett anderen Leben auf einer kleinen Südseeinsel!

Wo ist er denn? Er wird doch nicht wieder auf den letzten Drücker kommen?

Suchend gucke ich mich zwischen all den hin und her eilenden Menschen um.

Moritz ist ein netter Typ, im selben Jahrgang wie ich im Cornwall College und zufällig auch aus Hamburg. Zu Anfang des Schuljahres hat er mich einmal wirklich heldenhaft vor miesen Entführern gerettet und außerdem – noch heldenhafter – versprochen, darüber nie auch nur ein Wort zu verraten. Wenn die anderen im Internat das mitgekriegt hätten, wäre nämlich sofort die Gerüchteküche losgegangen. Und von dort bis zu meiner wahren Identität – also zur Milliardenerbin des Weltkonzerns der Norden-Werke Anna-Louise Norden – wäre es nicht weit gewesen. Von dieser wahren Identität darf, wie gesagt, wirklich *niemand* wissen. Nur die Anonymität einer Cara Winter garantiert mir ein normales Leben.

Ich bin Moritz also wirklich dankbar.

Auch wenn er ein ziemlicher Angeber ist. Und eine reichlich große Klappe hat. Und sich manchmal wie ein peinlicher dreizehnjähriger Idiot benimmt (er ist sechzehn, so wie ich auch bald!), der es urkomisch findet, anderen Juckpulver ins Bett zu streuen oder Mädchen von einem Baum runter mit Eicheln zu bewerfen. Alles schon passiert. (Ich meine, *sechzehn!?*)

Eigentlich ist er also total blöd.

Okay, ich schätze, ich lächele ein klein wenig dümmlich und möglicherweise sogar leicht rosa, wo ich jetzt gerade an ihn denke. Denn das Ding mit Moritz ist, er kann ... also er *kann* auch ganz anders sein. Meistens, wenn niemand sonst da ist, vor dem er eine Show abziehen könnte. Wenn wir zu zweit sind zum Beispiel. Was – zugegeben – in den letzten Wochen gar nicht so selten vorkam. Also, hm, vielleicht ... vielleicht ist er für mich inzwischen ein kleines bisschen mehr als nur „ein netter Typ".

Ich lächele immer noch. Und suche zwischen all den Menschen.

Moritz ist groß. Und blond. Und blauäugig. Der Klassiker.

Das an sich ist ja eigentlich auch schon peinlich! Wie kann man mit einem derartig stereotypen Typ so viel Zeit verbringen? (Ich lächele immer noch. Ich fürchte, noch ein wenig rosaroter.)

Da! (Uff!)

Es sind faustdicke Schmetterlinge, die ohne Vorwarnung in meinen Magen knallen. Ich muss direkt nach Luft schnappen. Müsste ich gegen seinen Anblick nicht allmählich immun sein? Ein bisschen Lockerheit jetzt, Cara!

*Contenance!*, würde Nana rufen.

Und, Mann, ich wünschte, die könnte ich tatsächlich auf Knopfdruck hervorzaubern. Stattdessen erwidert mein Mund bloß hemmungslos das breite Grinsen, das auf seinem eigenen Gesicht liegt.

In voller Größe steht Moritz dort hinten. Seitlich gegen die Rückwand eines Infostands in der Halle gelehnt. Abwartend.

Diese bescheuerte Coolness von ihm!

Statt ebenfalls britisch cool zu werden, wird mein Mund immer breiter.

Er steht einfach da und guckt gelassen zu mir rüber. Die Arme entspannt vor dem Körper verschränkt. Sein dunkelgrauer Koffer steht neben ihm. Seine gesamte Körperhaltung drückt Lässigkeit aus.

Hat der Kerl mich schon länger beobachtet, wie ich hier suchend herumgelaufen bin?

Automatisch versuche ich, die letzten Minuten zu rekapitulieren. Ich sehe ja wohl hoffentlich nicht so aus, wie ich mich beim ersten Mal Anfang September in dieser Halle gefühlt habe? Wie ein kleines Babykaninchen nämlich, das zum ersten Mal aus Mamis Höhle auftaucht.

Wirkte ich etwa hilflos, als ich eben durch die Drehtür kam? Oder waren meine Schritte souverän, äh, weltgewandt und erwachsen? Muss ja nicht sein, dass mir jeder gleich ansieht, dass ich mich gelegentlich doch noch etwas verloren in der normalen Welt fühle. (Und – huch – wie sehen eigentlich meine Haare aus?)

Doch genau an dieser Stelle setzt zum Glück mein Gehirn wieder ein.

Haare! Was denke ich bloß für einen Käse! Wieso sollten die ausgerechnet jetzt wichtiger sein als sonst? (Ich denke ehrlich nur sehr selten an meine Haare.) Ich lasse mich doch nicht von einem dünnen, sechzehnjährigen Jungen verunsichern oder mir rosa Blubberblasen ins Hirn pusten!

Mit festem Griff ziehe ich meine beiden Koffer hinter mir her und mache entschlossene (und garantiert sehr lässige) Schritte auf ihn zu. Contenance! Ha – cool kann ich auch! Schließlich bin ich *kein* hilfloses Kaninchen mehr.

„Hallo Mo…!", beginne ich beim Näherkommen gerade weltgewandt, freundlich und vor allem, wie gesagt, souverän und erwachsen, als sich plötzlich die dämlichen Laufräder meiner beiden Koffer ineinander verhaken und ein wenig – ähm – *un*-lässig rumeiern. Hab sie wohl zu dicht nebeneinandergehalten. Blöde Dinger! Nicht, dass das so aussieht, als könne ich nicht mal zwei Koffer hinter mir herziehen!

Um die beiden zur Räson zu bringen, verpasse ich ihnen einen energischen Ruck. Selbstverständlich ohne mein souveränes Tempo zu verringern oder mich auch nur umzudrehen. Wäre ja noch schöner, wenn sich Cara Winter von lächerlichen Kofferrädern aufhalten ließe!

Huch? Was zieht mich denn da plötzlich mit voller Wucht rückwärts aus meinen Socken!?

PENG!

Klatsch – und sssssssstttt!

Das war ich. Fett auf den Boden geknallt. Schock! Dreht sich der gesamte Terminal oder lege ich hier gerade eine Rutschpartie erster Klasse hin?

Nach einer Stunt-Einlage, die sich anfühlt, als wäre ich etliche Meter auf dem glänzenden Parkett entlanggeschlittert, bleibe ich der Länge nach liegen.

Flipping heck! Ich BIN etliche Meter den Boden entlanggerutscht. Aber wo, um alles in der Welt, kam der fiese Ruck her, der mich von hinten umgerissen hat? Haben meine Kofferräder etwa komplett geblockt?

Eine Sekunde lang bin ich völlig verwirrt. Dann löst das Lachen über mir Wut und tiefpeinlichen Schmerz in meinem Bauch aus. (Völlig unangebracht flattern auch noch die blöden Schmetterlinge dazwischen rum.) Waaaaaah!

Ich hebe den Kopf ein klitzekleines bisschen und riskiere einen Blick nach vorne.

Super! Moritz steht nicht mehr etliche Meter von mir entfernt, sondern fast direkt über mir.

Sein Lachen hört für eine Sekunde auf. „Freut mich, dich wiederzusehen, Cara! Immer wieder nett!"

Dann giggelt er doch wieder.

Idiot!

Wie wäre es mal mit „Hast du dich verletzt, Cara? Alles in Ordnung?" oder so was in der Richtung? Ich meine, vielleicht HABE ich mich ja verletzt?

Ohne mich zu bewegen, fühle ich durch meinen Körper. (Besteht vielleicht die Chance, im Boden zu versinken, wenn ich mich *nie mehr* bewege? Ich meine, ich liege ja sowieso schon. Das wäre jetzt doch einigermaßen hilfreich.) Wenigstens kann ich keinen körperlichen Schmerz spüren. Dafür aber den Schmerz der wortwörtlichen (also viel zu niedrigen) Erniedrigung.

„Alles okay?", kommt es jetzt von oben. „Komm, ich helf dir auf."

„Danke, geht schon!", gebe ich steif und leicht bissig zurück. Ich kann ebenfalls *steif und bissig* sein, nicht nur Nan, wenn einem nur noch *steif und bissig* zur Rettung der Ehre bleibt. Außerdem bin ich keine Omi, die es nicht mehr schafft, allein vom Boden hochzukommen!

Eilig richte ich mich auf und – flipping heck, was ist DAS?! – stoße (auaaa!) mit meinem Kopf sehr unsanft gegen eine anscheinend ziemlich niedrige Mauer über mir.

An eine Mauer? Decke? Was macht eine so tiefe Decke in der Mitte einer Flughafenabflughalle?

Moritz, der herzlose Gackergaul, legt seinen Kopf in den Nacken und wiehert so laut los, dass jetzt erst recht die Leute um uns herum stehen bleiben.

Getroffen reibe ich meinen geschundenen Oberkopf und schaue nach oben. Glaub ich ja wohl nicht! Da ist ... ja, was *ist* das denn bitte?

Auf allen vieren krabbele ich ein Stück weiter und gucke noch mal hoch. Ich ... ich liege, äh, ich lag unter dem Stehtisch vor dem Infoschalter?

Den hab ich überhaupt nicht gesehen. Ich muss reichlich weit gerutscht sein, als diese dusseligen Koffer mich ohne Vorwarnung aus den Latschen gerissen haben und ... (Wie schwer sind eigentlich meine Koffer? Und mit welchem Tempo bin ich losgeflogen?)

Noch während ich meine Knochen sortiere, werfe ich einen raschen Blick durch die Glasfront nach draußen, wo der Haltestreifen für die Autos liegt. Dem Himmel sei Dank, Nana ist nicht mehr da. (*Keine Aufmerksamkeit erregen!*)

Oh, heaven above, wird jemals der Tag kommen, an dem ich *ganz normal* durch die Abflughalle des Hamburger Flughafens schreite? Ich meine, auf *elegant und weltgewandt* will ich ja gar nicht hoffen, aber … einfach … normal? So, wie es bis jetzt aussieht, wird es von Mal zu Mal nur peinlicher. Moritz neben mir scheint mit den gleichen Gedanken beschäftigt zu sein, als wir nach dem Einchecken unserer Koffer jetzt Kurs auf die Sicherheitskontrollen nehmen. Nur amüsiert *ihn* diese Vorstellung offenbar wesentlich mehr als mich. Während wir unser Handgepäck durch die Priority-Lanes rollen, kriegt er immer wieder kleine Kicheranfälle.

Selbstverständlich versuche ich, das tapfer zu ignorieren. Contenance!

Bugger, ich bin von Coolness wohl so weit entfernt wie Tante Rosie vom geordneten Leben meiner Nan!

# Duty-free-Gedanken...

Die Duty-free-Abteilungen der Airports sind wie ein riesiger bunter Bonbonladen. Dezente Musik schallt (nicht wirklich dezent) aus versteckten Lautsprechern. Türme von Teuer-Produkten ragen neben einem in die Höhe, und sogar unscheinbare Waren wie Kekse oder Männerhemden sind wie Hochzeitstorten geschmückt. Zum Glück ist wenigstens die überbordende Weihnachtsdeko – plus Beschallung – wieder für ein Jahr verschwunden. (Wenn ich in den nächsten elf Monaten noch mal *Jingle Bells* höre, kriege ich einen Schreikrampf!)

Ich überlege, ob ich noch irgendetwas brauche. So schnell werde ich kein Kaufhaus mehr sehen. Bei uns im winzigen Brockhampton St. Johns, in der Nähe des Internats, gibt es nur den kleinen Krämerladen an der Bushaltestelle. Hier dagegen gibt es alles. Vor allem das, was man nicht wirklich dringend braucht. Von Handtaschen über Sonnenbrillen, Konfekt und Alkohol bis hin zu Schmuck und Parfum. Die Glitzergirls würden zur Höchstform auflaufen.

So klasse meine Freundinnen Pippa, Bailey, Raine und Hettie sind, so dämlich sind die Glitzergirls. Nicht ohne Grund so genannt. Das glitzerige Leben von Danielle, Amy, Natasha, Sapphire und noch einigen anderen aus meiner Klasse besteht hauptsächlich in dem Bemühen, sich gegenseitig mit ihrem Glitzerfimmel zu übertrumpfen.

„Waaas? Du fliegst zum Haaremachen immer noch in diesen Last-Season-Salon von Ricci's in New York? Aber Darling, du wirst aussehen, als hättest du kein Geld für einen anständigen Schnitt gehabt! Jeder, der Ahnung hat, fliegt in diesem Winter zu Cudo's nach Seoul – die haben dort Wunderscheren!"

*Hab ich genau so* kurz vor den Ferien von Sapphire gehört, als sie zusammen mit Amy gemütlich zum dritten Mal an diesem Tag im Aufenthaltsraum ihre Nägel lackierte.

„Seoul? In Südkorea?", fragte Apple erstaunt, die zufällig dazukam und zum Glück nur sehr selten Glitzeranfälle hat.

„Klar, wo sonst?", betonte Sapph, ohne aufzusehen. „Ist ein wenig umständlicher, dort hinzukommen, aber dafür sieht man hinterher auch nicht aus wie eins von diesen Run-of-the-Mill-Girls. Außerdem nutze ich lange Flüge für Gesichtsmassagen und Beauty-Sleep. Alle guten Airlines haben Massagepersonal in der ersten Klasse."

Die Run-of-the-Mill-Girls, also die Nullachtfünfzehn-Mädchen, waren natürlich Hettie und ich. Wir saßen ebenfalls im Raum, vertieft in unsere Tablets.

Hettie nimmt die dämlichen Texte der Glitzergirls ja immer sehr gelassen.

Obwohl – oder vielleicht auch gerade weil – sie die Einzige von uns ist, deren Eltern wirklich kein Geld für ein Internat wie das Cornwall College haben und die mit einem Stipendium dort ist. Sie hat null Interesse an oberflächlichen Dingen. Das Wort Neid kennt sie nicht. Hettie will später Ärztin werden, in die Forschung gehen und die Welt verändern. Und genau das traue ich ihr auch zu.

„Hey, ihr!", griff Sapphire uns plötzlich direkt an und richtete sich nun doch auf, um Hettie und mir einen missfälligen Blick zuzuwerfen. „Ihr könntet euch wirklich auch mal ein wenig Mühe mit eurem Äußeren geben."

„Und du dir mit deinem Inneren", konterte Hettie seelenruhig.

Sapphires erstauntes Gesicht kriegte augenblicklich eine verblüffende Ähnlichkeit mit ihrem schimmernden Nagellackfläschchen – leicht pink und ziemlich hohl. Ich gehe davon aus, dass sie nicht mal kapiert hat, was Hettie damit meinte.

Hettie versuchte, ihr auf die Sprünge zu helfen. „Ist Südkorea nicht weltweit führend in plastischer Chirurgie?"

(So was weiß Hettie natürlich. Ich hätte keine Ahnung. Aber ich will ja auch nicht Ärztin werden.)

Sapphires Gesicht hellte sich auf. „Oh ja, das stimmt! Meine kleine Schwester hat sich gerade ihre Nase dort machen lassen. Ganz, ganz toll! Überlegst du, deinen nicht vorhandenen Po zu stylen und etwas auffüllen zu lassen?" Sie kicherte albern über ihren Witz.

(Hetties Po sieht total normal und prima aus.)

„Nein", meinte Hettie todernst. „Aber ich überlege, ob inzwischen auch schon Gehirne gestylt und aufgefüllt werden. Unter deiner Schädeldecke scheint noch 'ne Menge Platz dafür zu sein."

Sapphire glotzte sie wutentbrannt an, und einen Moment lang fürchtete ich, das Ganze könnte in eine kleine, ganz und gar un-glitzerige Schlägerei ausarten. Zum Glück rettete Amy die Situation, indem sie in schallendes Gelächter ausbrach. Ich kicherte spontan mit. Hettie natürlich auch. Kein Wunder, dass Miss *Lahmes-Denken* Sapphire Lane die Flucht ergriff.

Was für eine Hirnschnecke!

Ganz so unfreundlich geht es zwar nicht immer zwischen uns zu, aber manchmal doch. Die Glitzerkühe können ganz schön nerven. Meistens aber lassen wir sie in Ruhe und die uns.

Uuuups – halt! Ich bleibe stehen. Da vorne kann man Parfums testen. Vielleicht sollte ich doch …?
Nana würde mich ohne Zweifel mit tadelndem Blick zurückhalten. *„Natürlichkeit ist die edelste Tugend einer jungen Dame!"* Doch Nana ist nicht hier.
Dafür allerdings Moritz. „Na, willst du für Aretha, Madonna und Pixie ein duftiges Mitbringsel kaufen?"
Sehr witzig, Mr Ankermann-Schafskopf!
Denn die drei sind nicht etwa singende Mitschülerinnen, sondern unsere Internatsschafe, die den edlen englischen Rasen des Cornwall Colleges auf edler Schafslänge oder besser gesagt auf schafskurzen Millimetern halten.
„Ha-ha", grunze ich zurück.
Trotzdem, vielleicht kommt ja doch mal die Gelegenheit, bei der ich ein gut riechendes Parfum benutzen möchte? Natürlich nicht literweise wie die Glitzergirls, die damit abends so gern unseren Aufenthaltsraum verpesten, aber …
Mmhmmm, dies hier riecht wirklich lecker!
Die Dame am Verkaufsstand lächelt mich ermutigend an. „Pacific Spirit! Das passt perfekt zu Ihnen!"

Ich brauche mich gar nicht umzusehen. Ich ahne auch so, dass Moritz in gespieltem Entsetzen hinter mir mit den Augen rollt. Pah, jetzt erst recht!

„Danke! Ich nehme eine Flasche – die kleinere hier", sage ich und zahle an der Kasse.

Klar werde ich mir jetzt mindestens eine halbe Stunde lang blöde Sprüche anhören müssen, aber man wird ja wohl gelegentlich auch mal etwas kaufen dürfen, was nicht nur praktisch und *„natürlich"* ist, ohne gleich zum Glitzergirl zu werden.

Erstaunlicherweise erreichen wir das Gate völlig frei von schafigen Bemerkungen und steuern die Kaffeebar an.

„Cappuccino?", fragt Moritz und zückt schon sein Portemonnaie.

Nanu, plötzlich doch Gentleman?

„Danke", nicke ich und lasse mich gut gelaunt in einen der Sessel fallen.

Ich fliege gern. Man fühlt sich so frei über den Wolken. Und die halbe Stunde Wartezeit bis zum Abflug lässt die Vorfreude nur größer werden.

Ich verstaue das Parfum in meinem Handgepäck und nehme dann meinen Kaffee von Moritz entgegen. „Sehr nett von dir!"

„Das mindeste, was ich tun kann", meint Moritz und stellt

sein Glas Cola auf den Tisch. Er hat schon wieder ein fettes Grinsen im Gesicht. „Wenn du dir schon solche Mühe für den Winterball gibst! So ein teures Fläschchen – bloß um mich zu beeindrucken!"

„Dich beeindrucken?" Für einen erschrockenen Moment vergesse ich glatt, cool zu bleiben.

„Ha! Darauf kannst du lange warten!", gebe ich zurück und tippe mir – um ihm auch ja klarzumachen, was für eine idiotische Idee das ist – an die Stirn. Was bildet der sich ein? Na schön, zugegeben – genau an den Winterball in zwei Wochen habe ich *tatsächlich* gedacht, als ich an dem edlen Duft vorbeikam. Und – hmpf – *tatsächlich* hab ich auch überlegt, ob Moritz es wohl gefallen würde, wenn ich mal nach etwas anderem als biologisch abbaubarer Seife rieche. Aber das muss er ja nicht wissen.

„Woher willst du wissen, dass ich mit DIR da hingehe?", füge ich zur Sicherheit noch hinzu.

Jetzt grinst Moritz nicht mehr. „Ist ja gut, ist ja gut! Die Botschaft ist angekommen."

*Bugger*, das war vielleicht doch eine etwas zu harsche Reaktion von mir! Er wollte mich ja vermutlich nur ein bisschen aufziehen. Blöd, jetzt ist natürlich blödes Schweigen am Tisch. Hmpf.

Wieso muss ich ihn eigentlich immer gleich wegbeißen?

Ich hätte doch auch einfach sagen können: „Genau! Ich hoffe, es klappt." Und lächeln. DAS wäre cool gewesen. Hihi, bestimmt wäre ihm vor Schreck der Kiefer runtergeklappt! Stattdessen ist Moritz jetzt sauer.

Ich nippe an meinem Cappuccino. Mit genervt gekräuselter Stirn beobachtet Moritz eine anrollende Maschine draußen vor den riesigen Glasfenstern. Oder tut zumindest so.

Warum hab ich eigentlich solche Angst davor, dass Moritz merken könnte, dass ich – ähm, also, dass ich ihn vielleicht wirklich gernhab?

*Vorsichtig sein! Nicht auffallen! Unauffällig, Angie, unauffällig!*

Ich seufze. Nanas Sätze, die mich meine gesamte Kindheit über begleitet haben, lassen sich nicht leicht abschütteln.

Das Gefühl dazu auch nicht.

*Wir huschen durch lange Korridore. Von hinten schubsen mich Nana oder Miss Gwynn eilig vorwärts. „Schneller, Angie, schneller!" Vor irgendeinem Seitenausgang fährt ein dunkler Wagen vor, die Tür zu den Rücksitzen schon offen. „Rein da, schnell!" Und von null auf hundert fährt das Auto mit uns los.*

Immer in Deckung gehen, immer heimlich durch Hotels, durch Flughäfen, an Menschenmassen vorbei.

Natürlich war das keine Marotte von Nana, das war die bittere Realität, in der wir lebten. Wie viele Mord- oder Entführungsdrohungen es für mich gab, habe ich erst in den letzten Monaten angefangen zu ahnen. Was für Ängste Nana um mich ausgestanden haben muss!

Für mich war es das tägliche Leben. Ich kannte nichts anderes: Wenn man so reich ist, gibt es immer wieder Kriminelle, denen jedes Mittel recht ist, um Geld von der Familie zu erpressen. Allerdings denke ich manchmal auch: Warum wird, warum wurde nicht jedes reiche Mädchen ständig bedroht? Okay, wir sind vermutlich die reichste Familie Europas, aber es gibt genug Familien auf der restlichen Welt, die noch wesentlich mehr besitzen.

Das Einzige, was Nana mal andeutete, war, dass der Grund für die ständige Bedrohung unserer Familie eine sehr alte Geschichte sei, die bis zu den Anfängen von Dads Firma zurückreicht. Und wie so oft schwang dabei in ihrem Ton etwas mit, das ich nicht richtig deuten konnte. War es die alte Ablehnung gegen Dad? War er nicht gut genug gewesen für Nanas aristokratische Tochter? Konnte sie ihm nicht verzeihen, dass er am Steuer des Autos gesessen hatte, das sie beide in den Tod riss?

Aus mir hat diese Kindheit ein scheues Reh gemacht, das immer auf der Hut ist. Das hinter jedem Baumstamm eine Gefahr wittert. Ein sehr einsames Reh. Erst in den letzten zwei Jahren, als ich älter wurde, habe ich angefangen, mich dagegen zu wehren.

Es lauert nicht hinter jedem Baumstamm – oder jeder Häuserecke – ein mieser Kerl, der mich entführen will! Und, okay, auch wenn genau das – zumindest beinahe – in den ersten Wochen im Cornwall College doch wieder der Fall war, heißt das *nicht – kann* das nicht heißen! –, dass ich mein restliches Leben in hermetisch abgeriegelten Räumen verbringen will. Klar kann durch dicke Mauern kein Schurke rein zu mir, aber … ich kann auch nicht raus.

Das will ich nicht mehr!

Und wunderbarerweise brauche ich das im Cornwall College auch nicht mehr. Weil ich dort Cara Winter bin.

Cara Winter ist zwar auch nicht unbedingt arm, aber von superreich ist sie zum Glück weit entfernt. Cara ist nur ein ganz normales Mädchen. Wie all die anderen Mädchen im Internat. (Und noch nicht mal ein Glitzergirl – hihi!) Und vor allem ist Cara … frei.

Oh, ich genieße diese Freiheit so sehr … das kann ich gar nicht in Worte fassen!

Trotzdem hat dieses Leben auf der Flucht, in ständiger Angst vor Gefahren, natürlich Spuren hinterlassen. *Unauffällig! Keiner darf wissen, wer du bist!* Darf auch keiner wissen, was ich fühle?

Kann ich nach all den Jahren des Versteckens gar nicht mehr anders, als auch meine Gefühle vor allem und jedem zu verstecken? Kann ich jetzt nicht mal mehr einem Jungen gegenüber zugeben, dass ich gern in seiner Nähe bin?

So viel besser scheint Moritz darin allerdings auch nicht zu sein, fällt mir gerade auf. Sobald er irgendetwas macht, was auch nur annähernd so aussehen könnte, als ob er möglicherweise tatsächlich verliebt in mich ist, reißt er sofort einen blöden Witz und tut so, als sei das alles nur Quatsch und Spaß. Moritz ist ein Showman. Moritz ist Mr Sprücheklopfer. Blonde Haare, blaue Augen, Riesenklappe.

Was ist *seine* Entschuldigung dafür?

Den anderen Moritz, den Moritz hinter den Sprüchen, habe ich besonders in den letzten Wochen auch gesehen. In einigen kostbaren Momenten. Als wir mal abends auf einem Hügel saßen und aufs Meer runterguckten, zum Beispiel. Als keine anderen in der Nähe waren.

Ich beobachte ihn. Jetzt sind keine anderen in der Nähe. Vielleicht sollte *ich* dieses Mal sagen, was ich denke? Vielleicht sollte ich sagen, dass das gerade eben total dämlich von mir war und dass ich … ja, dass ich tatsächlich daran dachte, das Parfum auf dem Winterball zu tragen. Und vor allem, dass ich es sehr schön fände, mit ihm dahinzugehen.

Ich will gerade meinen ganzen Mut zusammennehmen und den Mund öffnen, da kommt Moritz mir zuvor.

„Hörst du das?" Sein Gesicht zeigt einen leicht panischen Ausdruck. „Schnell, wir verpassen den Flieger!"

Crikey! Jetzt höre auch ich die Durchsage: „Die Fluggäste Winter und Ankermann-Schönfeld werden *zum letzten Mal* gebeten, sich zum Gate siebenundvierzig zu begeben! Die Passagiere Winter und Ankermann-Schönfeld …!"

„Wieso hast du das nicht früher gehört?", stoße ich ächzend hervor, während wir von der Kaffeebar zum Gate sprinten, wo uns die Dame von der Airline mit säuerlichem Gesicht erwartet.

„Ich hatte gerade über was nachgedacht", raunzt Moritz zurück.

Wir rasen die Treppen runter und laufen zum absolut leeren Zubringerbus.

„Und wieso überhaupt ich?", blafft er weiter, als uns der Busfahrer mit Highspeed quer über das Rollfeld fährt.

„Wieso hast DU die Ansage nicht rechtzeitig gehört?"

Tja, weil ich ebenfalls …

Ach, egal. Ich erkläre es ihm ein anderes Mal.

Immer noch außer Atem springen wir aus dem Bus und hasten die Treppe zum Flugzeug hoch. Gerade noch geschafft! Wir sind die Letzten.

„Mann, Mann!", raunzt Moritz und lässt sich neben mich auf seinen Sitz fallen.

Zeitgleich klicken wir unsere Gurte zu, und keine Minute später rollen wir zur Startbahn.

Wir sind endlich wieder auf dem Weg ins Cornwall College ...

# Wolken, Wunder und ... wehmütige Erinnerungen

Es ist ein guter Tag zum Fliegen. Als wir die Wolkendecke durchbrochen haben, blicken wir in eine andere Welt. Eine Welt voll mächtiger Berge und tiefer Täler. Eine Welt aus Weiß- und Grau-Schattierungen. Aus Wolkenschlössern, geheimnisvollen Höhlen, im Sonnenlicht glitzernden Nebelfeldern und endlosem Blau darüber. Eine Welt ohne Mauern, ohne Grenzen, ohne Gut und Böse, ohne Bedrohungen und Lügen.

Ich lehne mich im Sitz zurück und atme tief aus. Die Freiheit – hier oben ist sie! Warum nur ist die Welt da unten manchmal so kompliziert?

Sanft gleitet die Maschine dahin. Moritz neben mir ist in die Bordkarte vertieft. (Die muss er doch schon tausend Mal studiert haben!)

„Irgendwas Interessantes?", versuche ich halb neckend ein Gespräch zu beginnen. (Er wird ja wohl nicht immer noch sauer sein wegen meiner radikalen Abwehr vorhin?)

„Nein, und bei dir?", fragt Moritz zurück und wirft auch mal einen Blick auf die eindrucksvolle Wolkenlandschaft vor dem kleinen Bullaugen-Fenster.

„Ich würde sehr gerne mit dir zum Winterball gehen", platze ich ohne Vorwarnung raus.

Und ebenfalls ohne Vorwarnung erscheint auf Moritz' eben noch so gleichmütigem Gesicht ein wolkenweich warmes Lächeln. Ein sehr langes Lächeln.

„Ach ja?" Langsam wendet er seinen Blick wieder vom Fenster weg und guckt mich an. „Gut. Sehr gut."

Die prickelnde Wärme, die sich plötzlich in Sekundenschnelle in meinem Körper ausbreitet, kommt bestimmt von der Schönheit draußen vor den Fenstern. Woher sonst?

„Coffee? Tea? Softdrinks?" Die Stewardess holt mich auf den Boden der Flugzeugkabine zurück.

Ich winke dankend ab, doch Moritz gönnt sich noch eine zweite Cola.

Nachdem er die Hälfte des Glases in einem Zug runtergekippt hat, wird er gesprächiger. „Du wolltest mir von Tahiti und von deiner Tante erzählen."

Oh, ja!

Tahiti ist eine Welt für sich. Fast so wie die Wolkengebirge da draußen. Und Tante Rosie erst! Kein Wunder, dass Nana und sie sich jahrelang nicht gesehen haben. Die beiden sind so verschieden wie Hund und Katze – oder wie Bankkonten und Blumenfelder.

Tante Rosie ist natürlich das Blumenfeld. Bunt, verrückt und voller Ideen. Sie passt perfekt nach Tahiti, wo man die Uhrzeit nicht nach Arbeitszeiten bemisst, sondern nach dem Stand der Sonne und dem Singen der Vögel. Zumindest Tante Rosie lebt so. Und für immerhin zwei Wochen haben Nan und ich in den Weihnachtsferien ebenfalls so gelebt.

Ich bin aufgestanden, wenn ich aufwachte, und ins Bett gegangen, wenn mir die Augen zufielen. Es gab keine Frühstückszeiten und kein Dinnerprotokoll. Tante Rosie sagte klipp und klar, gleich als wir ankamen, dass dies IHR Zuhause sei und daher SIE die Regeln hier mache. Und die Hauptregel sei, dass es keine Regeln gebe.

Hihi, da fiel Nana schon das erste Mal fast die Brille von der Nase! Aber auch sie war von dem fast dreißigstündigen Flug so müde, dass sie ohne Widerrede ins Bett plumpste.

Und dann der erste Morgen, als wir in unseren Zimmern aufwachten!

Das Erste, was ich hörte, war das Summen und Rauschen

der Vögel. Bei uns in Europa hört man ja auch viele Vögel, aber sie klingen ganz anders. Ehrlich! Dass es da so einen Unterschied gibt, hätte ich vorher auch nie geglaubt, aber es ist so.

Moritz lacht. „Dann musst du dich ja wie zu Hause gefühlt haben! Du mit deinem eigenen kleinen Vogel."

Ich lache auch. „Oh, du hättest das alles sehen müssen! Und diese Düfte überall!"

Vielleicht hat mich auch die Erinnerung an die unfassbar süßen Gerüche der tropischen Blüten dazu gebracht, mir zum ersten Mal in meinem Leben ein Parfum zu kaufen.

Man wird irgendwie ganz weich innendrin, wenn man ständig von solch wunderbaren Aromen umgeben ist.

„Ich glaube, das ist das, was die Dichter *betörende Düfte* nennen", kichere ich.

Moritz grinst. „Betörend kannst du auch sein. Sogar ohne Duft."

Ups, das bringt mich für einen Moment ganz aus dem Konzept. Ich? Ist das ein Kompliment?

Bevor mein Gesicht eine peinlich hibiskusblütenrosa Färbung annehmen könnte, räuspere ich mich schnell und erzähle weiter, als hätte Moritz nichts Wesentliches gesagt.

„Jeden Morgen stand eine Riesenschüssel mit frischem Obstsalat auf dem Terrassentisch, aus der wir uns bedienen konnten." Ich gerate richtig ins Schwärmen. „Gesünder geht's gar nicht! Überhaupt das Essen!"

Auch wenn Tante Rosie nicht im Ansatz den Lebensstil pflegt, den unsere Familie gewohnt ist, hat sie doch einige supernette Helfer in ihrem großen Haus am Strand. Hanino, die ihren Vornamen mit einer Südseeblüte teilt und die für uns fast alle Mahlzeiten zauberte, ist außerdem so was wie eine Freundin für Tante Rosie. Abends blieb sie mit uns am Lagerfeuer am Strand sitzen und lachte und plauderte mit. Keine Frage, dass Nan das etwas *befremdlich* fand. Nana ist der Meinung, dass es klare Grenzen zwischen Angestellten und Familie geben sollte. Sie war *not amused*, setzte sich erstaunlicherweise aber trotzdem jeden Abend mit einem Glas britischem Gin and Tonic in der Hand zu uns.

Ich hab das unbeschwerte Leben bei Tante Rosie in vollen Zügen genossen. Allerdings verstehe ich inzwischen sehr viel besser, warum Nana und ihre zweite Tochter wirklich Welten trennen. Wahrscheinlich hat Tante Rosie recht: Meine Mum war immer die gute Tochter und Rosie die unangepasste, die widerspenstige, die, die sich gegen Nana auflehnte und eines Tages einfach abhaute. Bis der Wind sie an den Strand von Tahiti wehte, wie sie selbst sagt, und sie dort blieb. Im Paradies.

Ich schwärme Moritz noch die nächste halbe Stunde von

Bananenbäumen, Frangipanis, Gardenien, Goldtrompeten und vor allem von den atemberaubenden Oleander- und Jasminbüschen vor.

„Deshalb das Parfum eben?", neckt mich Moritz. „Sehnsucht nach Tahiti?"

„Kann schon sein", grinse ich.

Wovon ich ihm nichts erzähle, sind die Gedanken, die ich mir in Tante Rosies Haus über unsere Familie gemacht habe. Denn auch Moritz hat ja keine Ahnung, wer das Mädchen hinter Cara Winter wirklich ist.

Als meine Eltern damals in Südfrankreich tödlich mit dem Auto verunglückten, muss irgendetwas zwischen Rosie und Nan passiert sein. Ich erinnere mich noch, dass Tante Rosie beim Begräbnis ihrer Schwester Helen, also meiner Mum, war. Aber ich erinnere mich auch dunkel an die unfreundlichen Blicke, die Nana und Rosie austauschten. Und an ein paar hitzige Wortgefechte, in denen immer wieder die Wörter *Schuld*, *Geld* und *Christian* – also der Name meines Dads – vorkamen. Die Zusammenhänge habe ich nicht verstanden. Ich war viel zu klein, um viel zu verstehen.

Ein paar Wochen später, bei der Trauerfeier für Dad, war Tante Rosie dann nicht mehr dabei. Ich habe nicht gefragt, warum. In dieser Zeit und noch Monate später habe ich um mich herum sowieso nicht viel bemerkt. Ich war mit meinem eigenen Verlust beschäftigt. Meine gesamte Welt war ohne Vorwarnung eingestürzt. Dass auch Rosie plötzlich fehlte – komplett fehlte und in unserer Familie gar nicht mehr auftauchte –, fiel mir erst Jahre später wirklich auf.

Dad muss in den steilen Serpentinen an der französischen Mittelmeerküste bei hoher Geschwindigkeit von der Straße abgekommen sein. Das Sportcoupé überschlug sich tausendmal und stürzte dann in einen tiefen Bergsee. Mum wurde vorher rausgeschleudert, Dad muss mit dem Wagen versunken sein. Das Auto wurde nach langer Suchaktion

irgendwann geborgen, doch Dad wurde nie gefunden.

Was genau mit ihm passiert ist, weiß man bis heute nicht. Eigentlich will ich mich nicht mit diesen Gedanken quälen. Tatsache ist, dass Dad nie ein richtiges Begräbnis bekam. Nur ein Licht auf Mums Grab erinnert an ihn und an die kleine Totenfeier zu seinen Ehren. Aber ich kann einfach nicht anders, als immer wieder zu seufzen, wenn ich mich daran erinnere.

Seltsamerweise war es einfacher, mich von Mum zu verabschieden. Vielleicht, weil ich sie noch einmal sehen konnte. Mich von ihrem Körper verabschieden konnte. Mich davon überzeugen konnte, dass sie tatsächlich für immer von uns gegangen war. Bei Dad ist es wie eine offene Wunde, die sich einfach nicht schließen will.

Als ich größer wurde, wollte ich Nana immer wieder dazu bewegen, mir bei meinem Abschied von Dad zu helfen. Doch nicht mal an die Absturzstelle hat sie mich fahren lassen. Dabei hatte ich die Hoffnung, dort so etwas wie Frieden mit Dads Tod schließen zu können. Ich wollte ihm noch einmal nahe sein an dem Ort, an dem er starb, um ihn für immer gehen lassen zu können. Doch Nana hat jeden Versuch in diese Richtung zu verhindern gewusst. Bis heute verstehe ich nicht, warum.

Es tut weh, dass Nana so unerbittlich, ja, fast kalt und abweisend ist, wenn ich das Thema auch nur berühre.

„Dein Vater ist weg!", ist alles, was sie sagt. „Finde dich damit ab!"

Das weiß ich ja. Trotzdem ist es schwer. Es ist einfach nicht greifbar für mich. Immer noch nicht.

„Bauchschmerzen?", fragt Moritz neben mir.

Na ja, so kann man es auch nennen!

„Ach, ich denke nur über meine Familie nach", antworte ich vage.

„Tja, Familie!", nickt Moritz, als könne er zu dem Thema ebenfalls so einiges beitragen.

Und vielleicht kann er das. Vielleicht können alle Kinder und Jugendlichen, die in Internaten sind, zu dem Thema einiges sagen. Ich nehme an, keiner ist ohne Grund so weit von zu Hause entfernt. Ob die Eltern einfach keine Lust haben oder zu beschäftigt sind, ihre Kinder selbst zu erziehen – es wird immer Gründe geben. Und viele dieser Gründe sind vermutlich nicht ganz ohne Schmerz für die beteiligten Kinder.

Als hätte er meine Gedanken zumindest zum Teil erraten, fragt er: „Aber du bist doch gern im Cornwall College, oder?"

Ich gucke ihn fast empört an. „Natürlich! Und wie!"

Moritz grinst. „Dann ist es ja gut. Ich dachte schon …"

„Nein!", widerspreche ich vehement. „Ich hab nur über meine Tante Rosie nachgedacht. Und warum sie seit Jahren keinen Kontakt zu meiner Nan hatte. Irgendwas muss zwischen den beiden passiert sein, als meine Eltern starben."

„Merkwürdig", meint Moritz. „Man sollte meinen, dass deiner Großmutter die Beziehung zu ihrer anderen Tochter nach dem Tod deiner Mutter noch wichtiger sein müsste. Wo sie doch jetzt ihr einziges Kind ist."

Ich nicke. „Das stimmt. Aber das Gegenteil scheint der Fall zu sein."

Ich denke an die wenigen Momente, die ich mit Tante Rosie auf Tahiti allein verbracht habe. Denn tatsächlich ließ sich Nana keinen unserer Ausflüge – sowenig ihr die auch gefallen haben müssen – entgehen. Ob wir auf einem kleinen

Motorboot komplett ohne Sicherheitsleute zu winzigen unbewohnten Inseln tuckerten oder nach Papeete, der Hauptstadt, fuhren und auf riesigen Gemüsemärkten einkauften, wo es von Menschen nur so wimmelte. *Unübersichtlich* und deshalb *gefährlich*! Mit missmutigem Blick, aber eiserner Haltung machte sie alles fast klaglos mit. Das reinste Wunder!

Als wir trotzdem endlich mal allein waren, flüsterte mir Tante Rosie hinter vorgehaltener Hand zu: „Die bewacht dich ja schärfer als ein Deutscher Schäferhund!"

Erst da wurde mir klar, dass Nana nicht etwa all unsere Unternehmungen mitmachte, um Tante Rosies Leben besser verstehen zu können, sondern weil sie mich keine Minute unbeobachtet lassen wollte.

Tante Rosie hatte recht. Nan benimmt sich ja schon in Hamburg wie eine ihr Küken behütende Glucke, aber auf Tahiti hätte man meinen können, sie habe nun auch noch den Job eines Bodyguards für mich selbst übernommen. Sie wich mir nicht von der Seite.

Trotzdem fühlte ich mich natürlich verpflichtet, Nan in Schutz zu nehmen. „Seit meine Eltern tot sind, hat sie eben eine Riesenangst, dass mir auch was passieren könnte. Das kann man ja vielleicht verstehen."

Doch Tante Rosie grunzte nur. „Oder sie will nicht, dass wir beide uns allein unterhalten."

„Warum sollte Nana denn das nicht wollen?", fragte ich verblüfft.

„Weil …", fing Tante Rosie an.

Aber da kam auch schon Nana an den Strand gewackelt, an dem wir spätabends noch saßen. „Hier seid ihr! Ich hab euch schon überall gesucht."

„Ich bin davon ausgegangen, dass du um diese Uhrzeit lieber nicht mehr hier sitzen möchtest", begrüßte Tante Rosie sie nicht gerade überschwänglich.

Jeder weiß, dass Nana es bereits am helllichten Tag lästig findet, Sandkörner aus ihren Schuhen zu pulen. (Vom Barfußlaufen hält sie sowieso nichts.) Doch so spät am Abend und noch dazu in der Dunkelheit würden sie in der Regel nicht mal zehn stepptanzende Kolibris aus einem gemütlichen Sessel rauskriegen. Geschweige denn an den Strand.

Nana funkelte Tante Rosie bloß böse an und setzte sich mit stoischer Miene … in den Sand. (IN DEN SAND mitten rein! Meine Großmutter, königlicher als die Queen persönlich!)

Jetzt fallen mir sogar noch mehr Situationen ein, in denen Tante Rosie Bemerkungen machte, die mir eigentlich hätten zu denken geben müssen. Hm. Merkwürdig. Ich muss darüber noch mal in Ruhe nachgrübeln.

„Haben sich die beiden jetzt endlich ausgesprochen?", fragt Moritz.

Ich schüttele den Kopf. „Nicht, dass ich wüsste. Eigentlich war Nana die ganze Zeit ziemlich eisig." Ich seufze. „Ehrlich gesagt, wundere ich mich, dass sie überhaupt zugestimmt hat, meine Tante zu besuchen."

Moritz hört aufmerksam zu.

„Weißt du, Tante Rosie wollte mich nach dem Tod meiner Mutter zu sich holen und mich bei sich behalten", erzähle ich weiter. „Das habe ich erst vor ein paar Wochen erfahren. Aber das wollte meine Nan auf keinen Fall."

„Wärst du denn lieber bei deiner Tante aufgewachsen?", fragt Moritz.

„Ach, ich weiß nicht. Meine Nana ist ehrlich gar nicht so übel. Meistens jedenfalls." Ich lächele. „Sie hat halt ihre kleinen Macken. Und ist vielleicht ein bisschen überängstlich. Aber eigentlich kann ich mich nicht beklagen. Sie liest mir jeden Wunsch von den Augen ab und hat mich wirklich sehr lieb. Das weiß ich."

Moritz drückt sanft meinen Arm. „Schön."

Dann überlege ich doch. Ob mein Leben bei Tante Rosie freier gewesen wäre? Ob ich bei ihr schon früher Cara hätte sein können? Hätte es auf Tahiti keine Entführungsdrohungen gegeben? Hätte ich dort unbemerkt untertauchen können? Hätte Anna-Louise Norden, Alleinerbin eines der größten Weltkonzerne, dort – abgeschottet von der restlichen Welt – ein normales Leben führen können?

Ich werde es nie erfahren.

Und vermutlich werde ich auch nie erfahren, was zum Bruch zwischen Tante Rosie und Nana geführt hat. Aber dass es irgendetwas mit dem Tod von Mum und Dad zu tun hat, das spüre ich.

„Wir setzen an zum Landeanflug!", ertönt es aus den Lautsprechern. „Bitte bringen Sie die Rücklehnen in Sitzposition und schließen Sie Ihre Sicherheitsgurte!"

„Das kommt mir jedes Mal schneller vor", staune ich. „Sind wir wirklich schon über London?"

Ich schaue runter zur Erde. Und da sehe ich ihn, den breiten Fluss der britischen Hauptstadt: die Themse, die sich mitten durch die riesige Stadt schlängelt.

Ich bin wieder in England.

# Alles könnte
## so schön sein!

✳

Wie immer holt mich David Dunbar, Nanas privater und geschäftlicher Anwalt, vom Flughafen ab. Nur dass wir dieses Mal auch Moritz mitnehmen. Wäre ja auch albern gewesen, ihn mit einem Taxi oder der Bahn allein fahren zu lassen, wo wir doch das gleiche Ziel haben.

„Na, ihr Streber?", scherzt David im Auto, als wir uns auf dem Londoner Ring zur Autobahn vorkämpfen. „Ich nehme an, ihr könnt es gar nicht erwarten, wieder ins Internat zu kommen, was?"

Links neben mir tastet Moritz' Hand von hinten zu meiner und drückt sie unauffällig. Automatisch schiele ich rechts rüber zu David auf dem Fahrersitz. Doch der hat seine Augen auf den dicken Bus vor uns geheftet. Noch unauffälliger drücke ich schnell Moritz' Hand zurück.

„Oder etwa nicht?" David grinst Moritz im Rückspiegel an.

Die Hand neben mir wird eilig wieder zurückgezogen.

Für einen Moment mache ich mir ein bisschen Sorgen. Moritz wird doch jetzt nicht so was antworten wie „Seit Cara da ist, freue ich mich umso mehr auf Cornwall"? (Auch wenn ein Teil von mir hofft, dass er genau so was Megakitschiges sagt, hihi!)

„Och", erwidert Moritz mit dunkler Stimme, „bei uns ist es eigentlich immer ziemlich unterhaltsam."

David lacht. „Das kann ich mir denken!"

Ganz Nanas Enkeltochter, rolle ich mit den Augen. Das kann er sich denken? *Was*, bitte schön, meint er denn damit? Doch ich wechsle lieber schnell das Thema, sonst versorgt er uns gleich wieder mit Geschichten aus seiner Jugend in Eton, dem allernobelsten Nobelinternat Großbritanniens.

„David, meinst du, wir haben Zeit, kurz in Taunton runterzufahren und in diesen leckeren Fish-&-Chips-Shop zu gehen?"

„Dafür ist *immer* Zeit!" David grinst mich an. „Aber lass das deine Großmutter nicht wissen!"

Denn dass Nana diese Art Mahlzeiten, noch dazu aus einer gewöhnlichen Imbissbude, nicht gerade für geeignet für ihre Enkeltochter hält, ist uns allen klar.

Nachdem wir – dank Davids notorischer Geschwindigkeitsübertretung – bereits nach knapp zwei Stunden in Taunton vor dem Chips-Shop halten, habe ich Hunger wie ein Wolf. Und die Tatsache, dass wir im Internat garantiert nie sabschig weiche, von leckerem Essig triefende Pommes serviert bekommen werden, lassen sie sie uns noch mal so gut schmecken.

Als David sich kurz mit dem freundlichen, tätowierten Mädchen hinter der Theke unterhält, erinnert mich Moritz an die SMS, die wir in den Ferien ausgetauscht haben. „Und? Darfst du jetzt eigentlich mit nach Highmoor Castle?"

„Hrrrghmpf", mache ich und stopfe mir aus Frust gleich drei Chips auf einmal in den Mund.

Highmoor Castle – das hätte mein erster längerer Schulausflug sein sollen!

Drei Tage lang macht der Teil unserer Klassenstufe aus den Wohnhäusern Pembroke (ich, Hettie, Raine, Bailey, Pippa, Judy, mit der ich mir ein Zimmer teile, und die Glitzergirls) und Bryher House (Moritz, Pippas Bruder Eden und die anderen Jungs) eine fächerübergreifende Exkursion zu einer alten Burg. Der andere Teil aus den Häusern Southwood und Gower Hall fährt direkt nach uns noch in derselben Woche für ebenfalls drei Tage hin. Übernachten werden wir in der Nähe eines alten Pubs in zwei Holiday Cottages – eins für die Mädchen und eins für die Jungs.

Unsere Lehrer, insgesamt sechs, sind in den Gästezimmern des Pubs einquartiert. Auf jeden Fall fahren Mrs McIntyre, die Geschichte und Kunst unterrichtet, und unsere Sportlehrerin Mrs Bonneville mit, und soweit ich weiß, werden auch Miss Morley und Miss Henderson mitkommen. Und dann natürlich noch zwei Lehrer für die Jungs.

Was dort alles Aufregendes passieren könnte!

In den Wochen vor Weihnachten haben wir praktisch von nichts anderem geredet. Bis mir Nan einen Strich durch die Rechnung gemacht hat. Denn: Ich – darf – nicht – mit!

Okay, zuerst konnte ich es schlichtweg nicht glauben, dass Nana mich nicht mit den anderen auf einen Schulausflug fahren lässt. Immerhin war ich vor knapp drei Monaten ja auch schon in London. Als ich endlich begriff, dass sie das tatsächlich ernst meinte, habe ich höflich und freundlich versucht, auf sie einzureden. Danach bin ich wütend geworden. Und schließlich war ich völlig verzweifelt. Doch Nan blieb steinhart.

WARUM NICHT, Nana?

Alles könnte so schön sein! So perfekt.

Ich habe gebettelt, Argumente gesucht, habe geweint und bin sogar in Hungerstreik getreten! (Macht allerdings nicht lange Spaß, weil man dabei grässlich hungrig wird … also hab ich diese Maßnahme etwas später am Abend wieder aufgegeben.)

Hat alles nichts gebracht. Kein Argument zählte. Nicht mal, dass Josh, mein geheimer Bodyguard, ebenfalls dort sein würde. (Er wohnt ja als Schüler in Bryher, wäre also in meiner Gruppe dabei.) Und auch nicht, dass das Ganze mitten auf dem Land – übrigens gar nicht weit weg vom Cornwall College – in einem kleinen Dorf stattfindet. In einem *winzig kleinen* und ohne Zweifel total *harmlosen* Dorf. Ich meine, London war doch wohl hundertmal gefährlicher für mich!

Nein, Nana ließ nicht mal eine Unterhaltung darüber zu.

„Keine Diskussion!", war ihre einzige Erwiderung. „Das musst du verstehen!"

Verstehen? Wie soll ich etwas verstehen, das ich nicht im mindesten VERSTEHE? Ich meine, WARUM darf ich nicht mit?

Aus purer Verzweiflung habe ich Nana irgendwann sogar vorgeschlagen, noch mehr Sicherheitsleute unauffällig im Dorf zu positionieren. Obwohl ich das hasse wie die Pest. Doch in der Not frisst der Teufel – wie heißt dieses blöde Sprichwort noch? Na, egal, in der Not hätte ich mich auch mit einer ganzen Armee von Sicherheitspersonal abgefunden. Das hätte Nan in ihrer verrückten Sorge um mich doch beruhigen müssen!

Ich weiß zwar nicht, wie viele dreißig- bis fünfzigjährige Kerle mit Vollglatze oder Stoppelhaarschnitt (kein Scherz, genau so sieht meiner Erfahrung nach – und ich HABE Erfahrung – der typische Bodyguard aus ... Josh ist da eine wohltuende Ausnahme) man in einem winzigen Dorf einquartieren kann, ohne dass diese Anhäufung von Muskelmännern den Anwohnern komisch vorkommt, aber ehrlich – ich wäre zu allem bereit gewesen.

Nicht aber Nan.

„KEINE DISKUSSION!", wiederholte sie und das war ihr letztes Wort.

Mit gequältem Blick blinzele ich jetzt hoch zu Moritz und schüttele den Kopf. „Nein."

„WAS?" Moritz kann es schier nicht fassen. „Du darfst WIRKLICH nicht mit?"

Ich kann es auch immer noch nicht fassen. Den Flug über hatte ich die Sache mit Highmoor Castle schon fast verdrängt oder vielleicht wollte ich einfach nicht daran denken. Nun fühle ich mich wieder jammerelend.

Ich meine, wie gemein ist das von Nana! Kapiert sie überhaupt nicht, wie wichtig das für mich ist? Was werde ich alles verpassen!

Aus den Augenwinkeln sehe ich, dass David Dunbar seine Unterhaltung beendet und uns vermutlich zugehört hat. Ich überlege.

David! Mein Guardian, der mir schon so oft geholfen hat! Könnte David meine Rettung sein? Er hat mir bis jetzt immer beigestanden, hat Nana bequatscht oder sogar einfach seine Erlaubnis gegeben, ohne dass Nana etwas davon wusste. Und auch wenn Nana hinterher getobt hat, konnte er sie doch immer wieder besänftigen.

David hat einen sehr speziellen Draht zu meiner Nan. Ich glaube, die beiden verbindet eine tiefe Freundschaft, die weit über das normale Verhältnis zwischen Anwalt und Mandantin hinausgeht. Ich schätze, das war sogar schon so, als meine Mum und Rosie noch kleine Kinder waren. Und warum auch nicht? Mein Großvater ist ja bereits kurz nach der Geburt von Rosie gestorben. Warum hätte sich Nan also nicht näher mit David anfreunden sollen? Ich glaube, die beiden kannten sich schon, bevor Nan meinen Großvater überhaupt geheiratet hat.

Ja, David, mein Retter in der Not!

Ich drehe mich zu ihm. „Hast du … ähm … hast du das eigentlich mitgekriegt, dass Year Ten für drei Tage nach Highmoor Castle fährt?"

David sieht sofort etwas betroffen aus. „Ja, ja, hab ich."

Ich lege nach: „Unsere Geschichtslehrerin sagt, dass das eine der beeindruckendsten Gegenden Englands ist, die wir mitsamt der Burg unbedingt gesehen haben müssen!"

„Hmmhmm, ja, das ist wohl so", nuschelt David.

Oje, sein Gesicht wirkt nicht sehr vielversprechend.

„Du kannst dir bestimmt vorstellen, WIE wichtig das für mich ist!" Ich gucke eindringlich.

Er sieht noch betroffener aus und stopft sich nun auch schnell drei Chips auf einmal in den Mund.

„Warum darf Cara denn nicht mit?", versucht Moritz, mir zu helfen. „Ich kann mich nicht erinnern, dass das schon mal passiert ist. Ich meine, dass irgendjemand von uns nicht auf einen Ausflug mitkommen durfte."

„Hmmm", macht David noch mal zwischen seinen Chips und blickt zu Boden.

Dann schluckt er und guckt uns an. „Dazu kann ich wirklich nichts sagen. Aber ich bin sicher, dass Enid – also deine Nan, Cara – ihre Gründe haben wird."

„Kannst du nicht …?", fange ich in bittendem Ton an.

Doch David unterbricht mich sofort. „Nein, Cara, dieses Mal nicht!" Er seufzt. „Du weißt, dass ich dich immer unterstütze, und du weißt, wie gern ich dich habe, aber …" Er schluckt den letzten Rest seiner Pommes runter und spült mit einem Schluck Apfelsaft nach. „Aber in dieser

Sache gibt es keine andere Möglichkeit. Es tut mir wirklich leid."

„Aber warum darf ich denn nicht wie alle anderen ...?", setze ich nach.

„Schluss!", sagt da auch David – zwar nicht unfreundlich, aber doch so bestimmt, wie ich ihn mir gegenüber selten erlebt habe.

„Es ist doch nur ein Ausflug zu einer alten Burg!", versuche ich es trotzdem noch mal.

Davids Stirn kräuselt sich. Anscheinend ist für ihn die Unterhaltung beendet.

Er knüllt das Zeitungspapier, in das unsere Fish & Chips gewickelt waren, zusammen und schmeißt es in den Mülleimer. „Ich gehe schon mal zum Auto zurück. Bitte kommt nach, sobald ihr fertig gegessen habt! Wir sollten langsam weiterfahren."

Als wir wieder auf der M4 nun endlich Richtung Süden rollen, herrscht eine Weile unangenehmes Schweigen im Wagen. Bis David das Radio anmacht und wir auf BBC4 einem Stand-up-Comedian lauschen. Nachdem wir ein paar Mal trotz gedrückter Stimmung nicht anders konnten, als zu kichern, lockert sich die Atmosphäre allmählich wieder. Ich hab ja noch eine Woche bis zum Ausflug, sage ich mir.

Vielleicht, vielleicht schaffe ich es ja doch noch irgendwie, Nana umzustimmen.

Ich *muss* es einfach schaffen! Denn ich will *auf jeden Fall* mit nach Highmoor Castle fahren. Selbst wenn ich mich dafür zum ersten Mal in meinem Leben mit Nana richtig streiten muss.

# Aretha, Madonna, Pixie und andere Schafe

Natürlich stehen unsere Internatsschafe Aretha, Madonna und Pixie wie immer mitten auf dem Weg, als wir durch das eindrucksvoll geschwungene Tor der Schlossauffahrt rollen. *Brockhampton Castle – Cornwall College* steht in eleganten Buchstaben hoch oben auf dem eisernen Schild über dem Tor. Und direkt dahinter äppeln die drei in Seelenruhe auf die teuren Pflastersteine.

Ich kann nicht anders als lächeln. Ach, ich mag diese Schule so gern!

Moritz und ich springen fast gleichzeitig aus Davids Wagen und verscheuchen die drei Rasenmäher. Die Schäfchen blöken uns ein wenig unwirsch an, aber grasen gleich danach zwei Meter neben dem Weg munter weiter.

Ein Bentley überholt uns und hupt zweimal leise.

Lachend lehnen Pippa und ihr Zwillingsbruder Eden aus den Fenstern. „Danke fürs Straßefegen, hihi, und halloooo! Wir sehen uns gleich, ja?"

Fröhlich winken wir zurück.

Die Glückspikser in meinem Bauch legen gerade wieder ganz wunderbar los. Ob Aretha, Madonna und Pixie den Ankunftstag aller Schüler genauso genießen wie ich?

Was für ein Riesengetümmel hier auf dem großen Park-platz – direkt vor dem Schloss, in dem unsere Unterrichts-räume sind – herrscht! Das Knirschen der Autoreifen auf den Kieselsteinen, die wild durcheinanderrufenden Stim-men, das herrliche Chaos überall!

„George, huhuuuu, Geoooorge, hiiiier! Wie geht's dir?"

„Raine! Mir geht's prima, danke! Wo ist Thunder?"

„Schon im Stall. Wen hast du denn da mitgebracht? Ist das dein neues Pferd?"

Ja, und all die Pferde, die aus den Transportern geladen und dann nach hinten zu den Ställen geführt werden!

Im Cornwall College kann man nicht nur Tennis spielen, Kanu fahren und natürlich dem Hockey-, Cricket- und Basketball-Team beitreten, von all den Kunst-, Theater- und anderen Clubs ganz abgesehen, sondern auch reiten. Ein Grund, warum einige der völlig Pferdeverrückten, wie Raine, sich dieses Internat ausgesucht haben.

Obwohl Raine wirklich nicht so affig ist wie manch anderer. Die meisten reiten auf internationalen Turnieren auf ziemlich hohem Level, und darauf bilden sie sich auch was ein. Die besten Tiere sind für ihr Training hier gerade gut genug. Manchmal denke ich, dass für einige ihre Pferde bloß Statussymbole sind, wie die Autos ihrer Eltern oder die Anzahl ihrer Ferienhäuser in Übersee.

Raine ist da anders. Sie reitet zwar ebenfalls viele Turniere, aber ihr Pferd Thunder ist vor allem ihr bester Freund. Sie liebt ihn über alles. Und das Schöne am Reiten ist für sie das Zusammensein mit ihrem Pferd und nicht das Sammeln von Plaketten und Siegertrophäen. Raine ist genau so, wie sie aussieht: ein Indianerkind. Die glänzenden schwarzen Zöpfe reichen ihr fast bis zur Hüfte, und oft hat sie sogar bunte Bänder darin eingeflochten. Ich liebe Raine sehr.

Ein paar Reitstunden habe ich auch schon genommen – Raine hat mich quasi dazu gezwungen –, aber so horsecrazy wie sie werde ich wohl nie werden. Außerdem möchte ich auch viele andere Dinge ausprobieren.

Dort vorn auf der Treppe steht Mrs Hampstead, unsere Direktorin, und begrüßt jeden Einzelnen mit Handschlag.

„Los, lass uns Guten Tag sagen!", rufe ich Moritz zu und bin schon auf dem Weg zu ihr.

„Und eure Koffer?", ruft David uns hinterher, doch die wird er wohl wie immer allein ausladen müssen.

Als wir wieder zum Auto kommen, steht er gut gelaunt neben unseren Gepäckstücken und unterhält sich mit ein paar Eltern. Doch noch bevor wir dazustoßen können, sind auch Moritz und ich schon umringt von Mitschülern.

Wie anders war das, als ich das erste Mal hier stand und nichts und niemanden kannte! Und jetzt? Moritz und ich schaffen es gerade noch, uns von David zu verabschieden, bevor wir wieder eintauchen in das Getümmel.

Trotzdem packt mich David für einen Moment fest an den Schultern.

„Cara!" Ernst guckt er mir in die Augen. „Versprich mir, dass du keinen Blödsinn machst! Und …" Er atmet tief aus, als ob ihm was Schweres auf der Brust läge. „Und ruf mich SOFORT an, wenn irgendetwas Ungewöhnliches passiert, hörst du?"

„Natürlich, natürlich, das mache ich!", verspreche ich und umarme ihn zum Abschied.

Bla, bla, bla! Ehrlich – David wird mit zunehmendem Alter auch immer schlimmer! Er ist fast schon so eine Glucke wie Nan.

Überhaupt gehen mir diese ständigen Ermahnungen mit bedrohlichen Sorgenfalten auf der Stirn auf die Nerven. Das gibt einem immer das dämliche Gefühl, man wäre tatsächlich schon wieder in Gefahr, und die Erwachsenen wollten einem das nur nicht direkt sagen. Davon könnte man glatt Verfolgungswahn kriegen! Man kann es mit der Ängstlichkeit auch übertreiben! Brrrrr!

Als ich David nachwinke, während sein Wagen die Auffahrt wieder runterrollt, schüttele ich dieses scheußliche Gefühl ab. Das ist Vergangenheit. All diese Ängste sind Vergangenheit, und die Vergangenheit liegt hinter mir. Sobald Davids Auto außer Sicht ist, dränge ich entschlossen alle unschönen Erinnerungen weg. Ja, die Vergangenheit liegt *hinter* mir. Immer. Sie ist vorbei – vergangen.

Und *vor* mir liegt das Cornwall College!

Oh, dahinten ist ja auch Pippa. „Piiiiippa, Pip! Warte, ich komme mit dir hoch zu den Zimmern!"

Und dann begegnen uns auf der Treppe noch ein paar andere Schafe des Internats – Schafe der eher glitzerigen Art. Eng eingehakt staksen Danielle, Sapphire und Amy auf ungefähr einem halben Meter Absatzhöhe emsig blökend an uns vorbei die Treppe runter.

„Dein großer Bruder hat versehentlich euren Helikopter im Meer versenkt? Bääähähähähähä! Wie lustig!"

„Das ist noch gar nichts. Meine Mutter wollte unbedingt auf dieses Yoga-Retreat in Nordgrönland – eigentlich der

Hit, sag ich euch! –, aber ratet mal, was stattdessen passiert ist! Während der Zwischenlandung auf Island begegnet ihr in der First-Class-Lounge des Flughafens doch glatt George Clooney." Aufkreischen der zwei anderen. „Ich meine, George Clooney! Was will man da noch mit Yoga? Meine Mutter jedenfalls nichts. Sie lässt ihre Koffer also sofort umbuchen auf den nächsten Flug nach Stockholm – da wollte Clooney nämlich hin –, und dann ...“

In diesem Moment biegen die drei am Fuß der Treppe um die Ecke, sodass wir von der möglicherweise durchaus spannenden Story leider nichts mehr mitbekommen.

„*George Clooney!*", äfft Pippa Danielles Stimme nach und rollt mit den Augen. „Und ich hatte gehofft, Danielles Mutter hätte auf Grönland ein paar vernünftige Eisbären kennengelernt, die ihr den Schminkkoffer klauen und mal was von Global Warming erzählen." Pippa kichert. „Stattdessen hat Danielles Mum die ganzen Weihnachtsferien vermutlich nur damit verbracht, Coffee-George rund um den Planeten hinterherzufliegen. Was sagt man bloß dazu, Cara?"

Was man dazu sagt? *„Mää-äää-ääh!"*

Pippa und ich giggeln und schleppen unsere Koffer schnell den Rest der Treppe hoch.

Am Ende des langen Flurs, in dem zwölf von uns – also genau die Hälfte der Mädchen unseres Jahrgangs – in sechs

Doppelzimmern untergebracht sind, liegt auch mein kleines Zimmerchen. Genauso winzig und eng wie schon vor den Weihnachtsferien. Trotzdem lächele ich, als ich mich mühsam mit meinen beiden Koffern hineinquetsche und mich auf mein Bett fallen lasse. Es fühlt sich einfach richtig an. Es fühlt sich an, wie nach Hause kommen.

Obwohl mich vom anderen Bett bereits zwei weitere Koffer anlächeln – dieses Mal in Neongrün, aber mit den gewohnten Initialen: J A für Judy Arnold.

Es ist so eine Sache mit Judy. Auf der einen Seite ist sie wohl die lästigste Zicke und Lästerzunge des Internats, die am Anfang nichts als Spott und Häme für mich übrighatte. Eine völlig verzogene amerikanische Edel-Kuh mit megareichem Rinderbaron-Daddy.

Auf der anderen Seite gab es im letzten Term ein paar Momente mit ihr, die eine ganz andere Judy zeigten. Die abgeschobene Judy nämlich. Die traurige Judy. Und vermutlich hat Judy nichts anderes gelernt, als diese Traurigkeit mit gelegentlich schwer zu ertragender Nervigkeit zu überdecken.

Es gab auch ein paar Momente, in denen wir uns wirklich nah waren. Vielleicht ... kommen wir dieses Mal ja viel besser, vielleicht sogar gut miteinander aus?

„CARA-SWEEEETIE, da bist du ja!" Genau in diesem

Augenblick stürmt Miss America ins Zimmer und umarmt mich.

Ich kann nicht anders, ich freue mich tatsächlich, sie zu sehen. „Hey, Judy! Wie war Weihnachten?" Dann stoppe ich kurz, weil ich nicht weiß, ob ich meine nächste Frage überhaupt stellen soll oder ob ich damit nicht sofort wieder Salz in Judys ewige Wunde streue. „Hatte dein Vater ein paar Tage Zeit?"

Ich weiß, dass das ihr größter Wunsch war. (Und nicht etwa weitere zehntausend Dollar unterm Weihnachtsbaum, um sich damit die Zeit anderweitig zu vertreiben.)

Judys Vater, dem meilenweite Ranchs mit Tausenden von Rindern gehören, mangelt es eigentlich nicht an Freizeit, er hat ja genug Leute, die für ihn arbeiten. Dafür mangelt es ihm leider an Interesse, diese Zeit mit seiner Tochter zu verbringen.

Judy schnaubt verächtlich und schüttelt dann ihre hellbraunen Haare, die – hey, das ist neu! – grüne Strähnen haben. (Wenn auch zum Glück nicht so neongrün wie ihre Koffer.) „Wir sind mit Sheryl für Christmas Day und Boxing Day auf die Bahamas geflogen – das war ganz nett."

So wie ihr Gesicht dabei aussieht, war es allerdings wohl doch nicht *so richtig* nett. Vermutlich, weil Sheryl ohne Zweifel nur der neueste Name auf der langen Liste der

Frauen ist, die Judys Dad seiner Tochter über die Jahre als *Ersatzmutter* vor die Nase gesetzt hat.

Also frage ich lieber nicht weiter, sondern lenke sie von dieser erneuten Enttäuschung mit einem Thema ab, bei dem sie sich bestimmt besser fühlt: „Hammer! Wo hast du denn diese Knallsträhnen machen lassen? Sieht ja super aus!"

Sofort strahlt Judy. „Findest du? Mein Dad hat mir für ein paar Tage ein kleines Flugzeug mit Pilot gemietet, damit ich in den USA ungestört ein bisschen rumshoppen kann, bevor ich wieder auf die kleine britische Insel hier zurückmuss. Und in einer Zeitschrift hab ich einen total heißen Tipp in Miami gefunden und bin noch am gleichen Tag hingeflogen. Der Typ, der das hier gemacht hat …" – stolz schwingt sie ihre bunte Mähne –, „… ist ein echter Farbkünstler."

Ich nicke anerkennend. Tatsächlich bestehen die Strähnen nicht einfach nur aus einem einzigen Grünton, sondern werden vom Scheitel her immer heller und heller. Die kunstvollen Schattierungen haben sogar fast einen natürlichen Touch. „Cool!"

„Danke!" Judy lächelt glücklich. „Hey, fast vergessen, ich hab dir was mitgebracht!"

Sie öffnet einen ihrer Neonkoffer und wühlt darin rum, bis sie ein kleines, mit gelbem Seidenpapier umwickeltes Päckchen findet.

Mit gespanntem Gesichtsausdruck hält sie es mir hin. „Hier! Mach auf!"

Judy hat *mir* was mitgebracht? Ich bin echt gerührt und wild entschlossen, es großartig zu finden, was immer es auch ist. Wie nett ist das denn von dem Cowgirl?

Langsam ziehe ich ein mittelblaues Etwas aus dem Knisterpapier und halte es hoch. Was ist denn …?

„Nur ein kleines Jäckchen", unterbricht Judy meine Überlegung begeistert. „Gefällt es dir? Ich hab's in Boston entdeckt und ich WUSSTE einfach, dass es für dich gemacht ist. Los, probier es an!"

Gehorsam ziehe ich mir meinen hellgelben Cashmere-Pulli über den Kopf und streife stattdessen das blaue Teilchen über.

Es hat einen ziemlich ungewöhnlichen Schnitt. Nach einem breiten Halsausschnitt liegt es relativ eng an den Schultern an, fällt dann aber sehr weit und leger bis auf die Hüfte – fast wie ein kleiner Poncho. Zu so was hätte ich im Laden nie gegriffen. Etwas verhalten mache ich einen Schritt zu unserem Spiegel hin.

Huch? Bin ich das? Eine schlanke, lässige Cara guckt mir erstaunt aus dem Spiegel entgegen.

Judy lacht. „Siehst du? Du kannst total klasse aussehen. Du musst nur ein bisschen an deinem Outfit arbeiten." Vor lauter Begeisterung greift sie auch noch in meine Haare und fängt an, die irgendwie auf meinem Kopf aufzutürmen. Doch das langt mir jetzt.

Grinsend tauche ich unter ihren Händen weg. „Hey-hey, lass mal! Ich glaube, meine Haare bleiben besser noch ein Weilchen so, wie sie sind. Aber diese Jacke hier …" Ich drehe und wende mich vor dem Spiegel. „Die ist wirklich wunderschön! Danke, Judy! Ich weiß gar nicht, was ich sagen soll!"

Judy strahlt. „Nichts. Das ist mein Dankeschön für die Pfannkuchen damals. Du weißt schon … So, und jetzt muss ich dringend gucken, ob Tash und Sapph schon oben sind." Und wutsch ist sie schon wieder raus aus dem Zimmer.

Ich lächele. Ja, ich freue mich wirklich, wieder hier zu sein. Sogar die Tatsache, dass ich mein Zimmer mit Cowgirl-Prinzessin Judy teilen muss, macht mir nichts mehr aus. Und das liegt nicht nur an dem schönen blauen Oberteil.

Der Rest des Tages vergeht rasend schnell: Leute begrüßen, Koffer auspacken und weiteres seliges Genießen. Und natürlich müssen wir uns ja gegenseitig auch noch all unsere Ferienerlebnisse erzählen.

Selbst beim Abendessen im großen Speisesaal ist es so laut, dass man kaum sein eigenes Wort verstehen kann. Doch die Lehrer drücken heute ein Auge zu, und ich kann sehen, dass es bei denen am Tisch nicht sehr viel leiser zugeht. Alle lachen, gestikulieren wild herum und scheinen einfach glücklich. Da macht es kaum was aus, dass morgen wieder die Schule beginnt.

# Fast nichts
# im Leben ist, wie
# es scheint

RoseHatherleyBrompton@RoBroTahiti.fr

Dear Auntie Rosie,

es ist spätabends und ich liege schon im Bett. Gerade
heute bin ich wieder im Cornwall College
angekommen. Judy, meine amerikanische
Zimmermitbewohnerin, schläft schon und ich habe
nur die funzlige kleine Nachttischlampe an, bitte
verzeih also irgendwelche Tippfehler! Es war soooo,
so schön bei dir – ich kann noch gar nicht glauben,
dass ich wieder hier im regnerischen, winterlichen
England bin. Aber – hihi – keine Sorge, allzu übel ist es
natürlich nicht, ich hab dir ja erzählt, wie wohl ich
mich hier fühle. Nur eine kleine Sache hängt mir
gerade auf der Seele … Ach, liebe Rosie, es ist
bestimmt ganz albern, dir damit die Ohren
vollzuheulen, aber es bedeutet für mich gerade die
Welt. Natürlich kannst du auch nichts an Nanas

Entscheidung ändern, und ich will ganz bestimmt nicht, dass du dich meinetwegen mit ihr streitest, aber vielleicht könntest du mir wenigstens einen Rat geben, was ich machen soll. Beziehungsweise mir sagen, ob es überhaupt etwas gibt, was ich noch tun kann. Denn ich fürchte, ich hab bereits alles probiert, was Nan angeht. Trotzdem kann ich einfach nicht loslassen. Ich liege schon seit zwei Stunden wach, schreibe mir nun alles noch mal von der Seele und hoffe, ich nerve dich damit nicht!! Ich wäre dir für

einen Rat echt dankbar. ☺

Ach so, worum es geht? Es geht um unseren Schulausflug. In der nächsten Woche ist für Year Ten, also unsere Stufe, ein dreitägiger Geschichtstrip nach Highmoor Castle geplant. Das ist also praktisch Unterricht. Highmoor Castle, falls dir das nichts sagt, ist ganz in der Nähe unseres Internats, nicht weit von St. Ives, das du sicher kennst. Es wäre also keine weite Reise. Die Fahrt dauert mit dem College-Bus vermutlich nicht viel länger als eine Stunde. Das kann Nan ja nicht wirklich Sorge bereiten, oder? Wir werden von Montag bis Mittwoch in Puddlebrook, dem Dörfchen unterhalb der alten Burg, wohnen, und zwar in sehr modernen Holiday Cottages vom Dog and Duck, dem örtlichen Pub. Natürlich wird auch Josh (du erinnerst dich, ich hab dir doch die Geschichte mit meinem Bodyguard erzählt – hihi!) dabei sein. Also noch mal: nichts, was Nana Sorgen machen müsste. Und überhaupt, ich durfte ja auch auf alle anderen Ausflüge mitfahren. Nur dieses Mal hat Nana plötzlich NEIN gesagt. Einfach so. Ohne Begründung. Ehrlich! Nicht die leiseste Begründung! Wie kann das sein? Was soll das? Oh, liebe Rosie, kannst du dir vorstellen, wie ich mich dabei fühle? Was soll ich den anderen hier sagen? ALLE anderen dürfen mit. KEINER hat Eltern (oder eine Großmutter), die die Erlaubnis verweigern. Ich bin wirklich total traurig, verzweifelt, aber … Ganz habe ich die Hoffnung noch nicht aufgegeben, dass Nana ihre Meinung noch ändern wird. Ich meine, es gibt doch einfach keinen guten Grund, warum ich nicht mit der Schule einen harmlosen Ausflug zu einer alten Burg machen dürfte. Oder doch? Liebe, liebe Rosie, was meinst du???

Ach je, jetzt ist es wirklich spät und ich muss dringend schlafen! Bitte entschuldige, wenn ich dich da nun auch noch mit reinziehe, aber wie gesagt, ich wäre für einen Rat wirklich dankbar. Ich würde soooo gern mit allen anderen mitfahren, das kannst du bestimmt verstehen!

Lots of love

Angie xxxxxx

# Gießkannen, Glitzerunterricht und das perfekte Girl

Huiii – das göttlich blumige In-den-Tag-hinein-Schlafen bei Tante Rosie war doch was anderes als dies hier!

Als Judy und ich auch beim zweiten Weck-Gong noch nicht aus unserem Zimmer raus sind (ehrlich gesagt, noch nicht mal aus unseren Betten!), kommt Matron, unsere Hausmutter, herein, die berühmte Gießkanne in der Hand.

„Guten Morgen, die jungen Damen! Na, sind hier noch irgendwelche Pflanzen in den Betten, die eine erfrischende Berieselung brauchen, um in den Tag zu finden?"

Crikey! Wer Matron kennt, weiß, dass sie das ernst meint!

Mit einem Riesensatz sind Judy und ich raus, schnappen uns unsere Morgenmäntel und fliehen vor der drohenden Kaltwasserdusche den Flur entlang zu den warmen Waschräumen. Matrons zufriedenes Lachen hinter uns lässt uns ebenfalls albern kichern. Auch wenn sie manchmal knallhart ist – unsere Hausmutter ist total in Ordnung und hilft, wo immer sie kann.

Der Vorteil, wenn man so spät aufsteht, ist, dass man wenigstens nicht mehr anstehen muss. Im Nu sind Judy und ich geduscht und zurück in unseren Zimmern.

„Och, nein, BITTE!", stöhnt Judy, als sie sich in ihre Schuluniform quetscht, doch – plopp – da ist auch schon der oberste Knopf ihrer Jacke abgesprungen. (Die Weihnachtsleckereien?!)

„Mist!", flucht Judy. „Und das am ersten Tag! Bei meinem Glück darf ich heute Nachmittag garantiert drei Stunden französische Verben konjugieren, wenn Matron oder eine Lehrerin das sieht!"

Ich überlege. „Sag einfach, du hast Halsschmerzen!" Ich krame in meinem kleinen Schrank und reiche Judy einen langen Seidenschal. „Damit kannst du den fehlenden Knopf verdecken, und in der ersten Pause kommst du schnell her und nähst ihn wieder an."

„Näh... – äh, schluck – *nääääähen*?" Judy guckt mich an wie ein Schaf ein Lakritzbonbon. „Wie meinst du *das* denn?"

„Du kannst keinen Knopf annähen?" Jetzt gucke allerdings ich verblüfft und habe zum ersten Mal das Gefühl, dass Nanas altmodisch-bodenständige Erziehung manchmal vielleicht doch auch nützlich ist.

Nicht, dass sie mir das beigebracht hätte – das war natürlich Frau Singer –, aber Nan fand es wichtig, dass ich wenigstens die simpelsten Stiche beherrsche. (Wobei ich nicht wirklich damit rechne, dass ich das nach heute noch ein zweites Mal in meinem Leben brauchen werde.)

Schäfchen Judy reißt ihre Kulleraugen auf und guckt mich flehend an.

Ich lache. „Okay, okay, ich mach's! Aber das bedeutet, ich hab was gut bei dir, ja?"

Judy nickt heftig. „Danke! Ich hätte echt keine Lust, schon am ersten Tag nach den Ferien eins auf den Deckel zu kriegen. Du weißt, wie die sich hier mit den Uniformen anstellen!"

Nicht nur mit den Uniformen.

Als wir in der ersten Stunde im Geschichtsraum von Mrs McIntyre sitzen und, wie schon vor den Ferien, mit den unzähligen Königen der Tudor-Dynastie jonglieren, hält unsere Lehrerin plötzlich inne. „Danielle Trout?"

Ihre Stimme klingt *not amused*. Man könnte auch sagen, ziemlich gereizt.

Sie geht ein paar Schritte näher zu Danielle hin. „Zeigst du mir mal bitte deine Hände?"

Die halbe Klasse reckt die Köpfe, um auch ja nichts zu verpassen. Ich wette, Danielle hat noch Nagellack drauf.

Eine der Grundfesten vom Cornwall College ist das typisch britische Understatement. Dazu gehört natürlich auch ein schmink- und schmuckloses Erscheinen im Unterricht. Was wir am Wochenende oder am Abend tragen, bleibt uns selbst überlassen, aber hier im Klassenraum …

Ich recke auch mal meinen Kopf. Und kann von hier aus ohne Probleme den grellpinken Lack zwischen den vielen dunkelblauen Schuluniformen durchblitzen sehen.

Danielles Gesicht nimmt einen trotzigen Ausdruck an. „Okay, okay! Es ist der erste Tag nach den Ferien. Ich hab noch nicht auf Aschenputtel-Modus zurückgeschaltet. Sorry!"

Crikey – was für eine Antwort! Ich weiß nicht, ob ich kichern oder perplex den Mund aufreißen soll.

Automatisch entscheide ich mich für Letzteres und halte die Luft an, denn ich kenne Mrs McIntyre. Ich fürchte, diese Art Humor schätzt sie nicht sehr. Doch die meisten in der Klasse entscheiden sich fürs Kichern.

Das scheint Mrs McIntyre nicht unbedingt zu besänftigen.

Zornig baut sie sich vor Danielle auf. „Es ist *eine* Sache, dass du die Regeln mutwillig brichst, obwohl du sie genau kennst. Eine *andere* Sache ist dein Benehmen! Ich erwarte ein wenig Respekt, young lady!"

Danielle sieht jetzt nicht mehr ganz so trotzig aus. Vermutlich überlegt sie gerade, was für ein Ei sie sich da gelegt hat und ob Mrs McIntyre sie mit irgendwas bestrafen könnte, was Danielle wirklich hart treffen würde. Wie zum Beispiel nicht auf den Ausflug nach Highmoor Castle mitkommen zu dürfen.

Humpf! Was mich daran erinnert, dass ich ja sehr wahrscheinlich auch nicht …!

„STEH BITTE AUF, WENN ICH MIT DIR REDE!"

„Ja, Mrs McIntyre." Danielle schießt von ihrem Stuhl hoch. Jetzt kann ich ihre Nägel sogar in voller Schönheit sehen. Zugegeben, für die Verhältnisse der Glitzergirls leuchten sie eher bescheiden. In Deutschland würde das vermutlich keinen Lehrer stören, aber hier in England verbieten nicht nur teure Privatschulen Schminke, Nagellack und jegliche Art von Kleidung, die nicht zur Schuluniform gehört. Dass das also Ärger gibt, weiß Danielle so gut wie ich.

„Was hast du dazu zu sagen?" Mrs McIntyre, groß und dünn, guckt kalt wie ein Eiszapfen.

„Es tut mir leid", kommt es sehr viel leiser von Danielle. (Auch die Klasse hat aufgehört zu kichern.) „Ich hab in der Eile heute Morgen vergessen, den Lack abzumachen."

Mrs McIntyre scheint zu überlegen, ob ihr diese Antwort genügt.

Sie genügt ihr nicht. „Dann hast du dazu jetzt reichlich Zeit." Sie spricht sehr ruhig, aber umso entschiedener. „Bitte melde dich bei Matron, damit sie dir die Waschräume aufschließt. Danach gehst du in die Bibliothek in Detention bis zum Mittagessen und schreibst mir eine Zusammenfassung unserer Schulregeln in deinen eigenen Worten."

Hui! Ein Raunen geht durch die Klasse. Drei Stunden Detention, also Nachsitzen (allerdings jetzt während der Unterrichtszeit). Das ist echt heftig.

Ich fürchte, Mrs McIntyre will damit eine Botschaft an uns alle senden. So in der Richtung: *Die Ferien sind zu Ende. Es gibt keine halben Sachen und keine Übergangszeit. Sobald die Schule anfängt, herrschen Schulregeln.*

Die Botschaft ist angekommen. Während Danielle sich mit erschrockenem Gesicht aus der Klassentür schiebt, ist es mucksmäuschenstill im Zimmer. Und den Rest der Stunde strengen wir uns alle grässlich an, um die vielen Tudor-Könige nicht ständig zu verwechseln.

Als wir endlich im großen Speiseraum des Schlosses sitzen (ich habe in der ersten Pause tatsächlich noch schnell Judys Knopf angenäht – und sie hat *keinen* Ärger bekommen!) und auf das Mittagessen warten, fällt mir auf, dass Amys Platz leer ist.

Pippa, die sich ein Zimmer mit Amy teilt, nickt. „Sie kommt ja öfter auf den letzten Drücker, wenn sie mit ihrer Mutter durch die Welt tourt ..." Amys Mum ist die berühmte Rocksängerin Raw. „Aber als sie heute Morgen immer noch nicht da war, fand ich das doch merkwürdig. Ich frage mich, wo sie ist."

Wir äußern alle unsere Vermutungen, warum Amy noch nicht im Internat ist, denn sie scheint niemandem etwas gesagt zu haben.

Gerade als die Küchen-Ladys die Wagen mit dem Essen in den Saal rollen, kommt Mrs Hampstead herein. Ihr Platz war bis jetzt ebenfalls noch leer. Hinter ihr trippelt ein Supermodel in den Raum. Überlange Beine in schwarzen Wildlederstiefeln, eng anliegendes, knielanges beigefarbenes Kostüm, das beeindruckend von ihrer braunen Haut absticht. Und die wild gelockten schwarzen Haare sind zu einer von diesen kunstvollen Frisuren hochgesteckt, aus denen mindestens ein Dutzend Strähnen cool und lässig herausbaumeln. So, als habe die Dame die Haare mal eben nebenbei in drei Sekunden *so irgendwie* hochgenudelt – statt, wie es wohl eher war, dafür drei Stunden vor dem Spiegel zu stehen. (Wenn ich nur wüsste, wie man das macht!) Ob das eine Verwandte eines Schülers oder einer Schülerin ist?

Das Raunen der Jungs, als die beiden an den Tischen von Gower Hall und Bryher vorbeikommen, ist nicht zu überhören. Und hat da gerade jemand gepfiffen?

Mrs Hampsteads Miene zeigt keine Reaktion. Dafür schießen ein paar Lehrer donnernde Blicke zu den Jungstischen rüber.

Auch das Supermodel scheint komplett unbeeindruckt. Na ja, ich schätze, wenn man auf solchen Beinen und dem dazugehörigen Körper schon ein Leben lang durch die Welt läuft, hat man sich allmählich daran gewöhnt. Ich kann nicht anders, als ein bisschen sehnsüchtig zu seufzen. Einmal so aussehen!

Ich bin ja nicht grundsätzlich unzufrieden mit meinem Äußeren, aber … mausbraune Haare und ein mausgrauer Teint sehen besonders im Winter nicht allzu vorteilhaft aus. (Vielleicht sollte ich mir doch mal Judys Ratschläge anhören? Vielleicht doch mal ein bisschen Farbe ins Haar? Nan ist weit weg. Und wenn sie merkt, dass ich mir meine Haare getönt habe, und dementsprechend in Ohnmacht fällt, ist es ja schon zu spät, um es mir noch zu verbieten, hihi!)

„Was will DIE denn hier?", wispert Raine.

Natasha und Sapphire beglotzen den Auftritt mit großen Augen, fasziniert wie hypnotisierte Kaninchen.

Über Danielles Gesicht, das deutlich blasser aussieht als

noch heute Morgen in der ersten Stunde (vermutlich hat Matron sie gezwungen, auch ihre getönte Tagescreme abzuwaschen), huscht ein kleiner Hoffnungsschimmer. „Vielleicht kriegen wir endlich einen Laufsteg-Club und nicht nur diese dämlichen Ruder- oder Tennisangebote nachmittags? Vielleicht ist das eine Model-Trainerin?"

„Na klar! Und ab übermorgen gibt's statt der Doppelstunde Mathe mittwochs immer Schminktipps – ob wir das puppendoof finden oder nicht." Pippa grinst und tippt sich an die Stirn. „Träum weiter!"

Vor unserem Tisch bleibt Mrs Hampstead stehen. Das wandelnde Hochglanz-Cover ebenfalls. Mir fällt auf, dass sie nicht mal Wimperntusche trägt und trotzdem wie ein Model aussieht. Okay, wenn man so eine perfekte goldbraune Haut hat, braucht man natürlich kein Make-up.

Ich bin noch ganz hin und weg, als mir plötzlich Nanas Stimme in den Kopf schießt. „*Contenance! Wirst du wohl deinen Mund zumachen und aufhören zu starren!*"

Schnell versuche ich, mich zusammenzureißen, doch ich kann sehen, dass auch die anderen am Tisch Mühe haben, nicht wie glubschende Karpfen zu glotzen.

„Dies hier ist Abebi Soyinka", stellt unsere Direktorin das Mädchen an ihrer Seite vor. „Sie kommt aus Schweden und wird in Year Ten den Platz von Amy Rawson einnehmen."

Pippa reißt die Augen auf und verschluckt sich vor Überraschung. „A – rrgh-my – sorry, Amy kommt nicht …?"

Mrs Hampstead schüttelt den Kopf. „Nein, Amy kommt vorerst nicht zurück. Ihre Mutter hat sich entschlossen, sie bis zum Sommer mit auf Reisen zu nehmen, und Amy wird privat unterrichtet werden."

„Oh." Pippa versucht sichtlich, die News zu verdauen.

Ich versuche das ebenfalls. Dieses Fotomodell hier ist also erstens ein ganz normales Mädchen in unserem Alter und wird zweitens im Zimmer von Pippa wohnen?

„Philippa", wendet sich unsere Direktorin an meine Freundin, „bist du so nett und nimmst Abebi nach dem Essen mit zu den Nachmittagsveranstaltungen, ja? Ich habe sie und ihre Eltern heute Vormittag schon auf dem Gelände herumgeführt, aber ich bin sicher, ihr alle habt ihr noch viel mehr zu zeigen, oder?"

Sie lächelt nicht nur Abebi, sondern auch uns voller Vertrauen an. Ich mag Mrs Hampstead echt gern.

„Klar!", beeilt sich Pip zu versichern.

Und auch Raine bestätigt: „Klar, sehr gern!"

Sogar Natasha und Sapphire nicken heftig und strahlen um die Wette. „Natürlich machen wir das!"

Oje, arme Abebi! Ich kann mir gut vorstellen, dass Tash und Sapph sofort alles dransetzen werden, um sie in ihre schimmernde Mehr-Schein-als-Sein-Welt zu ziehen, und verspüre die leise Pflicht, die ahnungslose Abebi vor den Glitzer-Hyänen zu bewahren.

Allerdings – vielleicht ist diese Schönheit ja ebenfalls ein kleiner Glitzerfisch?

Doch man soll ein Buch nicht nach dem Cover beurteilen, sagt Nan immer. Und recht hat sie anscheinend! Denn Abebi, die glücklich lächelnd das Angebot angenommen hat, sich uns anzuschließen – also Pippa, Raine, Hettie, Bailey und mir und nicht etwa den Glitzerkatzen –, entpuppt sich als total nett und absolut nicht arrogant oder oberflächlich dumm.

Sie interessiert sich für die Kunstprojekte, von denen ihr Bailey begeistert erzählt, und lacht richtig herzhaft, als Bailey ihr schildert, wie bei unserer Weihnachtsaufführung von Romeo und Julia plötzlich der Balkon anfing, zu knacken und zu knirschen, und wie Bailey die ganze Zeit versuchte, Apple und Freddy (alias Julia und Romeo) davor zu warnen.

Natürlich vergeblich. Apple – auf dem Balkon – war irgendwann so genervt von der eindringlich flüsternden Bailey hinter den Kulissen, dass sie lauthals rief: „Wenn du mir was Wichtiges zu sagen hast, komm raus auf die Bühne! Ansonsten halt die Klappe, ich hab mit Romeo zu reden."

Und dann mit einem entschuldigenden Blick in den Zuschauerraum: „Tssss, die Zimmermädchen von heute!"

Das Publikum hing gekrümmt vor Lachen in den Armlehnen.

Abebi hält sich ebenfalls kichernd den Bauch, atmet dann tief aus und fragt ein wenig besorgt: „Und ist der Balkon wirklich noch abgestürzt?"

Wir nicken und grinsen. „Dreißig Sekunden nachdem die holde Julia wieder hinter den Kulissen verschwunden war und wir den Vorhang bis zur nächsten Szene zugezogen hatten, krachte das Ding voll Karacho runter."

Abebi sieht nun ehrlich erschrocken aus. „Aber es ist niemandem etwas passiert, oder?"

Wir schütteln die Köpfe. „Nein, nein, wir leben alle noch!"

Raine grinst. „Ich hoffe, wir haben dir jetzt nicht unseren tollen Theaterclub madig gemacht?"

Abebi zwinkert fröhlich. „Ganz im Gegenteil! Klingt, als wenn da gut was los ist. Ob die noch Platz für mich haben?"

Als Pippa ihr versichert, dass Abebi bestimmt ohne Probleme dort einsteigen könnte, leuchten ihre Augen auf.

Doch so richtig doll leuchten ihre Augen, als wir durch den riesigen Park des Cornwall Colleges streifen und am Ruderclub vorbeikommen. „Wow, ich liiiiebe rudern! In meiner alten Schule hab ich jeden Tag zwei Stunden trainiert."

Abebis Ausruf lässt noch ein paar weitere Augen leuchten. Die von Connor, Eden und Moritz nämlich, die gerne – wie auch jetzt – im Ruderclub-Café abhängen.

Connor springt sofort auf und kommt zu uns rüber. „Ich zeige dir gern alles."

Und – ich fasse es nicht – dann macht der Kerl auch noch eine gespielt-galante Verbeugung!?! „Ich bin übrigens Connor Stait."

Auch Abebi scheint von dem Auftritt etwas überrumpelt. Vielleicht ist sie keine pubertären Jungs gewohnt. „Ich … heiße Abebi."

„Ja, haben wir schon gehört", kichert Eden, der dazukommt. Peinlich! Kaum ist ein schönes Mädchen in der Nähe, verwandeln sich die Jungs in Kindergarten-Affen!

„Hallo, ich bin Moritz!" Moritz kichert wenigstens nicht, aber sieht stattdessen Abebi direkt in die dunkelbraunen Augen und streckt seine Hand aus.

Ist das nicht etwas übertrieben? Wer von uns begrüßt sich denn mit Handschlag?

„Willkommen im Cornwall College!", fügt er hinzu.

Tsss, also das ist ja nun wohl definitiv over the top! Ich meine, hallo? Gehört das Internat vielleicht ihm? Fehlt nicht viel und er verbeugt sich auch noch! Abebi ist doch keine Prinzessin.

Das tut Moritz dann zwar doch nicht, aber mein muffeliges Gesicht beachtet er genauso wenig.

„Wenn du Lust hast, in einer Mannschaft zu trainieren", redet er auf unsere Neue ein, „kannst du gerne bei uns mitmachen. Wir ..." – er deutet auf sich und Connor und Eden – „... rudern nämlich auch in einer gemischten Mannschaft, also Jungs und Mädchen zusammen."

Ach jaaa? Das ist mir neu.

Doch Eden und Connor nicken eifrig. „Genau. Und wir haben uns für diesen Schul-Term vorgenommen, damit endlich richtig loszulegen."

Pippa guckt nicht muffelig, sondern abfällig. „Soso! Und welche Mädchen machen in eurer gemischten Mannschaft genau mit, hm?"

Eden kichert sofort wieder los. (Klar wie Knallerbsen, es gibt gar keine gemischte Mannschaft!)

Doch Connor antwortet, ohne eine Miene zu verziehen. „Wir haben uns noch nicht entschieden. Wir werden die Mannschaft in dieser Woche zusammenstellen."

Moritz lächelt zu Abebi rüber. „Würde uns ehrlich freuen, wenn du dabei wärst. Das heißt, wenn du Lust hast?"

Abebi lächelt jetzt auch. (Wie kann man nur so weiße Zähne haben?) „Ich – ähm – ich überleg's mir. Vielleicht. Das ist ein nettes Angebot, danke."

Ich weiß nicht, wieso ich an dieser Stelle gerade grotten-
schlechte Laune kriege, aber ich unterbreche die Ruderun-
terhaltung ziemlich abrupt und – ähm – ein wenig unhöflich
und schlage stattdessen vor: „Wollen wir vielleicht allmählich weitergehen?"

„Auf jeden Fall!", stimmt mir Raine zum Glück sofort zu,
bevor ich von den Jungs ausgebuht werden könnte. „Wir
müssen in einer halben Stunde ja schon wieder im Schloss
sein und Abebi hat noch nicht mal die Pferdeställe gesehen!"
Und auch wenn ich mir ziemlich sicher bin, dass auch Abebi
lieber noch etwas länger über Rudermannschaften und Trai-
ningszeiten geredet hätte, füge ich überzeugend hinzu: „Du
MUSST unbedingt Raines Pferd Thunder kennenlernen!"
Im Nachhinein rechne ich es unserer Neuen hoch an, dass
sie willig mitkam. Denn schon an der ersten Pferdebox im
Stall ist klar erkennbar, dass sie absolut kein Pferdemädchen
ist. Kaum lässt ein mächtiger Schimmel, der seine Nüstern
zu uns rüberstreckt, ein freundliches Begrüßungsschnauben
los, fährt sie zusammen. „Hu – waaah!"
Raine, Hettie, Bailey, Pippa und ich lachen. Nicht über Abebi, sondern mit ihr. Denn gleich nach dem ersten Schreck
beginnt auch sie zu lachen und streichelt mutig die Nase
des neugierigen Schimmels. Scheint wirklich nett zu sein,
diese schwedische *Schönheitsprinzessin!*

# Gemischte Botschaften

**D**er erste Tag eines neuen Schul-Terms scheint immer voller als alle anderen zu sein und so aufregend, dass man kaum dazu kommt, über das Erlebte nachzudenken. Judy und ich plumpsen am Abend wie Steine ins Bett.

In meinem Kopf wirbelt alles durcheinander. Die Tudor-Könige ... Raines schwarz glänzendes Pferd Thunder ... das Fehlen von Amy in diesem Winter-Term ... Judys supernettes Geschenk ... Moritz' Lachen eben, als wir uns verabschiedet haben ...

Raine, Pippa und ich (Hettie wollte noch lesen und Bailey schrieb an einer Hausaufgabe, die sie schon in den Ferien hätte machen müssen) sind nach dem Abendessen noch rüber nach Bryher, also ins Jungenhaus, gegangen, um dort ein bisschen im Gemeinschaftsraum abzuhängen. Freddy, unser

Musikgenie, hat Boogie-Woogie auf dem Klavier gespielt und die Jungs haben Quatsch gemacht.

„Wo ist denn Abebi?", fragte Eden schon beim Reinkommen.

Und Pippa, in ihrer herrlich pragmatischen Art, antwortete: „Die mussten wir Danielle, Natasha und den restlichen Gold-Gazellen überlassen. Wir können sie ja schließlich nicht den ganzen Tag beschützen."

Das schien den Jungs nicht ganz einzuleuchten.

„Sie hätten doch alle mitkommen können", meinte Moritz freundlich.

„Genau", stimmte ihm Hayden zu.

Worauf Pippa so eisig die Augen rollte, dass er danach die Klappe hielt. (Ich muss sie unbedingt mal fragen, ob sie und Hayden nun eigentlich …)

Dafür ergriff Connor das Wort: „Hübsch golden dekorierte Gazellen sind hier immer willkommen."

Die anderen Jungs im Raum johlten zustimmend.

An der Stelle ging meine Laune schon wieder ein kleines bisschen runter. Was eigentlich nicht wirklich nachvollziehbar war. (Dabei bin ich absolut keine moody cow oder so. Äh, finde ich jedenfalls.) Denn Sprüche machen die Jungs immer. Das darf man nicht so eng sehen. Das meinen die nicht so ernst, und dass sie sich über unseren Besuch freuten, merkte man. Sofort rückten sie uns eins der Sofas zum Kamin rüber, sodass wir uns gemütlich hinkuscheln konnten, und überhaupt. Eigentlich war alles total nett wie immer.

Okay, sie quetschten uns noch ein bisschen nach Abebi aus – ist ja klar, jemand Neues ist eben interessant! Und Moritz, Hayden und Eden erzählten den anderen aus Bryher, wie begeistert die Schwedin vom Rudern gewesen war und dass sie bestimmt ein Gewinn für jede Sportmannschaft vom Cornwall College wäre.

„Garantiert das perfekte Girl", meinte Moritz und die Jungs nickten, als ob sie das nach nur knapp acht Stunden bereits felsenfest beurteilen könnten. (Ehrlich – Jungs!)

„Cool!", nickte Freddy vom Klavier aus. „Und wie ist es mit Musik? Wir könnten für unsere Band eine Sängerin gebrauchen. Und so, wie die aussieht, wäre sie …"

„Das perfekte Girl!", wiederholten Connor und Eden grinsend.

„Ich wette, die hat eine Stimme wie ein Schmetterling", sagte Charlie leise und so verträumt, dass er das vermutlich sogar ernst meinte.

Hayden, Eden und Moritz wollten sich ausschütten vor Lachen. „Ein *Schmetterling*? Wie singt denn ein Schmetterling?"

„Schön!", meinte Charlie und sah halb beleidigt, halb über sich selbst grinsend zu den anderen hoch.

Charlie spielt mit Freddy in einer Band und schreibt auch Songs. Würde er nicht in Freddys Rockband spielen, wären diese Songs wohl Gedichte. Ich fürchte, er ist etwas poetisch veranlagt.

„Schmetterlinge treffen immer den richtigen Ton, fliegen federleicht und elegant und …" Weiter kam Charlie nicht. Der Rest seines Satzes ging im allgemeinen Gelächter unter.

„Oh, Mann!", japste Pippa. „Ich bin nur froh, dass Abebi diesen Blödsinn nicht hört. Sie würde denken, bei uns gibt es nur durchgeknallte Idioten, und sofort wieder Reißaus nehmen."

Moritz lachte am lautesten.

Oder kam mir das nur so vor?

Ich werde wieder ein kleines bisschen schlechtlaunig, als ich mich daran erinnere. Ja, Abebi ist sehr hübsch. Aber muss man deswegen gleich so komplett am Rad drehen wie die Jungs? Ich meine, der Rest von uns ist doch auch nicht gerade hässlich, oder?

„Hast du bemerkt, dass George keine Zahnspange mehr hat?", meldet sich plötzlich Judy von der anderen Seite des Zimmers.

Wie? Ich brauche zwei Sekunden, um aus meinen Gedankengängen wieder aufzutauchen.

Wir haben unsere Nachttischlampen schon ausgemacht, doch der helle Mond strahlt durchs Fenster herein und taucht den Raum in magisches Licht. Ich bin eigentlich hundemüde und trotzdem hellwach. Und offenbar gerade mit ganz anderen Fragen beschäftigt als Judy.

„Er sieht total anders aus, oder?", flüstert Judy.

Zahnspange? Mond?

Hups, nein, George natürlich! Hatte nicht mal bemerkt, dass er überhaupt eine hatte. Ich hab George, der sich sowieso nur für Polo und seine Pferde interessiert, nicht unbedingt

auf meinem Radar.

„Hmmmm", mache ich mal so.

Ich sehe, wie Judy sich in ihrem Bett aufrichtet. „Er sieht plötzlich aus wie achtzehn, findest du nicht?"

„Hm ..."

Judy lässt sich wieder in die Kissen sinken. „Und er hat mich gefragt, ob ich am Mittwoch mit ihm ausreite."

Mittwochs gibt es im Internat keine Nachmittagsveranstaltungen, weil an dem Tag in ganz England die Sportturniere der Schulen stattfinden. Die Cornwall-College-Mannschaften fahren also entweder zu anderen Schulen oder Gastmannschaften kommen zu uns. Aber für diejenigen, die in keiner Sportmannschaft sind, ist es einfach nur ein wunderbar freier Nachmittag. Am ersten Mittwoch nach den

Ferien gibt es allerdings in der Regel noch keine Turniere, weshalb auch George Zeit hat.

„*Du* kannst reiten?", frage ich erstaunt und stütze mich auf meinen Ellenbogen, sodass ich Judy besser sehen kann.

„Na, sicher!" Judys Stimme klingt fast entrüstet. „Ich bin auf einer Ranch aufgewachsen – schon vergessen? Ich saß im Sattel, bevor ich laufen konnte." Sie schnaubt kurz durch die Nase. „Bloß weil ich diesen europäischen Affenkram mit Dressur und so nicht mitmache, heißt das nicht, dass ich nicht jedes Pferd reiten könnte. Wenn ich wollte."

Ich grinse. „Und willst du? Gehst du mit George reiten?"

Judy lächelt. Bedenklich selig. „Vielleicht. Mal gucken. Ich hab gesagt, ich überleg's mir."

Ich muss grinsen. Judy und George? Es gibt doch die erstaunlichsten Paare!

„Erzähl mir hinterher, wie es war!", flüstere ich zurück.

„Mach ich!" Das Lächeln auf Judys Gesicht sieht noch seliger aus – allerdings auch ein bisschen schläfrig. Und tatsächlich höre ich kurz darauf nur noch sehr ruhige Atemzüge. Doch ich bin immer noch hellwach. Ja, es gibt wirklich ganz erstaunliche Paare …

Sind Moritz und ich eigentlich ein Paar?

Ich kriege ein bisschen Herzklopfen, als ich darüber nachdenke. Wir sind befreundet. Bestimmt sind wir das. Wir hatten wirklich nahe Momente. Und erlebt haben wir zusammen auch schon einiges. Und vor den Weihnachtsferien … haben wir ein paar Mal Hand in Hand oben auf den Klippen gesessen und aufs Meer runtergeschaut.

Ich atme tief durch. Das war … einfach nur schön. Aber sind wir deshalb wirklich … ich meine, sind wir so richtig offiziell und so … ein Paar? Zumindest haben wir uns zum Winterball in knapp zwei Wochen verabredet.

Irgendwas in meinem Magen klopft unruhig. Das war doch eine klare Verabredung gestern im Flugzeug, oder? Er hat auf der Autofahrt ja sogar noch unauffällig meine Hand berührt. Warum krieg ich trotzdem gerade dieses blöde Gefühl, als ob das jetzt doch gar nicht mehr so sicher ist? Und wieso muss ich an dieser Stelle außerdem gerade an Abebi denken?

Abebi schläft jetzt in Pippas Zimmer, im Bett von Amy. Schon komisch, dass Amy nicht mal Pippa Bescheid gesagt hat, dass sie mindestens bis zum Herbst mit ihrer Mutter auf Tour geht! Andererseits sind die beiden zwar ganz okay miteinander ausgekommen, aber Pippa und Amy waren nicht wirklich dicke Freundinnen. Amy hing lieber mit den Glitzergirls rum. Und die sind so wenig Pippas Geschmack wie Fischpie mit Vanillesauce und Zuckerkruste.

Pippa hat mit Amy etwa so zusammengewohnt wie ich in

den ersten Monaten mit Ranch-Girl Judy. Nicht besonders glücklich, aber mit der Zeit rauft man sich eben zusammen. Ich gehe davon aus, dass das Fehlen von Amy kein allzu großer Verlust für Pip sein wird.

Hm – zurück zu Moritz. Sind wir nun zusammen?

Woran merkt man eigentlich, dass man *zusammen* ist? Ist das was, was nur ich wieder nicht weiß? Wäre es super-peinlich-doof, wenn ich mich bei Pip oder Hettie mal erkundigen würde? Hmmm.

Ich will ja nicht ständig so meganaiv rüberkommen. Aber bei diesen Dingen merke ich immer wieder, was mir die ganze Zeit über gefehlt hat: normal aufzuwachsen, normale Sachen zu erleben. Es gibt Dinge, die Pippa oder Bailey vermutlich schon mit zehn kapiert hatten, während ich immer noch ziemlich verunsichert darüber nachdenke und keine Ahnung habe, wie ich mich richtig verhalten soll. Das mit Moritz ist so ein Ding. Wie verhält man sich in dieser Situation? Geht man hin und fragt: *„Du, sag mal, sind wir eigentlich zusammen? So richtig?"*, und lächelt dabei freundlich?

Oh, ich komme mir so dämlich vor! Nicht mal Miss Gwynn könnte ich so was fragen!

Miss Gwynn heißt ja nicht ohne Grund *Miss*. Die Gute war nie verheiratet, und ich hab sie auch sonst nie mit einem Mann gesehen. Außerdem erscheint mir das wirklich nicht als etwas, das man eine alte Hauslehrerin fragen sollte. So gern ich sie auch hab.

Und wenn ich Pippa oder Hettie oder Bailey frage, müssen die doch denken, ich hätte noch nie vorher einen Jungen kennengelernt. (Ich HABE noch nie vorher einen Jungen kennengelernt. Wenn man mal von Heinrichs Enkel absieht, der elf ist und uns im Sommer ein paar Mal mit seiner Mutter besucht hat.) Das glauben die mir doch nie. Oder würden denken, ich sei auf einer abgeschiedenen Insel aufgewachsen. Oder sie denken in die richtige Richtung, nämlich dass ich …

Ja, und wenn sie denken, dass ich unfassbar reich bin und deshalb so abgeschottet gelebt habe, dann hab ich ein Problem. Das darf nicht passieren. Denn dann ist Cara enttarnt und muss wieder zurück nach Hamburg zu Nan und die schwer behütete Angie sein.

Nein, diese Frage muss ich mir wohl selbst beantworten. Kann ja wohl nicht so schwer sein!

Hayden und Pippa sind seit Moritz' Geburtstagsparty in London ein Paar. Das ist deutlich sichtbar, weil die beiden auch in den Unterrichtspausen oft Händchen haltend durch die Gegend schlendern. Das tun Moritz und ich nie.

Warum eigentlich nicht?

Allerdings – würde ich das überhaupt wollen? Würde Moritz das wollen? Ganz sicher nicht, sonst würden wir das doch tun. Moritz ist ja kein schüchternes Häschen. Hm – dann sind wir also vermutlich *kein* Paar. Sondern nur einfach befreundet. Aber das ist auch irgendwie komisch, weil wir doch …

„Cara? Bist du noch wach?"

„Nein!", flüstere ich zurück, weil ich im Moment nichts von George oder amerikanischen Mustangs oder anderen spannenden Dingen hören will, sondern noch ein Weilchen meinen eigenen Gedanken lauschen möchte.

„Hättest du Lust, morgen mit mir …?"

„*TSCHIIIIP-zwitscher-tiiiiip…!*", knallt ein Ton in Judys Frage rein. Mein Handy!

Eilig reiße ich es vom Nachttisch und drücke die Stummtaste. Wenn Matron das hört, gibt's Ärger. Handys müssen nachts ausgestellt werden. (Kann man ja mal vergessen.)

„Wer war denn DAS?" Judy hat sich wieder aufgerichtet und starrt mich an. „Um diese Uhrzeit?"

Ich gucke aufs Display. „Oh, meine Tante Rosie! Die lebt nicht in Europa."

Mein Handy klingelt – oder, besser gesagt, zwitschert immer noch (neuer Klingelton, hat mir Rosie runtergeladen), nur inzwischen mäuschenleise.

Ich dämpfe meine Stimme und gehe schnell ran. „Tante

Rosie – hi! Wie geht's dir? ---- Ja, mir auch, danke! Ich liege nur schon im Bett und ---- Ja, hihi, es ist Nacht hier. Bei euch ist es mittags?"

Oh, wie gern ich mit Rosie reden würde! Denn gerade eben wird mir klar, dass es doch jemanden gibt, mit dem ich über Moritz sprechen kann! In Sachen Männer hat Mums Schwester garantiert mehr Erfahrung als alle Glitzergirls zusammen. Das hab ich ein paar reichlich grunzigen Bemerkungen von Nan entnommen, die in Rosies Richtung gingen. Hach, Nan ist so herrlich altmodisch!

„Tante Rosie, kann ich dich morgen früh zurückrufen?", flüstere ich ins Telefon. „So um halb acht britischer Zeit?"

Rosie ist wohl das, was man das schwarze Schaf unserer Familie nennen könnte. Sie war schon als Jugendliche *gegen* alles, was Nan wollte, und *für* alles, was Nan nicht wollte. In ihren frühen Zwanzigern lebte sie in London in besetzten Häusern (so viel Riechsalz gibt es gar nicht, dass Nan das hätte wegstecken können!), war mit Männern befreundet, um die Nana auf der Straße einen Riesenbogen gemacht hätte, trampte mit einer Freundin im Blumenkleid durch Indien und passte damit so wenig in Nans aristokratische Vorstellungen von einer *Lady* wie ein wilder Terrier in ein Rudel edler, gesittet auf teuren Teppichen liegender englischer Setter.

Ich möchte UNBEDINGT mit Tante Rosie reden! Natürlich auch über die Fahrt nach Highmoor Castle. Die sie ja ohne Frage unterstützen wird. Sie hat früher ja selbst nichts ausgelassen. Garantiert hat sie einen guten Tipp, wie ich Nana doch noch rumkriege.

„Das ist eher ungünstig", höre ich Rosies Stimme von der anderen Seite der Welt auf Tahiti, „um die Uhrzeit ist es bei uns schon spät und ich bin auf eine Party eingeladen. Kannst du nicht eben kurz ins Badezimmer oder so? Ich muss wirklich dringend mit dir reden – ich hab deine Mail bekommen."

Mein Herz macht vor Freude einen Hüpfer. JA! Sie hat eine Idee, wie ich doch mit nach Highmoor Castle fahren kann. Oh, auf Tante Rosie ist Verlass!

„Okay!", wispere ich. „Bleib dran! Ich schleiche mich kurz raus."

Verschwörerisch lächle ich zu Judy rüber und lege meinen Finger auf die Lippen. Dann öffne ich leise die Tür.

Judy rollt mit den Augen. „Sei vorsichtig! Sonst wirst du drei Tage zum Küchendienst verdonnert."

Das ist zwar bestimmt nicht wahr, denn solche Art Strafen gibt es im Cornwall College natürlich nicht, aber einen kostbaren freien Abend in Detention zu verbringen, wäre schon ärgerlich genug.

Wachsam luge ich in den langen Flur und husche dann schnell runter zu den Waschräumen. Durch die geschlossene Tür gegenüber, hinter der die kleine Wohnung von Matron liegt, dröhnt der Fernseher. Prima, dann hört sie weniger von dem, was draußen passiert!

Ich gehe in einen der Duschräume und quetsche mich auf die schmale Fensterbank. „Rosie, bist du noch da? So, jetzt kann ich reden. Du sagst, du hast meine Mail gelesen?"

Hach, jeder sollte eine Tante Rosie in der Familie haben! Eine Tante, die versteht, wie wichtig es ist, eigene Erfahrungen zu machen, normal zu leben und genau das tun zu dürfen, was auch andere tun dürfen. Eine Tante, die vielleicht ein bisschen verrückt ist, aber eben deswegen nicht halb so viele Ängste hat wie Nan. Eine Tante, die versteht, dass das Leben nicht lebenswert ist, wenn man es nur hinter dicken Sicherheitsmauern verbringt!

Oh, ich hab sofort richtig gute Laune. Es gibt gar keinen Zweifel, dass Rosie einen Ausweg weiß, sonst hätte sie mich nicht sofort zurückgerufen. Juhuuuu, ich werde DOCH nach Highmoor Castle fahren!

„Und? Was meinst du?", frage ich gespannt. „Wie kriege ich Nana rum?"

Aus meinem Handy kommt keine Antwort. Ist die Leitung zusammengebrochen?

„Rosie?"

„Ja, ja, Sweetie, ich bin noch dran."

„Ah gut, ich dachte schon ..."

„Hör mal!" Tante Rosie räuspert sich. „Also, diese Sache mit dem Ausflug zu der Burg ..."

„Ja, ist doch echt unfassbar, dass Nana mich nicht mitfahren lässt, oder?", unterbreche ich sie aufgeregt.

Rosie räuspert sich noch mal. „Ich will es kurz machen, Angie-Darling, diese Burg, die ... ähm, die schlag dir bitte aus dem Kopf."

„WAAAAS?" Ich hab mich wohl verhört!

Mist! Nicht nur dass ich vor Schreck von dem blöden schmalen Fensterbrett gekippt bin – AUA! –, nein, die Lautstärke meines Aufschreis wird von dem Hall in diesen gekachelten Räumen auch noch verdoppelt.

Ich rappele mich langsam vom kalten Boden auf. Tante Rosie schweigt.

Wieso schweigt die eigentlich die ganze Zeit?

„Wie meinst du das, *aus dem Kopf schlagen*?", flüstere ich so leise, wie ich eben kann, obwohl ich eigentlich brüllen möchte. In mir kocht so tiefe Empörung hoch, dass ich gar nicht weiß, was ich zuerst brüllen möchte! Hat Rosie wirklich gesagt ...?

„Findest du das etwa *richtig*, dass Nan mich nicht fahren

lässt? Es sind nur *drei Tage*. Es ist kaum *eine Stunde Busfahrt* entfernt. ALLE dürfen mitfahren!"

„Beruhige dich, Sweetie!", kommt Rosies Stimme aus meinem Handy.

Aber ich will mich nicht beruhigen. „DU FINDEST DAS RICHTIG?"

Rosie schweigt.

Vor Wut und Enttäuschung steigen mir glatt die Tränen in die Augen. „ROSIE?"

„Ja", sagt meine – ach so wilde und freie und mich immer unterstützende – Tante. „Ja, das finde ich tatsächlich richtig. Es tut mir leid, Angie!"

Das – ist – unfassbar!

„WARUM?", brülle ich in den Hörer.

OH, wie wütend ich bin! Wie ungerecht ist das! Und wie kann Rosie plötzlich auf Nanas Seite stehen?

Ich bin so hilflos und traurig und fühle mich so einsam in meiner Wut, dass mir die Tränen jetzt richtig aus den Augen schießen und wie Sturzbäche die Wangen runterkullern, bis sie auf den weiß gefliesten Boden tropfen.

Als ich gerade wieder den Mund öffnen will, um Tante Rosie noch mal zu fragen, *wieso* um alles in der Welt – ich meine, wenn ich es wenigstens verstehen würde! –, wieso ich nicht …

… sehe ich Matron in der Tür stehen.

Aus Matrons Augen kullern keine Tränen, Matrons Augen blitzen. „Bitte beende dein Gespräch, Cara!"

Ooooh – da kann ich erst recht nicht mehr leise weinen! Ich schluchze laut und verzweifelt los. Und überhaupt – ist ja jetzt eh egal. Sollen sie mich doch *die ganze Woche* in Detention stecken! Wenn ich sowieso nicht mit nach Highmoor Castle darf!

# Frühstück im Schummerlicht und Crumble mit wenig Glück

Eine Stunde später schleiche ich – nicht mehr weinend, aber sehr müde – zurück zu Judy ins Zimmer. Meine Kuhprinzessin schnarcht den Schlaf der Glücklichen. Ich nehme an, ihr Lächeln auf den Lippen hat mit Polo-Star George zu tun. Ich gönne es ihr. Auch wenn mir selbst alles andere als nach Lächeln zumute ist.

„Bist du erwischt worden?", ist Judys erste Frage, als wir morgens tatsächlich pünktlich aus den Betten kommen.
„Nein, Glück gehabt!", lüge ich.
Aber so gelogen ist es eigentlich auch wieder nicht …
„Ich denke, das bleibt am besten zwischen uns beiden", schlug Matron zum Abschluss vor, als ich aus ihrer Wohnung wieder rüber zu meinem Zimmer ging. „Was meinst du?"

Oh ja, das meinte ich auch! Und ich bin ihr *sehr* dankbar.

Nicht nur dafür, dass sie mein nächtliches Telefonat nicht an Mrs Hampstead weitergeben wird und ich daher nicht das kleinste bisschen Ärger bekommen werde, sondern vor allem für die Stunde reden.

Als ich zitternd vor Enttäuschung und Kälte (die Waschräume werden nachts nicht geheizt) plötzlich Matron gegenüberstand, merkte ich nicht mal mehr, wie sehr ich heulte. Mir war alles egal. Ich wartete auf das Riesendonnerwetter. Doch das kam nicht. Matron sagte gar nichts.

Etliche Sekunden lang stand sie nur im Türrahmen und guckte. Guckte mich an, vielleicht mitten in mich rein. Vermutlich bin ich nicht das erste Mädchen, das sie nachts weinend im Waschraum aufgegabelt hat.

Langsam kam sie auf mich zu und … nahm mich dann noch langsamer in den Arm. Mindestens eine Minute standen wir so. Schweigend.

Irgendwann sackten meine Schultern nach vorn, als würde sich etwas in mir ergeben. Ein tiefer Seufzer brach aus mir heraus, der wahrscheinlich nicht nur meiner Traurigkeit darüber galt, nicht mit nach Highmoor Castle zu dürfen, sondern meiner Traurigkeit über alles.

Über alle Dinge, die ich NICHT tun durfte, weil ich Anna-Louise Norden bin, das reichste Mädchen Europas. Wie oft habe ich aus dem Fenster unserer gepanzerten Limousine heraus die unbeschwerten Mädchen in meinem Alter beobachtet und diesen tiefen Schmerz empfunden, weil ich nicht mitmachen durfte. Weil ich nicht in lachenden Grüppchen Eis essen oder ins Schwimmbad oder ins Kino gehen durfte. ICH musste immer zu Hause bleiben. ALLEIN Eis essen, in unserem Pool baden und in Nanas kleinem Cinema-Raum Filme anschauen. Geschützt vor der Welt, eingemauert auf unserem Anwesen oder in privaten Stockwerken der Grandhotels.

All das kam jetzt wieder hoch. Alle dürfen. Und ich darf nicht. Ich muss allein zu Hause bleiben.

„Komm mit in mein Wohnzimmer!", sagte Matron freundlich, aber bestimmt. „Und dann erzählst du mir alles in Ruhe."

Und das tat ich. Alles. Egal, ob meine Tarnung aufflog oder nicht. Ich weinte, ich erzählte.

Von Nana, von Tante Rosie, von meinen toten Eltern und von dem unbeschreiblichen Glück, hier zu sein. Und jetzt durfte ich nicht mit nach Highmoor Castle! Wo bestimmt so viele tolle Dinge passieren würden und ich wieder nicht dabei sein durfte und … ach, überhaupt!

Matron hörte ruhig zu. Und schien erstaunlicherweise nicht im Mindesten überrascht, als ich ihr von meinem bisherigen einsamen Leben erzählte. Auch wenn ich keine Namen nannte, hatte ich das Gefühl, dass sie sich vorstellen konnte, wer ich war. Vielleicht sind doch alle Lehrer im Cornwall College eingeweiht? Komisch, darüber hab ich vorher noch nie nachgedacht.

Sie reichte mir ein Taschentuch nach dem anderen, nickte verständnisvoll und gab ganz einfach die richtigen Laute zum richtigen Zeitpunkt von sich.

Doch als ich irgendwann fragte, wie um alles in der Welt ich meine Großmutter nur umstimmen könne, sagte sie: „Cara-Lovey, ich kann sehr gut verstehen, wie gerne du mitfahren möchtest. Und dass du das nicht kannst, ist natürlich sehr, sehr schade, aber …" Sie machte eine Pause und sah mir ernst in die Augen. „Manchmal können wir Entscheidungen, die für uns getroffen werden, nicht verstehen. Oder wir verstehen sie erst sehr viel später. Ich bin sicher, deine Nana will dich nicht ärgern, sondern hat bestimmt einen Grund, warum sie dir diesen Ausflug verbietet. Meinst du nicht?"

Hm – ach, ich weiß nicht. Nan kriegt einfach immer mal wieder einen Glucken-Koller und braucht dann schon ihr Riechsalz, wenn ich nur allein in den Garten gehen will. Welchen *Grund* sollte sie haben?

„Und *Sie* können mir nicht einfach die Erlaubnis geben?", fragte ich trotzdem noch, auch wenn mir die Antwort schon klar war.

Matron lachte. „Nein, Cara, das kann ich nicht. Ich bin hier, um für dich zu sorgen und auf dich aufzupassen und …" Sie lächelte. „Und um mit dir zu reden, wann immer du das brauchst. Aber ich bin nicht deine Erziehungsberechtigte. In diese Entscheidungen kann und will ich mich auch gar nicht einmischen."

„Das dachte ich mir." Immerhin konnte ich auch schon wieder ein bisschen lächeln.

Ein heißer Becher Kakao, Matrons dickes Plüschsofa und ihre liebevolle Geduld hatten geholfen.

Jetzt, am Morgen, wo ich über all das immer noch nachdenke, ziehe ich mir mein Nachthemd über den Kopf und wickele mich in meinen Morgenmantel, um ins Bad zu trotten. Kein Wunder, dass ich müde bin, so spät, wie es war, als ich endlich im Bett lag!

Statt zu gehen, lasse ich mich doch noch mal auf die Kissen sinken und nehme das Foto von Mum und Dad, das auf meinem Nachttisch steht, in die Hand. Eine Aufnahme aus dem Sommer, in dem sie starben. Muss nur wenige Wochen vor dem schrecklichen Unfall gewesen sein.

Mum steht in Oxford im Garten, einen Gartenschlauch in der Hand, ein diebisches Grinsen auf den Lippen. Neben ihr reckt Dad sein lachendes Gesicht ins Bild – mit triefend nassen Haaren an diesem heißen, trockenen Tag.

Wann immer ich das Bild anschaue, muss ich unwillkürlich lächeln. Weil ich immer die Szene vor mir sehe, die dem Foto vorausging. Wie Mum meinen um Hilfe schreienden Dad mit dem Schlauch durch den halben Garten gejagt hat. Wie Dad gekichert und geflucht und laut gelacht hat und … so guter Laune war! An diesem heißen Sommertag. Doch dann höre ich meistens auf zu lächeln. Weil die Realität umso kälter ist. Dass ich mich von Dad nicht mal verabschieden konnte, setzt mir immer noch zu.

Ich stelle das Bild zurück.

„Du sitzt immer noch hier?" Judy kommt mit Turbanfrisur frisch geduscht zurück ins Zimmer. „Los, Tempo! Ich hab gehört, heute gibt's Pancakes zum Frühstück!"

Das Gute am Leben im Internat ist, dass man nie lange in trübe Grübeleien verfallen kann. Dafür passiert einfach ständig zu viel.

Das Blöde am Leben im Internat ist, dass man nie genug Zeit und Gelegenheit hat, um in Ruhe über irgendetwas nachzudenken. Es ist einfach zu viel los.

Judy und ich kommen gerade noch rechtzeitig in den Frühstücksraum von Pembroke House, um den Knall zu hören. Als wäre gerade der Ofen explodiert.

„Waaaaah!", machen wir automatisch, bevor wir gucken, was überhaupt passiert ist.

Es IST der Ofen. Er IST explodiert. Die Tür ist aufgesprungen, dicker Rauch qualmt aus der Backröhre.

Judy und ich bleiben wie angewurzelt stehen. Einige Mädchen schreien wild herum, andere kichern aufgeregt und ein paar haben geistesgegenwärtig die Fenster geöffnet, sodass sich der Rauch verziehen kann.

Es dauert nur zwölf Sekunden, bis die Hausmutter der jüngeren Mädchen aus dem ersten Stock angaloppiert kommt und nach Atem ringend im Türrahmen stehen bleibt. „WAS WAR DAS?"

Besonders die jüngeren Mädchen reden alle durcheinander.

„STROM ABSTELLEN!", ruft jetzt eine der Ladys vom Küchenpersonal zu einem der Hausmeister im Flur rüber.

Und nur wenige Augenblicke später stehen wir an diesem dunklen Januarmorgen im Schummerlicht vor dem Frühstücksbuffet. Mit dem Strom ist natürlich auch das Licht überall ausgegangen.

„Hihi, da wird einem sofort wieder ganz festlich zumute, was?", kichert Bailey und drängelt sich an uns vorbei.

„Hahaha, genau!", ruft Pippa und winkt zu uns rüber. „Happy Christmas!"

„Wir brauchen Kerzen, wir brauchen Kerzen!", rufen andere von den langen Tischen aus.

„Nichts da!", ruft die Hausmutter zurück, während sie gründlich den Ofen untersucht, um festzustellen, ob von dort noch Gefahr droht. „Aber wenn ihr euch einigermaßen leise verhaltet, könnt ihr weiteressen."

Sie lächelt. Anscheinend ist sie beruhigt. „War vermutlich nur ein Kurzschluss. Aber wer kam hier eigentlich auf die glorreiche Idee, sich seine Pfannkuchen zu überbacken und etwa ein Kilo geschmolzenen Käse auf den Ofenboden tropfen zu lassen? Hmmm?" Suchend guckt sie sich zwischen den Tischen um.

Natürlich fühlt sich niemand angesprochen.

Immerhin wissen wir jetzt, woher der Rauch – und der Gestank – kommt.

Ohne den Ofen auch nur eines weiteren Blickes zu würdigen, wandern Judys Augen über die Tische mit Brötchen, Obstsalaten und Müsli, mit warmen Rühreiern, Würstchen, Tofubällchen und gebratenen Tomaten und … dann hellt sich ihr Gesicht auf. „Los, schnell! Da sind noch welche!"

Pfannkuchen! Judys absolutes Lieblingsfrühstück.

Wir hocken uns neben Pippa und die anderen und fangen an zu mampfen. Beinahe hätte ich den ganzen Highmoor-Castle-Frust endlich mal vergessen, aber natürlich sind die

Burg und alles, was dort geplant ist, auch bei den Mahlzeiten das Hauptthema.

Raine guckt mich ungläubig an. „Du darfst wirklich nicht mitkommen?"

„Nein", antworte ich und stehe auf, um meine Unterrichtssachen von oben zu holen. Kann ja heute ruhig mal pünktlich im Klassenraum ankommen.

Ich gebe mir große Mühe in den nächsten Tagen. Schließlich will ich mir die restliche Zeit im Internat nicht auch noch selbst verderben. Wann immer die anderen begeistert Pläne schmieden, versuche ich, zu lächeln und so wenig wie möglich zu sagen. Oder ich mache mich einfach aus dem Staub.

„Ich hab eine Idee!", ruft Pippa am freien Mittwochnachmittag, als wir fünf zusammen mit Gemma und Apple und auch Abebi in einem süßen kleinen Café in Truro hocken und heißen Apple Crumble schlemmen. „Wollen wir in diesen Holiday Cottages in Puddlebrook so was wie eine Retro-Mitternachtsparty machen?" Pippa giggelt begeistert von ihrem eigenen Vorschlag. „Ihr wisst schon, wie früher vor hundert Jahren oder so – in diesen Uralt-Internatsbüchern?"

„Oooooh, dann brauchen wir aber auch diesen ganzen

Schweinkram, den die damals so lecker fanden!", quietscht Apple. „Gezuckerte Dosenmilch und Pfirsiche in Dosen und Butterkekse und so."

„Au ja!", ruft Raine und klatscht vor Begeisterung in die Hände. „Das ist soooo Vintage!"

„Wo bitte kriegt man denn Pfirsiche in *Dosen*?", fragt Hettie mit aufgerissenen Augen.

„Im Internet kriegst du alles. Auch Dosen von 1940", meint Apple. „Aber wir können ja auch normales Zeug nehmen. Wir könnten uns von Harrods was liefern lassen." Sie überlegt und kichert. „Wir lassen es einfach ganz unauffällig zum Postamt in diesem kleinen Puddlebrook schicken, und dann holen wir es dort ab."

„Cool!", findet sogar Miss Supercool Gemma. „Laden wir auch die Jungs ein?"

Hoffnungsvoll hebt Bailey den Kopf.

Was Jungs angeht, ist meine Freundin mit den tausend quirligen Ideen so ein Fall für sich. Dauerverknallt, aber meist in den Falschen. Und wenn sie das dann mal wieder eingesehen hat, bleibt immer noch Ben aus unserer Stufe. Aber entweder tut Ben nur so, als würde er ihren Dauer-Crush nicht bemerken, oder er steht einfach nicht auf sie. Arme Bailey!

„Jungs gab es in diesen alten Internatsbüchern aber nie", grinst Apple.

Doch das scheint Bailey wenig zu beeindrucken. „NA-TÜRLICH laden wir die Jungs ein. Wir sind doch kein Kloster!"

„Und leben außerdem inzwischen im 21. Jahrhundert!", pflichtet ihr Pippa bei.

Ich höre still zu und lächele wirklich tapfer. Doch es ist hart. Oh, wie gern ich mitfahren würde!

Abebi sagt fast so wenig wie ich. Dafür lächelt sie – im Gegensatz zu mir – ehrlich begeistert und so strahlend, dass ihre weißen Zähne hervorblitzen.

„Ich bin so froh, dass ich mich fürs Cornwall College entschieden habe", seufzt sie.

Apple, Gemma und Pippa haben sich bereits über ein Tablet gebeugt, um die Bestellung beim Londoner Nobelkaufhaus Harrods sofort online aufzugeben.

„Nicht, dass wir das vergessen und wir stehen bei unserer Party ohne Snacks da!", mahnt Apple.

Also ordern sie „kleine gemischte Häppchen" für mindestens fünfzig Personen. Mini-Lachscroissants, Kaviarhappen, Spargelmoussetörtchen, Feigenstückchen auf Ziegenkäse, Birnen- und Pflaumenpastetchen und noch hundert andere Köstlichkeiten mehr. Ich fürchte, ich muss mir noch einen zweiten Crumble bestellen, ich werde von Minute zu Minute hungriger.

„Eigentlich sollte ich in die Schweiz auf ein Internat", erzählt Abebi weiter.

„Schweiz?", grinst Bailey. „Ach, bei uns ist es bestimmt lustiger!"

„Garantiert!", strahlt Abebi.

„Dein Name klingt gar nicht so schwedisch", mischt sich Hettie freundlich ein. „Hast du ausländische Vorfahren?"

Abebi nickt. „Mein Vater ist vor dreißig Jahren aus Nigeria eingewandert. In Schweden hat er dann meine Ma getroffen, und ich ..." Sie lacht und breitet ihre Arme aus, wie um sich selbst in aller Ausführlichkeit zu präsentieren. „Ich bin das afrikanisch-schwedische Ergebnis."

„Und WAS für ein gelungenes Ergebnis!", ertönt plötzlich eine männliche Stimme hinter uns.

Huch?

Wir fahren herum und gucken direkt in die grinsenden Gesichter von Hayden, Eden, Freddy und ... Moritz! Am freien Nachmittag treiben die sich auch in Truro rum. Hätten die nicht 'ne Extrarunde rudern können?

Trotz ihres goldenen Hauttons sehe ich Abebi leicht erröten.

Die Jungs quetschen sich mit an unseren Tisch und fangen an, Abebi noch mehr auszufragen. Wo in Schweden sie lebt, ob sie noch Geschwister hat, welche Musik sie am liebsten hört ... Man könnte meinen, es gäbe nichts Wichtigeres, worüber man reden könnte.

Und Abebi antwortet brav. Wenn sie lacht – und sie lacht oft –, hat sie tiefe Grübchen rechts und links oberhalb ihrer Mundwinkel. Ohne Frage, sie ist total sympathisch.

Das scheint Moritz auch zu finden. „Warst du schon mal in Hamburg? Stockholm und Hamburg sind sich sehr ähnlich!"

Abebi lächelt. „Echt? Nein, war ich noch nie."

„Dann musst du unbedingt ...", quatscht Moritz eifrig weiter.

Irgendwas in mir zieht sich grad zusammen. Der lädt sie doch jetzt nicht etwa zu sich nach Hause ein? ICH war ja noch nicht mal bei ihm zu Hause. Obwohl ich in Hamburg wohne!

„... da hinfahren!", beendet Moritz seinen Satz.

Puh!

Raine stupst mich in die Seite. „Ist was, Cara? Du guckst so komisch."

Gucke ich komisch? Ähm, nö, alles okay. (Glaube ich.)

Ich setze wieder mein Lächeln auf, habe aber plötzlich das dringende Bedürfnis, aus dem Café rauszukommen. Wird mir gerade ein bisschen eng hier.

„Ich geh noch ein Stückchen bummeln", verkünde ich und greife nach meinem Mantel.

Raine erhebt sich ebenfalls. „Gute Idee, ich komme mit! Die Geschäfte machen gleich zu und ich wollte noch gucken, ob ich irgendwo warme Reitsocken finde."

Pippa, Hettie und Abebi winken uns nach, als wir raus aus dem warmen Café in die Kälte des Nachmittags treten.

Die Jungs bemerken nicht mal, dass wir gehen. Total vertieft in ihr Gespräch mit der neuen und anscheinend *sehr* interessanten Schwedin …

# Nan, Moritz und das Foto von Mum und Dad

Erwartungsgemäß nimmt meine Laune am Wochenende noch weiter ab. Je mehr auf unserem Flur mit kicheriger Vorfreude gepackt wird, desto mehr packt mich der Frust.

Am Sonntagabend starte ich einen letzten, verzweifelten Versuch am Telefon. Ich streite mich fast nie mit meiner Großmutter, doch dieses Mal geht es mit mir durch. Seit zwanzig Minuten erkläre ich ihr immer wieder, was für ein idyllisches kleines Dörfchen dieses Puddlebrook ist, wie kurz und sicher die Busfahrt sein wird und WIE traurig ich bin.

„Es gibt Dinge, die wir uns nicht aussuchen können!", bellt Nana in den Hörer. „Nicht mal ICH!"

Auch Nan verliert fast nie die *Contenance*.

„Aber zuerst hattest du es mir doch erlaubt!", rufe ich wütend. „Als ich dir am Anfang der Ferien erzählt hab, dass wir einen dreitägigen Ausflug machen, hast du ‚*Wie schön!*' gesagt! Und dann plötzlich durfte ich doch nicht. Das ist gemein!"

Denn das stimmt. Und das ist meine letzte Karte, die ich noch spielen kann. Wieso hat sie so plötzlich ihre Meinung geändert?

O-oh, Nan ist allerdings auch am Ende ihrer Beherrschung angekommen. „Da hattest du mir noch nicht gesagt, dass euer Ausflug nach Highmoor Castle geht!"

Ich höre sie angespannt ausatmen. Pause in der Leitung. Eine Pause, in der sie ohne Zweifel versucht, ihre Contenance wiederzugewinnen, und in der ich darüber nachdenke, was sie da gerade gesagt hat. Es geht also gar nicht um möglicherweise unsichere Übernachtungen oder unübersichtliche Dörfer, in denen mein Schutz nicht gewährleistet wäre? Es geht einzig und allein um … *diese Burg*? Was ist so Besonderes an Highmoor Castle?

Plötzlich werde ich ganz ruhig. „Nan? Was ist denn in Highmoor Castle …?"

Doch Nan schneidet mir so rigoros das Wort ab, als bereue sie, dass sie sich überhaupt so weit aus der Reserve hat locken lassen. „Schluss – kein Wort mehr davon! Und jetzt muss ich mich um andere Dinge kümmern, Angie. Ich wünsche dir eine gute Nacht!"

Bevor ich noch weiter bohren kann, hat sie aufgelegt.

Meine Nan hat einfach AUFGELEGT! Das hat sie in meinem ganzen Leben noch nicht gemacht! Und klang ihre Stimme gerade eben ... zittrig?

Ich bin so geschockt und verwirrt, dass ich nicht mal merke, wie jemand ins Zimmer kommt.

„Cara?"

Ich fahre zusammen und schaue hoch. „Moritz!"

Moritz guckt ein bisschen schuldbewusst. Wie lange hat er da schon in der Tür gestanden und mir zugehört?

„Ich wollte nur sagen ..." Er scheint nicht zu wissen, ob er weiter reinkommen oder lieber wieder gehen soll. „Freddy legt bei uns drüben gerade wieder am Klavier los, und falls du nichts Besseres vor hast ...?"

Was Besseres? Nee, hab ich nicht. Im Gegensatz zu allen anderen packe ICH ja nicht.

Als Antwort schnaube ich. Was natürlich nicht ihm gilt. Doch das weiß er logischerweise nicht.

„Sorry", murmele ich, „ich hatte nur gerade mit meiner Nan ..."

„Hab ich gehört", meint Moritz und macht nun doch ein paar weitere Schritte in den Raum rein.

Er setzt sich neben mich aufs Bett. „Darf ich?"

Ich grinse. „Du sitzt ja schon!"

Moritz grinst ebenfalls, dann fällt sein Blick auf das Foto auf meinem Nachttisch. „Deine Eltern?"

Ich nicke, als er das Bild hochnimmt und anguckt. „Du siehst echt voll wie die Mischung von deiner Mutter und deinem Vater aus."

Ich knote mir meine Haare im Nacken zusammen und versuche, die Wut auf Nan wegzuschieben. „Ja, das sagen alle."

Moritz blickt mir prüfend ins Gesicht. „Und du hast GE-NAU die Augen deines Vaters!"

Ich lache. „Ja, auch das sagen alle."

Er stellt das Bild wieder auf seinen Platz. „Also – kommst du jetzt rüber oder willst du hier noch weiter trübsinnig rumhocken?"

Natürlich hat er recht. Ich stehe auf. Ein bisschen Ablenkung kann garantiert nicht schaden.

„Weißt du übrigens, wer ebenfalls *nicht* mitkommen wird?", fragt Moritz, als wir die paar Schritte nach Bryher rübergehen.

Ich schüttele den Kopf. Obwohl ich es mir genau in diesem Moment natürlich doch denken kann, hihi! Aber das kann (und soll!) Moritz ja nicht ahnen.

„Josh!", sagt Moritz so empört, als wäre bereits der Name

eine Unverschämtheit für sich. „Sieht aus wie das blühende Leben, aber hat sich krankgemeldet. Ehrlich!" Er guckt mich von der Seite an. „Wenn ich es nicht besser wüsste, würde ich immer noch denken, der will was von dir und behauptet deshalb, krank zu sein. Nur, um in deiner Nähe bleiben zu können!"

Am liebsten würde ich kichern, doch das könnte Moritz bestimmt schrecklich falsch verstehen. Also beschränke ich mich auf ein „Sei nicht albern!".

Moritz grunzt. „Meinst du, ich bin blind? Der hängt immer

noch ständig genau dort rum, wo du auch bist."

Natürlich tut er das!, denke ich, grinse aber lieber nur innerlich. Dafür bezahlt ihn meine Nan ja schließlich. Er ist mein Bodyguard!

„Ehrlich, du spinnst!" Zur Sicherheit gehe ich lieber ein bisschen auf Angriff. Nicht, dass Moritz wieder anfängt, Josh in Jobschwierigkeiten zu bringen.

Doch Moritz lässt nicht locker. „Du scheinst jedenfalls nichts dagegen zu haben, dass er ständig in deiner Nähe ist."

„Also echt, jetzt hör mal auf!" Ich weiß nicht, ob ich lachen oder sauer werden soll. „Wenn Josh krank ist, wird er sowieso die meiste Zeit in seinem Zimmer sein."

Das nehme ich zwar nicht an, aber immerhin scheint das Argument zu wirken. Außerdem sind wir inzwischen im

Treppenhaus von Bryher angekommen und die rockigen Rhythmen von Freddy am Klavier schallen uns laut entgegen.

Moritz grummelt noch irgendetwas, von dem ich allerdings nur die hingenuschelten Worte *eingebildeter Affe* und *Hühnerkönig* verstehen kann. Ich gehe mal davon aus, dass sie sowieso nicht für meine Ohren bestimmt waren.

Immerhin ein ganz klein bisschen aufgeheitert betrete ich den gut gefüllten Aufenthaltsraum der Jungen. Wow, hier ist ja was los!

Ich bin kaum im Zimmer, da werde ich auch schon von Pippa und Eden zu den anderen in die Mitte gezogen. „Los, tanzen!"

Ach, warum nicht! Alles einfach wegtanzen!

Ich sag's ja, viel Zeit zum Grübeln hat man hier nicht.

# Trauriger Tag mit ♥, Happy End? *

**I**ch habe mich in mein Zimmer verkrochen, als die großen Cornwall-College-Busse mit dem goldenen Internatslogo knirschend auf den Kiesplatz vor dem Schloss gerollt sind. Verabschiedet hab ich mich bereits vor einer halben Stunde. Allen auch noch beim Einsteigen zuzusehen, muss ich mir nicht antun.

Moritz guckte vorhin tatsächlich ein bisschen traurig. Ob er mich vermissen wird? Sind wir vielleicht doch *zusammen* und ich – ähm – begreife das nur nicht? Muss direkt ein bisschen kichern, denn tatsächlich wäre das typisch – so blöd könnte nur ich sein!

Okay, ganz halte ich es doch nicht aus. Ich ziehe mir meine Anti-Ausflugsschmerz-Music-Plugs aus den Ohren und robbe auf meinem Bett ans Fenster. Von hier aus kann ich zwar nicht den ganzen Platz, aber immerhin einen Teil davon sehen. Da sind Pippa und Abebi und versuchen, dem Fahrer zu helfen, einen riesigen Koffer unten ins Gepäckfach zu stopfen. (Das Ding kann nur von einem der Glitzer-Girls stammen. Ich schätze, die haben für zweieinhalb Tage *nur das Nötigste* gepackt, hihi!)

Na, was für ein Gentleman – jetzt kommt Mr Retter-in-der-Not Moritz Muskelmann-Schönface dazu! Mit einem Ruck … hebt er das schwere Ding hoch und wuchtet es mit Schwung ins – ups! Nein, voll Karacho *gegen die Gepäckfachklappe* und …!

Ich drücke meine Nase gegen die Scheibe. Das glaub ich doch jetzt nicht?

Die anderen gucken genauso blöd wie ich. Oder besser gesagt, wie Moritz. Denn der Koffer ist zurück auf den Boden geknallt und liegt in all seiner glitzerigen Pracht im Staub zu Moritz' Füßen. Und direkt darüber baumelt die Gepäckfachklappe, so wie sie ganz sicher nicht baumeln sollte (offenbar nur noch an einem Haken hängend), und … kracht nun ebenfalls auf den Kies.

In mir regt sich ein kleiner Lachanfall. Und als ich Pippas Gesicht sehe, kann ich mich echt nicht mehr halten. Pippa wiehert natürlich wie ein Pferd. Oh, und das Gesicht von Moritz! Aber wer noch heftiger lacht, ist Abebi. Sie krümmt sich und kichert und wischt sich gerade Lachtränen aus den Augen. Und als sie Moritz' erschrockenen Ausdruck bemerkt, hängt sie sich an seine Schulter, um ihn mitzureißen, und lacht noch mehr.

Irgendwas sagt sie auch, doch das kann ich hier oben natürlich nicht verstehen. Auf jeden Fall muss es was Witziges gewesen sein, denn endlich kann auch Moritz über seine *Heldentat* lachen. Und wie er lacht! Abebi und er halten sich gegenseitig fest, sonst würden sie vermutlich umfallen.

Supergute Stimmung da unten – Abebi und Moritz sehen richtig gut gelaunt und total glücklich aus! Daran kann auch eine kleine abgebrochene Gepäckklappe nichts ändern.

Mir fällt das Lachen jäh aus dem Gesicht. *Die beiden sehen total …?* Halten sich Moritz und Abebi da wirklich gerade in den Armen?

Eine winzige Sekunde lang bin ich nur geschockt. Tsss, der scheint mich ja wirklich schlimm zu vermissen! Dann rutscht meine Stimmung so sehr in den Keller, dass ich richtig schlucken muss.

Bah, ich gucke einfach nicht mehr raus!

Kurze Zeit später kann ich hören, wie ein Bus vom Schlossplatz runterrollt (vermutlich der, den Moritz geschreddert hat) und nach ein paar Minuten ein anderer vorfährt.

Nach etwa weiteren zehn Minuten scheinen endlich alle

Schüler und alle Koffer umgeräumt und verstaut zu sein und ich höre, wie Mrs Hampstead laut ruft: „Gute Fahrt und kommt gesund wieder nach Hause!"

Die Busfahrer hupen freundlich als Antwort, dann fahren sie los.

Nur ich bin noch hier.

Um mich abzulenken, schaue ich mir auf meinem Handy blöde Videos an, in denen irgendwelchen Leuten Missgeschicke passieren. Alle Videos haben zum Glück ein Happy End. Gibt's im richtigen Leben auch immer ein Happy End?

Mrs Hampstead hat mir freigestellt, den Unterricht der Gruppe von Year Ten zu besuchen, die erst Ende der Woche nach Highmoor Castle fahren wird, oder aber die zwei Tage einfach Freizeit zu haben. Na, wofür entscheidet man sich da wohl?

Da der Teil, der eben losgefahren ist (und zu dem ich ja eigentlich gehöre), den Unterricht von heute und morgen am Donnerstag und Freitag sowieso nachholen wird, würde ich sonst ja alles zweimal hören, meinte sogar Mrs Hampstead. Aber vielleicht hat unsere Direktorin auch einfach nur Mitleid mit mir.

Ich könnte jetzt reiten gehen – wahrscheinlich würde Josh *zufällig* auch Lust auf einen Ausritt haben und mich begleiten. Oder ich könnte ein bisschen durch das kleine Städtchen Truro bummeln. Doch das haben wir ja gerade erst am Wochenende gemacht. Oder ich könnte einfach hier liegen bleiben und mich ganz schrecklich fühlen.

Ich entscheide mich für das Letztere.

Um nicht dauernd an den Anblick der lachenden Abebi und des strahlenden Moritz' – Arm in Arm – zu denken, rufe ich mir noch mal das Telefongespräch mit Nana von gestern Abend in Erinnerung. Ganz offensichtlich ist sie nicht *generell* besorgt um meine Sicherheit, sondern ganz speziell um meine Sicherheit in Highmoor Castle. Liegt darin auch der Grund für Rosies so ungewöhnlich harte, ja fast unfreundliche Art, auf die sie Nan recht gegeben hat, mir die Fahrt zu verbieten? Was ist so Besonderes an dieser Burg?

Mrs McIntyre hat uns letzte Woche schon einiges erzählt. Viele Stately Homes und Castles, die sich in Großbritannien noch in Privatbesitz befinden, haben heutzutage große finanzielle Schwierigkeiten. So riesige alte Häuser zu erhalten, kostet mehr, als sich selbst diese reichen Familien leisten können. Viele öffnen daher ihren Besitz für die Öffentlichkeit, veranstalten Führungen und richten kleine Museen ein, um die alten Schlösser zu finanzieren.

Doch oft reichen auch diese Einkünfte nicht, erklärte Mrs

McIntyre, sodass einige Besitzer auf ungewöhnliche Ideen kommen.

In der Grafschaft Wiltshire gibt es zum Beispiel das prachtvolle Stately Home *Longleat*, deren Besitzer schon vor Jahrzehnten das riesige Anwesen um das Herrenhaus herum zu einem Safari-Park umfunktioniert haben. Mit echten Löwen, Affen und allem Drum und Dran ist Longleat Safari-Park heute ein bekanntes Ausflugsziel in Südengland. Geldprobleme gibt es dort keine mehr.

Lord Farrington, der jetzige Besitzer von Highmoor Castle, dem auch der Pub *The Dog and Duck* im nahen Dörfchen Puddlebrook gehört, bietet ganze Ferienpakete oder – wie in unserem Fall – historische Führungen für Jugendliche oder Erwachsene an. Die beiden Holiday Cottages neben dem *Dog and Duck* sind ebenfalls seine.

Was kann Nan nur dagegen haben, dass ich in einem Castle Geschichtsunterricht kriege?

Ich denke wieder an die Ferien auf Tahiti. Immer war Rosie auf meiner Seite, hat kleine Seitenhiebe auf Nana abgefeuert, weil sie fand, dass Nan mich zu sehr einsperrt, mir zu wenig Freiraum lässt, und jetzt? Jetzt erklärt sie mir nicht mal irgendwas, sondern ist nur genauso knallhart gegen Highmoor Castle wie Nana. Das ist doch nicht normal?

Überhaupt – Tahiti! Jetzt, wo ich noch mal darüber nachdenke … Das war schon peinlich auffällig, wie Nana mich
nicht aus den Augen gelassen hat. Als habe sie wirklich
Angst davor, mich allein mit Tante Rosie zu lassen. Warum?
Befürchtet sie, Rosie könne mich gegen sie aufhetzen?
Blödsinn! Dass auch Rosie ihre Mutter, also meine Nan,
wirklich liebt, ist deutlich spürbar. Nur haben sie eben völlig
unterschiedliche Vorstellungen vom Leben – und *irgendwas*
in der Vergangenheit muss zu diesem Bruch geführt haben.
*Warum* also wollte Nan nicht, dass ich mit meiner Tante
allein bin?

Einmal war es ganz krass. Ich hatte nach unserem Gespräch
am Strand, als Nana dazukam, tatsächlich noch einmal so
einen seltenen Moment mit Rosie allein, nämlich in der
Küche, wo Rosie Muscheln putzte. („Rosemary! Kann das
nicht diese Hanino machen?", war normalerweise Nanas
*not amused* und leicht entsetzter Kommentar, wann immer
sie ihre Tochter in der Küche erwischte.)
„Du, Angie", fing Rosie gerade an und bedeutete mir, mich
neben sie auf die Bank zu setzen, „ich würde mit dir gerne
mal über den Unfall deiner Eltern reden, wenn du magst?
Das hätte ich eigentlich schon längst tun sollen. Aber du
warst ja damals so jung, und ich …" Sie strich sich mit den
muschelnassen Händen ein paar vorwitzige Haarsträhnen

aus dem Gesicht. „Also, ich hab mich damals vielleicht auch etwas zu schnell aus dem Staub gemacht, weil …"

„Ja, warum eigentlich?", warf ich ein.

Nicht, dass ich ihr das vorwerfe, aber ich hab mich natürlich schon öfter gefragt, was Nana und Rosie damals so unwiderruflich entzweit hat.

Rosie seufzte. „Deine Nan und ich, wir hatten einen furchtbaren Streit. Na gut, eigentlich war noch jemand beteiligt. Aber der …" Sie stockte einen Moment. „Ach, das ist jetzt egal. Was ich mich nur immer gefragt habe, ist, was Nana dir eigentlich von dem Unfall erzählt hat?"

Ich guckte sie überrascht an. Immerhin hatten alle Einzelheiten, bis ins letzte technische Detail, in so ungefähr jeder Zeitung von hier bis nach Tokio gestanden. Was an dem Tag in den französischen Alpen geschehen ist, war nie ein Geheimnis. Dad kam von der Straße ab, weil ihm ein Wagen entgegenkam, dem er ausweichen musste. Die Bremsspuren bewiesen das. Allerdings wurden nie Zeugen gefunden, die das bestätigen konnten, und ein Fahrer hat sich auch nie gemeldet. Man hat also nie rausgefunden, WEM Dad ausweichen musste. Der Fahrer hat Fahrerflucht begangen.

„Na ja, genau das, was man auch überall lesen konnte …", begann ich …

… als Nana wütenden Schrittes in die Küche gestapft kam.

„HIER seid ihr also!"

Ich erinnere mich noch gut, wie verärgert Tante Rosie Nana anfunkelte. Als hätte Nan sie bei etwas Wichtigem gestört.

Nana sah allerdings nicht viel freundlicher aus.

Ein paar Sekunden lang war ich perplex, weil die Atmosphäre im Raum plötzlich so angespannt war. Dann riss Nana hocherhobenen Hauptes (meine Großmutter hätte wirklich eine prima Königin abgegeben) die Situation an sich.

„Angie, du wolltest mir noch ein paar Blumen im Garten zeigen!", brach sie mit donnernder Stimme das merkwürdige Schweigen. „Ich denke, das solltest du jetzt machen, sonst wird es dunkel."

Ganz eindeutig war das kein Vorschlag, sondern ein Befehl. Mit drei unüberhörbaren Ausrufezeichen dahinter. Dass das nun wirklich auch noch bis morgen hätte warten können, wagte ich nicht zu sagen. Es war klar, dass es nicht um die Blumen ging, sondern dass Nana mich lediglich wegholen wollte. Wegholen wovon? Darf ich etwa nicht mit Rosie über den Unfall reden? Befürchtet Nana, dass alte Wunden aufreißen, wenn jemand den Tod meiner Eltern erwähnt? Dabei würde ich doch liebend gerne darüber reden, um endlich alles besser verarbeiten zu können.

Blöd, irgendwie hatte ich diese Szene schon wieder ganz vergessen – kein Wunder, bei all diesen Eindrücken auf Tahiti. Erst jetzt fällt sie mir wieder ein.

Natürlich wäre es auch übertrieben gewesen, Tante Rosie Tage später noch mal darauf anzusprechen. Es war ein nett gemeinter Versuch von ihr, mir wenigstens jetzt eine gute Tante zu sein und mit mir über diese schmerzvolle Zeit zu reden. Vielleicht ergibt sich so eine Situation ja irgendwann später noch mal.

Warum aber ist sie jetzt plötzlich so abweisend? Ich meine, sie hätte mir doch wenigstens erklären können, warum auch sie dagegen ist, dass ich an dieser Fahrt teilnehme? Doch nach dem Anruf hat sie sich die ganze Woche nicht mehr gemeldet.

*Tschiiiiiep-tirriliiiii …!*

Huch, ich schrecke richtig zusammen – das ist ja spooky! Gerade denke ich an Tante Rosie und warum sie nicht noch mal angerufen hat, und *peng* klingelt mein Handy.

Aufgeregt wühle ich in dem Klamottenhaufen am Fuß meines Bettes nach dem Ding und reiße es hoch. Oh, schade, *nicht* Rosie – es ist Nana!

Ein paar Sekunden lang lasse ich das Telefon weiterträllern, ohne zu antworten.

Möchte ich jetzt von Nana getröstet werden? Warum sollte

sie sonst anrufen? Möchte ich Nana beruhigen, dass alles in Ordnung ist und ich mich auch hier gut beschäftigen kann? Nein! Ich bin sauer.

Doch dann – Mist! – gewinnt meine gute Erziehung. „Hallo – Nana?"

„Angie?" Nanas Stimme klingt ruhig, aber nicht wirklich entspannt. Ich kenne sie so gut, ich kann diese kleinen Unterschiede hören. „Angie, wo bist du? Noch im Internat?"

„Ja, klar."

Wo soll ich sonst sein? Im Hubschrauber nach Paris zu 'ner kleinen Shopping-Tour? Heiße ich Danielle oder Sapphire?

„Angie …" Nana klingt irgendwie merkwürdig. „Ich habe gerade mit Mrs Hampstead gesprochen. Ich werde dir das alles zu einem anderen Zeitpunkt erklären, aber – hm – also, die Sache ist die …"

Nana redet. Unterbrochen von etlichen Seufzern, was sonst überhaupt nicht ihre Art ist – Nana spricht immer klar und beherrscht. Als sie fertig ist, wartet sie. Vermutlich auf meine Antwort.

Ich fasse nicht ganz, was ich da gehört habe.

Tief hole ich Luft und brülle in den Hörer: „Ich darf DOCH fahren?"

„Mhm …“, macht Nana am anderen Ende der Leitung und beschwert sich nicht mal über meine Lautstärke.

Ich begreife das alles jetzt noch weniger. Seit Wochen bettele ich, dann fahren die Busse ab, und eine Stunde später ruft Nan an und …

„Wie gesagt“, fügt Nana noch hinzu, „Mrs Hampstead weiß Bescheid. Sie besorgt dir ein Taxi und du kannst sofort hinterherfahren. Du wirst nur wenig später als die anderen ankommen.“

In die unglaubliche Freude mischt sich in meinem Bauch allerdings auch Wut. Hätte ihr das nicht einen Tag früher einfallen können?

Und dann – ich weiß nicht, was mich reitet – schießt der Trotz aus mir raus: „Und wenn ich jetzt nicht mehr will?“

Nana scheint einigermaßen sprachlos. „Was soll das heißen? Ich sagte, du kannst fahren, also fährst du auch!“

Oh, da werde ich aber erst richtig sauer! Natürlich will ich immer noch fahren, aber ich will mich auch mit Nan streiten – oh, und wie ich das will! Ich bin so böse, so enttäuscht! Kapiert sie überhaupt nicht, dass sie mir die ganze letzte Woche kaputt gemacht hat?

Und obwohl ein großer Teil in mir eigentlich „Hurra!“ rufen will, ist das, was aus meinem Mund rauskommt, ein sehr unfreundliches „Danke. Ich möchte nicht mehr fahren!“.

Ich erkenne mich selbst gar nicht wieder. Da ist plötzlich ein Drang in mir, zu rebellieren, endlich nicht mehr nach Nanas Pfeife zu tanzen! Ich glaube, das Cornwall College tut mir gut. Nana erkennt mich anscheinend auch nicht wieder. „WAS BITTE?"

Ich kann direkt *sehen*, wie sie nach ihrem Riechsalzfläschchen angelt.

„Jetzt hör mir mal gut zu, Angie!", bellt Nana in den Hörer. „Wenn ich sage, du fährst, dann fährst du auch! Haben wir uns verstanden?"

„Und wenn *ich* sage, dass ich nicht mehr möchte?" Meine Wut wird zwar schon deutlich kleiner … und ein bisschen Angst habe ich auch, dass unser Streit so enden könnte, dass ich tatsächlich nicht fahre – und das will ich natürlich unbedingt vermeiden. Aber irgendwas in meinem Bauch will noch weiterzicken.

Ich kann hören, wie Nana ihren Atem kontrolliert und versucht, sich zu sammeln. „Angie, ich kann verstehen, dass dich das wundert. Aber ich habe dir schon ein paar Mal gesagt, es geht nicht immer nach unserem Willen. Und nach meinem …" – ein empörter Unterton schleicht sich in die letzten Worte – „… geht es schon überhaupt gar nicht."

Was soll das denn nun wieder heißen? Will sie oder will sie nicht, dass ich fahre? Ich bleibe stumm.

Dafür redet Nan weiter. „Du setzt dich jetzt bitte brav ins Taxi … Josh ist doch noch bei dir, oder?"

„Ja, ja." Ich nicke.

Nana scheint zufrieden. „Gut. Und dann fahrt ihr beide zu diesem …" – ein tiefer, ein sehr tiefer Seufzer entfährt ihr – „… zu diesem *verdammten* Highmoor Castle!"

# Auf nach Puddlebrook!

Ich krieg es einfach nicht aus meinem Kopf raus. Meine Nana, meine erzkonservative, steif-britische, hocharistokratische Großmutter hat *verdammt* gesagt. Sie sagte: *Fahrt zu diesem VERDAMMTEN Highmoor Castle!* Nana hat in ihrem – oder zumindest meinem – ganzen Leben noch nie so ein Wort benutzt! Nana flucht nicht.

Josh und ich sitzen im Taxi und rauschen durch die winternebeligen, grünen Hügel von Cornwall Richtung Süden. Das hübsche Küstenstädtchen St. Ives ist bereits ausgeschildert. Highmoor Castle am Rande von Puddlebrook liegt südwestlich von St. Ives direkt auf den wilden Klippen der Irischen See.

Hach – jetzt freue ich mich doch! Egal, was mit Nana los ist. Als ich Josh von der Szene mit Nan am Telefon erzähle, zuckt der nur mit den Schultern und sagt nichts weiter. Megagesprächig ist Josh ja nie, was schon daran liegt, dass er wegen seines Jobs im Internat nicht auffällig mit mir befreundet sein soll, aber … Ich meine, er könnte ja schon so was wie „*Cool!*" oder „*Super, dass du jetzt mitdarfst!*" sagen. Stattdessen starrt er bloß, nicht gerade mit dem bestgelaunten Gesichtsausdruck, zum Fenster raus.

Ich kräusele die Stirn und tue mir selbst ein bisschen leid. Ich scheine zurzeit nicht gerade von Leuten umgeben zu sein, die sich für mich freuen.

Die Landschaft draußen lenkt mich ab. Das Taxi, das eben noch auf der breiten Schnellstraße fuhr, biegt nun ab auf kleinere Straßen. Viele Weiden, wenig Ackerland säumen die kurvenreiche Strecke. Ich sehe Kühe, aber auch immer wieder Alpakas. Erstaunlich, die scheinen in Cornwall in Mode zu kommen!

Hinter St. Ives wird die Landschaft plötzlich ohne Vorwarnung rauer. Karge Hügel, bewachsen mit spärlicher Heide, tun sich vor uns auf. Kaum ein Haus ist zu sehen. Und dann taucht hinter einem Berg auf einer Klippe am Meer eine Burg auf.

„Ist das Highmoor Castle?" Ich lehne mich vor, um besser sehen zu können.

Der Fahrer nickt. „Vermutlich das einsamste Gemäuer südlich von Schottland."

Als Antwort lässt Josh neben mir einen Grunzton hören, der nicht besonders begeistert klingt. Komisch, für ihn müsste es doch auch mal eine nette Abwechslung sein, das Internat für ein paar Tage zu verlassen.

Als wir weiter um den Berg herumkommen, können wir unterhalb der Burg das kleine Dorf sehen. Grob geschätzt vielleicht zwölf Häuser. Ich grinse. Wenn man sich in England einer Sache sicher sein kann, dann, dass auch die winzigste Ansammlung von Wohnhäusern garantiert einen Pub hat. Und tatsächlich ragt das *Dog and Duck* stolz zwischen zwei prächtigen uralten Eichen auf. Dahinter, am Ende eines langen Gartens, entdecke ich zwei moderne Bauten. Vermutlich die Holiday Cottages, in denen wir wohnen werden.

Puddlebrook besteht aus einer Straße mit kleinen Cottages plus ein paar Höfen, die sich von außen an das Dorf angehängt zu haben scheinen. Und mittendrin ein Teich, auf dem sich eine ganze Horde Enten vergnügt. Hihi, jetzt weiß ich auch, warum der Pub *The Dog and Duck* heißt!

Ein dicker Glückspikser fährt mir in den Bauch. Oh, ich hab so ein Gefühl, als ob hier etwas ganz, ganz Wunderbares passieren wird!

# Düstere Geister und gruselige Geschichten

Josh macht ein Gesicht wie sieben Tage Regenwetter. Dabei ist das Wetter für Januar ausgesprochen freundlich. Okay, ein ziemlicher Sturm fegt uns fast um, als wir aus dem Taxi steigen, doch die Wolkendecke am Himmel reißt immer wieder auf und lässt goldene Sonnenstrahlen auf dieses entlegene Fleckchen Erde scheinen. Das kann doch nur ein gutes Zeichen sein?

Von unseren Mitschülern oder Lehrern ist nichts zu sehen, also gehen wir mit unserem Gepäck in den Pub. Der Mann hinter der Theke stellt sich als Lord Farrington vor. Ich staune. Ein echter Lord, der in einem freundlichen, aber etwas runtergekommenen Pub Bier ausschenkt? So reich kann er dann wohl doch nicht sein.

Lord Farrington erzählt uns, dass die anderen auf einer Wanderung zum Meer sind, und zeigt uns den Weg, auf dem wir sie noch einholen könnten. Doch mir ist nicht nach hektischem Hinter-den-anderen-Herrennen und so schlage ich vor, dass wir stattdessen den kurzen Weg zur Burg hochsteigen und uns dort schon mal den Duft der vergangenen Jahrhunderte um die Nase wehen lassen.

Josh schnaubt verächtlich. „Was für einen Duft? Der Sturm erreicht gleich Orkanstärke. Wir sollten lieber hier im Pub bleiben und einen Kaffee trinken."

Lord Farrington nickt. „Das halte ich auch für eine ausgezeichnete Idee." Er schaut mich an und lächelt. „Ich warne sowieso immer davor, die Burg allein oder zu zweit zu betreten."

Josh grunzt noch mal.

Also, jetzt wird es aber langsam peinlich. Was ist denn heute mit ihm los? Er hat doch sonst mindestens so gute Manieren wie Nana.

„Warum?", frage ich erstaunt. „Ist die Burg … Ich meine, sie ist doch sicher, oder? Da besteht doch keine Einsturzgefahr oder so was?"

Auf Lord Farringtons Stirn tauchen Falten auf. „Na ja, bei unserer Finanzlage sind wir nicht mehr weit von Einsturzgefahr entfernt!" Gleich danach versucht er, diese Bemerkung mit einer beruhigenden Handbewegung und einem

Lachen wegzuwischen. „Nein, nein, keine Sorge, das war natürlich nur ein Scherz."

Er lehnt sich über die Theke und guckt mir tief in die Augen. Allerdings in der Art, in der sich Erwachsene zu kleinen Kindern runterbeugen, um ihnen dann mit sehr viel Ernst und leichtem Drohton in der Stimme zu erzählen, dass man mit dem Weihnachtsmann besser nicht spaßen sollte. *Wenn der nämlich seine Rute rausholt …!* Und hups sind die Kinder kichernd vor Schreck unterm Tisch verschwunden und werden sich garantiert nicht trauen, heimlich ins Weihnachtszimmer zu lugen, bevor sie es auch wirklich dürfen.

Unwillkürlich lehne ich mich ein Stück zurück und bin gespannt, warum ich nicht allein oder mit Josh zur Burg hochgehen sollte.

„Über dem Eingang zum Castle habe ich ein Schild angebracht. *Betreten auf eigene Gefahr!*" Lord Farrington klingt jetzt tatsächlich mindestens eine Oktave tiefer. „Selbstverständlich bezieht sich diese Warnung nicht auf die bauliche Sicherheit. So was wird regelmäßig von der Baubehörde überprüft, sonst dürfte ich meine Burg ja gar nicht der Öffentlichkeit zugänglich machen."

In seinen Augen blitzt ein wenig Spaß, doch seine Stimme klingt auch weiterhin bedrohlich. „Nein, ich rede selbstverständlich von den *Geistern* von Highmoor Castle! *Lord und*

*Lady Witherington und die Duchess of York ...*" Lord Farringtons Augen sind groß, wissend und geheimnisvoll aufgerissen.

Crikey – ich wusste es! Für wie alt hält der mich?

Ich beginne, genüsslich zu lächeln. Was für ein Empfang! Hihi, ich mag Spukgeschichten!

Sogar über Joshs schlechtlauniges Gesicht huscht ein kurzes Grinsen.

Die Stimme des Lords wird leise, fast vertraulich. „Lord und Lady Witherington sowie ihre Begleiterin, die Duchess of York – alle drei von uns gegangen anno 1791 –, finden keine Ruhe. Sobald die Dunkelheit einsetzt, kann man sie im Schloss umherirren hören ... und auch sehen." Lord Farrington schaut ernst. „Ich spaße nicht! Hört euch im Dorf um. Ihr werdet kaum jemanden finden, der nicht schon einen Schatten um die Burg hat huschen sehen."

„Wie sind die drei denn gestorben?", fragt Josh – unverhohlen amüsiert.

Lord Farringtons Gesicht verdüstert sich. „Geld, Eifersucht, Liebe! Wie immer ging es um diese verdammten Dinge!"

Josh nickt. „Ja, besonders Geld ist eine lästige Begleiterscheinung des Lebens."

Der Burgbesitzer nickt. „Vor allem, wenn man keins hat."

„Vor allem dann!", bestätigt Josh mitfühlend.

Ich frage mich, ob es im Moment noch um Lord und Lady Witherington und diese Duchess oder nur noch um Lord Farrington geht.

„Wie sind die drei denn nun ums Leben gekommen?", hake ich ungeduldig nach.

Lord Farrington setzt wieder sein Weihnachtsmann-Kinderschreck-Gesicht auf. „Die kleine Gruppe unternahm eine Erholungsreise nach Highmoor Castle, das damals dem Duke of Leeds gehörte. Nur selten reiste er den weiten Weg von seinem Heimatsitz hierher, doch als sich die Gruppe ankündigte, war auch er vor Ort."

„Und?", unterbricht Josh ihn mit einem Schmunzeln. „Ist auch der Duke of Leeds gestorben?"

Lord Farrington sieht ihn halb grinsend, halb vorwurfsvoll an. „Ja, das ist er. Vierzig Jahre später mit knapp fünfundachtzig Jahren in seinem Bett – hoch oben im kalten Leeds."

Josh lacht.

Möchte wissen, was daran so komisch ist.

„Und was passierte nun mit der Reisegruppe?", drängele ich.

Der Schlossbesitzer kommt hinter der Theke hervor, wischt sich seine Hände an seiner Schürze ab (also, wie ein Lord sieht er wirklich nicht aus!) und setzt sich zu uns an den Tisch.

„Es fing damit an, dass die Duchess of York ein Verhältnis mit dem Duke of Leeds hatte", beginnt Lord Farrington zu erzählen. „Davon wusste Lord Witherington nichts, bis er die beiden auf der Burg in flagranti erwischte. Natürlich forderte er den Duke sofort zum Duell. Am frühen Morgen des nächsten Tages, auf den Klippen zum Meer."

Ich runzele die Stirn. Ein Duell war in vergangenen Jahrhunderten eine blutige Sache. In der Regel überlebte nur einer. Der Gewinner nämlich.

„Aber warum denn das?", frage ich verblüfft. „Lord Witherington war doch mit Lady Witherington verheiratet, oder nicht?" Dann kapiere ich. „Aaah, er wollte die Ehre der Duchess of York retten? Ähm, oder so ähnlich?"

Lord Farrington lacht das erste Mal. „Nein, das ist eine sehr süße Idee, aber die Wahrheit ist, dass er selbst ein Verhältnis mit der Duchess hatte. Und dass er absolut empört darüber war, noch einen Nebenbuhler zu haben."

„Oh!" Das entwickelt sich ja zu einer wirklich interessanten Geschichte.

„Der Duke of Leeds stach Lord Witherington, der ihn ja herausgefordert hatte, mit nur zwei Hieben nieder. Danach wurde die Leiche sofort im Schlosspark verscharrt", erzählt unser Gastgeber. „Die verzweifelte Lady Witherington erlitt daraufhin einen so bedrohlichen Schwächeanfall, dass der

Duke sich gezwungen sah, sich vorrangig um die Ehefrau seines Rivalen zu kümmern, statt um seine Geliebte."

Josh lacht jetzt ebenfalls offen und sieht wesentlich entspannter aus. „Es ist nett bei Ihnen. Könnte ich jetzt doch einen Kaffee haben?"

„Gerne!" Lord Farrington verschwindet wieder hinter der Theke, erzählt aber weiter. „Na, ihr könnt euch denken, wer als Nächster starb, was?"

Ich schüttele den Kopf. Ich fürchte, ich bin etwas naiv, was Mord und Totschlag in früheren Jahrhunderten angeht.

„Lady Witherington", grinst Josh.

„Ganz genau!" Der Schlossbesitzer nickt anerkennend. „Gut kombiniert."

Ich kombiniere anscheinend schlechter. „Ähm, und warum?"

„Weil die Duchess von York sie von hinten mit einem Dolch erstach", antwortet unser Kaffeemann und serviert uns drei Tassen. „Eine ist für mich, wenn ich mich dazusetzen darf."

„Sehr gerne", lächelt Josh. „Und wie starb die Duchess selbst?"

„Moment!", bitte ich. „Warum ersticht die Duchess Lady Witherington, die gerade in Trauer um ihren Mann ist?"

„Aus Eifersucht natürlich", erklärt Josh. „Sie wollte nicht, dass sich der Duke um Lady Witherington kümmert. Er sollte sich gefälligst um sie kümmern."

Josh und Lord Farrington lachen.

*Das* war schon genug für einen Mord? Oh, ich danke dem Himmel, dass ich jetzt lebe und nicht in früheren Zeiten!

Unser Gastgeber nimmt einen Schluck Kaffee und erzählt weiter. „Ja, und die Duchess selbst, die wurde …" Er sieht Josh aufmunternd an. „Na, junger Mann, was meinen Sie, wer die Duchess auf dem Gewissen hat?"

Josh grinst. „Der Duke natürlich. Erstens haben Sie eben schon verraten, dass er der Einzige war, der *nicht* auf Highmoor Castle starb. Und zweitens könnte ich mir vorstellen, dass er Angst kriegte, die Duchess könne auch ihn ermorden wollen, und er daher die gute Dame lieber schnell selbst umbrachte."

Lord Farrington nickt und lächelt mir dann zu. „Kluger Kerl, dein Freund!"

„Er ist nicht mein Freund", sage ich schnell und merke, wie ich erröte, weil ich automatisch an Moritz denken muss. „Josh ist …"

Ups – beinahe hätte ich mich versprochen!

„Ein Mitschüler", ergänzt Josh schnell. „Wir haben zufällig beide heute Morgen den Bus verpasst und sind nun hinterhergefahren."

„Verstehe", nickt Lord Farrington und erhebt sich, weil in diesem Moment zwei Männer mit großen Angelruten und kleinem Gepäck den Pub betreten.

„Guten Tag, wir hatten ein Zimmer bestellt."

Der Schlossbesitzer holt sein Reservierungsbuch raus, gibt den beiden einen Schlüssel und zeigt ihnen den Weg zur Treppe. „Ihre Zimmer sind im zweiten Stock. Ich hoffe, es gefällt Ihnen in Puddlebrook."

„Wird schon", nuschelt der eine der beiden wortkarg. Dann verschwinden sie.

Lord Farrington kommt zurück zu uns. „So was hab ich in einem Januar auch noch nicht erlebt. Ich bin komplett ausgebucht. Sogar ein paar Privatzimmer sind im Dorf vermietet worden, weil ich mich vor Nachfragen gar nicht retten konnte. Man könnte meinen, es wäre Hochsaison und auf den Feldern würde irgendein Festival stattfinden."

„So viele junge Leute?", fragt Josh.

Der Pubbesitzer schüttelt den Kopf. „Nein, eigentlich kaum. Aber die verirren sich sowieso selten zu uns. In der Regel machen hier ältere Ehepaare mit ihren Hunden Wanderurlaub. Aber dieses Jahr, also in dieser Woche, ist alles anders."

Er grinst. „Wir sind tatsächlich diese Woche komplett ausgebucht. In der nächsten Woche hab ich praktisch wieder alle Zimmer frei." Er lacht. „Man könnte meinen, die haben sich alle verabredet, nachdem sie hörten, dass ihr vom Cornwall College kommt!"

Ich lache höflich mit.

Josh lacht nicht. Er verzieht nicht mal eine Miene. Blöderweise scheint er plötzlich wieder in seine muffelige Stimmung von vorhin abgetaucht zu sein.

Gerade, als ich fragen möchte, ob wir vielleicht etwas Lunch bekommen könnten – ich kriege Hunger –, höre ich Stimmengewirr von draußen.

Und kaum eine Minute später stehen Miss Morley und Mr Patterson, einer der Jungslehrer, in der Tür. „Da seid ihr ja! Wie schön, dass ihr doch noch kommen konntet!"

Auch Bailey, Raine, Hettie und Pippa drängen sich durch die Tür und reißen die Arme hoch. „Cara! Yaaaay!"

Es dauert kaum zehn Minuten, bis die anderen mir das wunderschöne, moderne Holiday Cottage und unser Zimmer gezeigt haben und ich ausgepackt habe. Gleich danach kann ich verführerischen Essensduft von unten riechen. Unsere Lehrer haben der Einfachheit halber einen Catering-Service beauftragt, uns alle Mahlzeiten ins Cottage zu liefern.

Während alle vom Ausflug zum Meer erzählen, hauen wir rein. Köstlich!

# Burgführung mit Verlusten

bmarsch zum Castle!", ruft Mr Lambert.

Der Garten zwischen den zwei Ferienhäusern ist ein idyllischer Mix aus Obstbäumen und Kinderspielplatz. Vermutlich kommen hier öfter Schulen auch mit jüngeren Kindern her. Zwei Schaukeln sind hoch oben in einer Eiche verankert, und die überlange Wippe mit vier Sitzplätzen ist über einen megadicken Baumstamm gebaut. Wirklich hübsch!

Ich hatte noch gar keine Gelegenheit, Moritz zu erzählen, wieso ich nun doch hier bin, und laufe ein paar Schritte schneller den Hügel zur Burg hoch, um ihn einzuholen. Doch ich bin zu spät. Abebi ist schon an seiner Seite und – huch? – hat ihn eingehakt. Also …!

Vor Überraschung bleibe ich so abrupt stehen, dass Raine und Pippa, die im Gespräch vertieft waren, von hinten in mich reinrasseln. Als sie meinem Blick folgen, grinsen sie.

„Tja", meint Pippa, „da wirst du dich wohl etwas anstrengen müssen! Sieht so aus, als hättest du bei Moritz Konkurrenz bekommen."

Ich werfe ihr einen ebenso wütenden wie abgrundtief elenden Blick zu. „Die ist noch nicht mal EINE Woche hier!"

Pippa und Raine lachen. „Wie lange warst *du* denn im Internat, bis dich Mr Unwiderstehlich vollgeflirtet hat?"

Ich werde knallrot.

„Er hat doch nicht, ich meine, wir haben doch nie …", stammele ich. „Äh, also, *so* ist das nicht mit uns!"

„Ach, nein?" Pippa grinst mich breit an und zieht mich dann weiter den Berg hoch. „Los, komm schon, du blockierst den Weg mit deiner herzigen Naivität!"

Naivität? Ist das naiv, wenn man – ähm …? Ach, ich weiß auch nicht, was.

Ein paar Minuten lang versinke ich in mir selbst, unfähig, überhaupt in Worte zu fassen, was in mir vorgeht. Natürlich will ich hier keinen Affentanz vorführen, will nichts übertreiben – schon gar nichts, was überhaupt nicht da ist. Und natürlich wäre es auf jeden Fall übertrieben, getroffen zu sein oder sich verlassen zu fühlen oder all so was, weil – wie gesagt, ich hatte ja nie was mit Moritz, ich meine, wir haben ab und zu mal geredet und so. Aber sonst nichts. Also, fast nichts. Vielleicht hat er mal meine Hand gehalten. Aber die Wahrheit ist … ich fühle mich trotzdem so. Verlassen nämlich.

Vor uns wirft Abebi ihre tolle Mähne zurück und lacht mit vollem Körpereinsatz über irgendwas von Moritz oder Connor – der auf der anderen Seite von Abebi versucht, Schritt zu halten.

Pippa greift nach meinem Arm. „Jetzt bleib mal auf dem Teppich, Cara-Darling! Oder wenigstens auf dem Felsboden hier. Chill mal!"

„Hmpfff", mache ich.

Ich weiß, sie meint es gut. Aber Pip hat leicht reden! Sie und Hayden sind tatsächlich ein Herz und eine Seele. Und ihr Hayden hat sich noch nicht ein einziges Mal nach Abebi umgeguckt.

*Contenance!*, donnert natürlich genau jetzt Nanas Stimme in meinen Kopf. Und einmal im Leben halte tatsächlich auch ich das für eine gute Idee. Auf keinen Fall werde ich mir hier eine Blöße geben. Mit wem Moritz redet oder lacht oder …

Huch, legt er gerade seinen Arm um ihre Schulter? Ganz kameradschaftlich und so?

Ähm, also jedenfalls geht mich das gar nichts an und ist mir auch sowieso ganz egal.

Hettie und Pippa haken mich rechts und links unter und quatschen mich voll, um mich abzulenken. Das gelingt zwar nicht ganz, aber es ist schön, Freundinnen zu haben.

Doch als wir die Burg betreten, lenkt die mich schließlich doch ab. Ich liebe es, durch uralte Räume zu gehen und mir vorzustellen, wie die Menschen hier früher gelebt haben.

Lord Farrington, der die Führung selbst veranstaltet, dirigiert uns als Erstes in einen großen Saal, in dem dicht an dicht riesige Ölgemälde von Männern und Frauen in altertümlichen Klamotten an den Wänden hängen.

Das Faszinierende an diesen übergroßen Porträts ist ja, dass einen die Augen immer anzusehen scheinen, egal wohin man geht. Wie haben die Maler das eigentlich gemacht? Schon als Kind fand ich es leicht gruselig, dass einen die Augen überallhin zu verfolgen scheinen, hihi!

„Ich möchte die Gruppe jetzt bitten, zusammenzubleiben", ergreift der Burgbesitzer das Wort, „und mir langsam zu folgen. Es gibt hier viele schmale Gänge und Durchgangsräume, in denen man sich leicht verlaufen kann. Und wir wollen doch nicht, dass irgendjemand von euch plötzlich dem Geist von Lord und Lady Witherington oder der Duchess of York in die Arme läuft, oder?"

Um mich herum breitet sich fröhliches Kichern aus. Verstehe, offensichtlich hat er diese Story auch den anderen bereits bei der Ankunft erzählt.

„Spuken die denn auch am helllichten Tag?", ruft eine Stimme in den Saal, die sehr nach Eden klingt.

Die anderen kichern noch mehr.

Doch Lord Farrington wird ernst. „Oh, aber darauf kannst du Gift nehmen! Die spuken, wann immer und wo immer sie Lust haben. Also bitte, bleibt dicht bei mir!"

Nachdem er uns genau erklärt hat, wer auf den Porträts abgebildet ist (warum haben die früher bloß immer so ernst geguckt, wenn sie gemalt worden sind?), führt er uns in ei-

nen langen Rittergang. Eine Rüstung neben der anderen ist hier aufgebaut und wir staunen, wie dick eingepackt man in früheren Jahrhunderten gekämpft hat.

Ein besonders großes Schwert holt der Schlossbesitzer jetzt vorsichtig von einer Vorrichtung herunter. „Na, wer von euch möchte selbst mal ausprobieren, wie schwer so eine Waffe in der Hand liegt?"

Natürlich drängen sich sofort die Jungen vor. Aber auch Abebi und Raine wollen das Schwert unbedingt halten.

Freddy, unser Musikgenie, darf als Erster. „Wow!" Bei dem unerwarteten Gewicht geht er fast in die Knie.

Lord Farrington lacht. „Ein bisschen schwerer als ein Holzschwert, was? Aber nun stell dir vor, dass du das Schwert natürlich auch noch schwingen und so beherrschen musst, dass du gezielte Schläge ausführen kannst!"

Freddy lässt das Ding grinsend sinken und reicht es an Josh weiter. „Ich glaube, ich lass lieber die Saiten meines Klaviers schwingen."

Josh hebt das Schwert hoch, als hätte es das Gewicht einer Feder, was ihm anerkennendes Gemurmel der Gruppe einbringt. Dann fängt er tatsächlich auch noch an, es behutsam zu schwingen und zu drehen, bis Lord Farrington „Hohooo, Vorsicht! Das ist genug!" ruft.

Wir lachen, aber ich frage mich, ob Josh während seiner Ausbildung zum Bodyguard womöglich sogar mit solchen Waffen trainiert hat. Irgendwie fühle ich mich da gleich noch ein wenig sicherer in seiner Nähe. Was Kampftechniken angeht, scheint er so ziemlich alles zu beherrschen. Bewundernd lächele ich ihm zu.

Dann fällt mein Blick auf Moritz, der immer noch neben Abebi steht. Guckt der immer mal wieder mit ziemlich dämlichem Gesichtsausdruck zu mir rüber ... oder bilde ich mir das ein?

Nachdem alle, die wollten, das Schwert anheben durften, gehen wir weiter und kommen in eine Art Treppenhaus mit einer imposanten breiten Steintreppe.

Blöd – gerade jetzt merke ich, dass es kein Fehler gewesen

wäre, im Holiday Cottage noch schnell zur Toilette zu gehen. Hier gibt es doch bestimmt irgendwo ein modernes Klo für die Besucher? Dass die früheren Bewohner in der Regel einen Nachttopf benutzten, heißt ja nicht, dass die Touristen das heute auch machen müssen, hihi! Suchend gucke ich mich um.

„Dahinten ist ein Zeichen, siehst du?", hilft mir Hettie und deutet in einen schmalen Gang unterhalb der Treppe.

„Oh ja! Geht ihr schon vor, ich komme gleich nach!" Erleichtert laufe ich den schmucklosen Flur entlang.

Kein Grund, die ganze Gruppe aufzuhalten. Außerdem wäre es mir doch ein bisschen peinlich gewesen, wie ein kleines Kind zu sagen, dass ich mal Pipi muss. Und bis die alle die Treppe hochgestiefelt sind, bin ich zehnmal fertig.

Ein Glück, die Tür ist offen und tatsächlich scheinen das hier die Besuchertoiletten zu sein. Keine zwei Minuten später bin ich zurück im Gang, laufe zur Treppe und erwische gerade noch Judy und George, die als Letzte die Stufen hochtrödeln.

*Judy und George?* Während ich an ihnen vorbeirenne, um wieder zu Hettie und Pippa zu kommen, drehe ich mich um. Hab ich Halluzinationen oder haben die sich gerade einen Kuss auf die Lippen gedrückt? Äh – hups, das ging ja schnell!

Judy zieht eine grinsende Grimasse und ich grinse zurück. Ich freue mich für sie.

Lord Farrington hat bereits mit dem nächsten Vortrag begonnen. Wir stehen in einem Raum, der offensichtlich ein Schlafzimmer gewesen ist. In der Mitte ein riesiges Himmelbett, von dem rechts und links fett bestickte Wandteppiche hängen. Rundherum haben wir uns gruppiert. Der Lord ist mit ganzer Seele und lustigen Einlagen schon wieder voll drin in einer Geschichte, in der zumindest der Duke of Leeds erneut eine tragende Rolle spielt.

„Hier sind wir – hier drüben!", wispert Pippa nicht weit von mir und winkt.

Schnell drängele ich mich leise zu ihr durch. Dass ich mal eben kurz weg war, hat kaum jemand bemerkt. Alle Lehrer stehen in der Nähe des Schlossbesitzers und lauschen gebannt. Nach knapp einer Stunde und ungefähr fünfzehn weiteren Räumen mit unterhaltsamen Geschichten lässt uns Lord Farrington durch einen Nebenausgang wieder nach draußen auf die stürmischen südkornischen Klippen. Die Kellergewölbe durften wir nicht besichtigen, da die zurzeit nicht den nötigen Sicherheitsbestimmungen entsprechen, wie uns der Lord beim Rausgehen bedauernd mitteilt.

Bailey, die gar nicht genug von Horrorgeschichten und Geistern kriegen kann, bedauert das noch mehr. Zu gern hätte sie auch noch ein paar düstere Folterkammern und Verliese gesehen.

Gemma tippt sich an die Stirn und kichert. „Ich wette, da unten lagern sowieso nur völlig geisterlose Dosenvorräte für die Küche im Pub."

Lord Farrington bedankt sich für unser gutes Benehmen und winkt uns zum Abschied zu. „Kommt gut wieder runter!" Dann schaut er genauso zweifelnd zum Himmel hoch wie unsere Lehrer. „Ich würde hier jetzt nicht mehr allzu lange stehen, sondern zügig runter zum Dorf absteigen. Es ist schon fast halb fünf. Um fünf ist es hier so duster, dass ihr nur noch nach Gehör gehen könnt."

Mr Lambert nickt und zieht sofort seine Trillerpfeife raus. „Alle Jungs zu mir!"

Das Wetter hat sich tatsächlich drastisch verschlechtert. Eine Böe, die mich unvorbereitet erwischt, haut mich fast um. Und jetzt fängt es – wie auf Kommando – auch noch an, wie aus Kübeln zu schütten. Brrrrr – schnell runter ins Cottage und dann einen heißen Kakao bitte!

„Und alle Mädchen zu miiiiiir!", ruft Miss Bonneville gegen den Sturm an und beginnt abzuzählen. „Gemma, Apple, Raine, Judy … Dort den Pfad runter, Mädchen, und keine Umwege! Hettie, Philippa, Cara …"

Mr Lambert zählt ebenfalls, hakt die Namen auf seiner Liste ab und schickt die Jungen in Zweier- oder Dreiergruppen den steilen Weg runter nach Puddlebrook. Der Regen peitscht uns jetzt so unangenehm ins Gesicht, dass sowieso keiner freiwillig noch länger hier oben bleiben möchte.

„Connor, Eden und Moritz?", brüllt Mr Lambert aus voller Kehle. „Wo zum Teufel …? Aaaah, da seid ihr ja!"

Pippa und ich sind schon auf der Hälfte der kleinen Treppe unterhalb des Castles angelangt, als wir Mr Lamberts Fluchen hören. Wir drehen uns um.

„Eden!" Pippa winkt ihrem Bruder. „Alles klar?"

Eden wirkt etwas durcheinander. Er winkt zurück, sieht aber doch so verstört aus, dass Pippa und ich die Stufen schnell wieder hochsteigen.

„Stimmt was nicht?", fragt Pip alarmiert.

„Wo ist Moritz?", fragt in diesem Moment Mr Lambert.

Connor hebt die Schultern. „Wir wissen es nicht. Er war … plötzlich weg."

„PLÖTZLICH WEG?" Mr Lambert, dem der Regen das Gesicht runterläuft, sieht nicht so aus, als habe er viel Lust auf Komplikationen.

Connors Gesicht zeigt deutlich, dass es sich dieses Mal um keinen Scherz der Jungen handelt.

„Wir haben ihn gesucht – ehrlich!", betont auch Eden. „Deshalb kommen wir so spät. Als wir ihn in der Burg nicht gefunden haben, haben wir hier draußen noch alles abgesucht. Er ist ... nicht da."

Mir wird ein wenig flau. Was soll das heißen, Moritz ist nicht da? WO ist er denn?

Automatisch sehe ich mich nach Abebi um. Was natürlich total peinlich und albern ist. Als ob Abebi irgendwas mit dem Verschwinden von Moritz zu tun haben könnte!

Ich kann sie zwar nicht sehen, doch die meisten von uns sind natürlich schon längst auf dem Weg runter zum Dorf.

Und sowieso wäre es ja wohl eine komplett bescheuerte Idee von Moritz, zusammen mit Abebi abzuhauen, um sich irgendwo anders eine nette Zeit zu machen!

Pippa pflichtet mir bei, als ich ihr meine Überlegungen mitteile. „Totaler Blödsinn! Er hätte garantiert Connor, Eden, Freddy oder Hayden Bescheid gesagt. Schon allein, um anzugeben!"

Anzugeben? Wie meint sie denn das? (Hmpf. Mit Abebi gibt man also an, ja?)

Mein Herz klopft wie wild – vielleicht vor Überraschung, vielleicht vor Sorge und vielleicht auch ein bisschen vor Wut.

Und erst als der Sturm plötzlich eine kurze Pause einlegt, können wir auch Miss Bonnevilles zarte Stimme: hören.

„Abebi? A-BEEE-BIIIIII! Abebi Soyinka!"

Mr Lambert lässt die Jungen stehen und läuft zu seiner Kollegin rüber. „Moritz Ankermann-Schönfeld fehlt ebenfalls."

Miss Bonneville wird blass. „Oh, nein! Und Lord Farrington hat schon abgeschlossen und ist längst weg, er musste ja zurück in seinen Pub. Meinst du ... meinst du, die beiden sind noch da drin?"

Wir alle starren auf das uralte Gemäuer, das mit jeder Minute dunkler − und ich muss zugeben, auch ein wenig unheimlicher − aussieht. Das elektrische Licht, das während der Führung die Räume erleuchtete, ist jetzt ausgeschaltet.

Die dicken düsteren, mit Efeu bewachsenen Steinmauern wirken nun auch in meinen Augen, als würden sie viele dunkle Geheimnisse und verlorene Seelen gefangen halten. Unwillkürlich muss ich an die Spukgeschichte denken, die uns Lord Farrington erzählt hat. Und an seine Warnung.

Aber natürlich ist das alles nur Käse, ausgedacht für Touristen und kleine abenteuerhungrige Kinder. Natürlich gibt es keine Geister. Und selbstverständlich bin ich kein ängstliches Kind mehr, sondern eine fast erwachsene, vernünftige junge Frau − ähm ...

Oh dear! Ich fürchte, ich kriege gerade Wabbelknie und halte mich lieber mal kurz an Hettie fest. „Flipping heck! Was für ein Mist!"

„Alles okay, Cara?" Hettie lächelt mich aufmunternd an.

„Die beiden werden bestimmt gleich gefunden werden. Hier kann ja keiner verloren gehen."

Als ich noch einmal die Gegend abscanne, sehe ich Josh auf einem Felsblock sitzen. Mit grimmigem Gesicht spricht er aufgeregt in sein Handy. Na ja, er hatte den ganzen Tag schon nicht die allerbeste Laune. Doch als wir jetzt von Miss Bonneville den Berg runtergescheucht werden und an Josh vorbeikommen, hat er das Gespräch zwar beendet, aber offensichtlich immer noch die gleiche Laune. Nein, seine Laune ist um Meilen gesunken. Josh ist wirklich am Schäumen. Mit wem hat er denn da geredet?

„Was für ein I-DI-OT!!", flucht er vor sich hin. „So ein unfassbarer Mist! Trottel! Idiot! Hornochse!"

Als er uns bemerkt, verstummt er, guckt aber so bitterböse, dass ich mich nicht traue, ihn zu fragen, was eigentlich mit ihm los ist. Ich meine, er ist ja nicht der Bodyguard von Moritz und Abebi! Oder fühlt er sich auch für die beiden verantwortlich? Das kann er doch gar nicht! Er darf ja seine Rolle als harmloser Schüler des Internats nicht aufgeben.

Und überhaupt – vielleicht ist es ja gar nicht Moritz' eigene Schuld, dass er verschwunden ist? Vielleicht ist er unglücklich gestürzt und liegt jetzt mit gebrochenem Bein klatschnass und mit scheußlichen Schmerzen irgendwo im Gebüsch?

„Wenn Abebi bei ihm ist, hätte die in dem Fall doch Hilfe holen können", gibt Hettie zu bedenken, als ich ihr meine Sorge mitteile.

Wir kriegen noch mit, dass Mr Lambert die Polizei verständigt, und ich höre ein letztes Fluchen von Josh. Dann laufen wir im düsteren Sturm und peitschenden Regen zurück nach Puddlebrook.

Ich muss gestehen, ich bin ein kleines bisschen beruhigt, als ich aus dem Augenwinkel bemerke, dass Josh dicht hinter uns ist. Mich zu beschützen, scheint immer noch seine erste Aufgabe zu sein. Doch meine Gedanken im Kopf laufen Amok.

Wo sind Moritz und Abebi? Was machen die beiden? Und warum haben sie überhaupt die Gruppe verlassen?

# Die Geister der Vergangenheit

Lieber Moritz,

es ist kurz vor zwei, aber ich kann immer noch
nicht schlafen.

Eine Stunde nachdem wir alle wieder in den
Holiday Cottages waren, tauchte Abebi bei uns
auf. Die Arme sah reichlich durchgeschüttelt aus.
Miss Bonneville und Mr Lambert hatten nicht nur
die Polizei, sondern auch Lord Farrington alarmiert, der sofort zurück zur Burg lief, dort
aufschloss und bei der Suche half. Sobald das
Licht überall anging, so erzählte es uns Abebi,
fing sie erleichtert an zu rufen und war schnell
gefunden. Mr Lambert war natürlich froh, sie zu
sehen, konnte seine Wut aber trotzdem nicht
wirklich verbergen und hat sie wohl ziemlich zur
Schnecke gemacht. Ehrlich gesagt, war sie in
Tränen aufgelöst, als sie kurz vorm Abendessen
völlig durchnässt bei uns ankam.
Miss Bonneville versuchte, sie zu trösten, denn
natürlich war es nicht allein ihre Schuld gewesen,
dass sie sich in dem Labyrinth von Gängen und
Geheimtüren und Durchgangszimmern hoff-
nungslos im Castle verirrt hatte. Und wenn ich

mir vorstelle, wie sie sich gefühlt haben muss, als es plötzlich überall dunkel wurde und ihr dämmerte, dass sie allein in der Burg eingeschlossen war ...! Das ist echt Strafe genug.

Aber soll ich dir sagen, WARUM sie sich überhaupt von uns entfernt hatte?

Um DICH zu suchen!!

Okay, dieser Brief ist natürlich nur für mich und trägt lediglich deinen Namen, deswegen kann ich es dir hier ehrlich ins Gesicht schreien: KANNST DU DIR VORSTELLEN, WIE ICH MICH BEI DIESER ERKLÄRUNG GEFÜHLT HABE?

Um DICH zu suchen! So zugehörig fühlt sie sich also schon zu dir? So nah seid ihr? Ich meine, sie hätte ja auch einfach jemandem Bescheid geben können, dass du verschwunden bist und dass wir warten sollen, bis du wieder auftauchst. Aber nein, sie macht sich allein auf den Weg, um ihren Moritz zu suchen!

Okay, jetzt übertreibe ich vielleicht! Vermutlich hätte sie auch jeden anderen gesucht. Klar, sie ist wirklich total nett, das steht außer Frage. Deswegen will ich auch auf keinen Fall so rüberkommen, als ob ich ...

Ich breche ab und überlege. Hätte Abebi *wirklich* auch jeden anderen gesucht? Ehrlich gesagt, bezweifle ich das sehr. Sie hängt, ja, sie *klebt* an Moritz, seitdem sie angekommen ist.

Aber – hm – das kann ich wohl nicht ihm zum Vorwurf machen! Oder doch? Ich meine, es ist natürlich absolut *nicht* so, als signalisiere er ihr, dass von seiner Seite aus *kein* Interesse bestehe. Tsss, eher im Gegenteil!

Ich ruckele mich im Bett so hin, dass ich besser schreiben kann, und merke, wie gut es mir tut, einfach nur – ohne nachzudenken, ob es richtig oder falsch oder angemessen ist – alles aus meinem Kopf und aus meinem Herzen raus- zuhauen, was da drin komplett durcheinander rumspukt. Also:

Lieber Moritz,

Ach nee, das hatte ich ja schon.
Ich streiche den letzten Absatz ab „Okay" wieder durch und schreibe dann weiter.

Wie auch immer. Und warum auch immer sie dich gesucht hat. Die große Frage ist: Warum bist du plötzlich von der Gruppe abgehauen? Und wohin?

*(Musstest du etwa auch aufs Klo und hast dich dann verirrt? – Sorry, kleiner Scherz.)*

Ich streiche auch die letzte Frage und Antwort wieder.

*Ich muss gestehen, dass mir dein Fehlen überhaupt nicht aufgefallen ist. Was daran lag, dass ich den ganzen Nachmittag lang schon Schwierigkeiten damit hatte, dir bei deinem Turteln mit Abebi zuzusehen. Also hab ich mich zu Pip und den anderen verzogen und einfach nicht mehr zu euch rübergeguckt.*

Jetzt natürlich könnte ich mich dafür ohrfeigen, dass *Abebi* das Fehlen von Moritz bemerkt hat, ich aber NICHT. Unfassbar! Doch das werde ich ihm ganz sicher nicht verraten, diese Blöße gebe ich mir nicht. Nicht mal in einem Brief, den er nie bekommen wird!

*Ich war überrascht, dass ihr nicht zusammen wart, als Abebi zurückkam, und vielleicht war ich auch eine Zehntelsekunde lang erleichtert. Aber ehrlich nicht länger. Denn danach setzte sofort die Erkenntnis ein, dass du irgendwo mitten in*

der Nacht, mitten im Sturm ALLEIN bist. Dass das
Ganze kein Scherz ist, kein Extra-Ausflugsmanö-
ver, kein geplanter Streich. Nicht mal Connor,
Eden oder Hayden wussten, wo du bist. Keiner hat
gemerkt, wann genau du überhaupt verschwunden
bist. Warum zum Teufel hast du niemandem
Bescheid gesagt?
Ich bin immer noch völlig außer mir, obwohl du
inzwischen gefunden wurdest und – das wurde
uns jedenfalls erzählt – relativ unbeschadet die
Nacht im Krankenhaus von St. Ives verbringst.
Erst zum Frühstück wirst du wieder bei uns sein.
(Wirst du dann sofort zu Abebi eilen und ihr
erzählen, was dir passiert ist, oder werde ich eine
Chance haben, endlich mit dir allein zu sprechen?)

Oh, dear! Ich bin nicht stolz darauf, dass mir solche Gedanken im Kopf herumspuken, wo es doch einzig und allein
darum gehen sollte, dass Moritz gesund wiedergefunden
wurde. Aber sie spuken nun mal herum in meinen Kopf.
Und – okay – ich streiche auch diese letzte Frage wieder.
Wenn das mit der Streicherei so weitergeht, brauche ich
eigentlich gar keinen Brief an Moritz zu schreiben. Außerdem fallen mir jetzt doch allmählich die Augen zu …

Wenn man alles endlich runterschreibt oder (schreibend) rausbrüllt, wird der Körper endlich ruhiger und man spürt die Müdigkeit …

Moritz, ich muss jetzt schlafen! Ich wünschte, ich wüsste, was mit dir los ist. Ich wünschte, wir könnten miteinander reden, ohne immer so zu tun, als sei eigentlich gar nichts. Ich bin fast gestorben vor Sorge, als du bei diesem Sturm irgendwo da draußen verloren warst. Wo warst du??? Ich hoffe sehr, wir haben morgen ein paar Minuten. Und wenn du mir sagst, dass du von jetzt an lieber mit Abebi diese kostbaren Minuten verbringen möchtest, dann ist das auch okay – ich möchte es nur wissen.

Cara

Natürlich ist das nicht okay, aber ich werde jetzt so müde, dass sich trotzige Wut (die ja bekanntlich stark macht) in meine Sorge mischt. Also klappe ich das Buch zu und rolle mich auf die andere Seite. Gute Nacht, Moritz!

# Wenn alles plötzlich anders ist

I ch hätte nie gedacht, dass sich Miss Gwynns fliederfarbenes Büchlein als so nützlich und irgendwie auch
tröstend erweisen würde. Es macht tatsächlich einen
Unterschied, ob man Gedanken im Kopf bloß hin und her
schiebt oder ob man sie zu Papier bringt. Es ist, als würde
dadurch diese blöde, sich im Hirn drehende Endlosschleife
von quälenden Gefühlsfetzen endlich gestoppt.

Ich weiß jetzt auch, wie ich dieses Büchlein nenne: *Briefe,
die nie abgeschickt werden.* Mal sehen, wie viele noch folgen.

Tatsächlich fühlte ich mich heute Nacht nach dem Schreiben ziemlich erleichtert. Trotzdem bin ich eben wieder mit
klopfendem Herzen aufgewacht.

Alles ist dunkel draußen und noch dunkler hier im Zimmer. Wir schlafen in Stockbetten, ich im unteren, immer zu

sechst in einem Raum. Ich schiebe die Gardine ein Stück zur Seite. Dicht über dem Horizont ist noch der Mond zu sehen. Das ist ein gutes Zeichen. Das Unwetter mit den dichten Wolken scheint sich verzogen zu haben, der Himmel ist wieder sichtbar. Das laute Rauschen und Heulen des Windes gestern hat einer angenehmen Stille Platz gemacht. Ich kann sogar ein paar Vögel zwitschern hören. Wovon bin ich wohl aufgewacht?

Ich richte mich auf. Dort hinten hinter dem Kinderspielplatz ist die einzige Straße von Puddlebrook zu sehen. Auf dem Grasstreifenrand parkt mit laufendem Motor ein Krankenwagen.

Ein *Krankenwagen*?

Mit einem Satz bin ich aus dem Bett raus und in meinen Klamotten drin. Ich husche zur Tür – die anderen schlafen immer noch – und auf den Flur. Die Wanduhr im großen Wohnzimmer im Erdgeschoss zeigt Viertel vor sieben. Doch auch von den Lehrern ist noch nirgends eine Spur zu sehen. Ich laufe nach draußen über den nassen Rasen zur Straße und gucke. Im Krankenwagen sitzt trotz des laufenden Motors keiner, doch im *Dog and Duck* brennt Licht. Gerade als ich die Klinke zum Pub runterdrücken will, schwingt die Tür auf und der Sanitäter kommt mir entgegen.

„Oh, hallo-hallo, du hast es aber eilig! Guten Morgen!"

Der Mann in Uniform lacht. „Kann es sein, dass der junge Mann, den ich hier gerade zum Frühstück abgeladen habe, bereits sehnsüchtig erwartet wird?"

Er zwinkert mir so eindeutig zu, dass ich automatisch rot werde.

*Good heavens, was erlaubt sich der Mann?*, hätte Nana ausgerufen und wäre sicher *not amused* gewesen.

Und ganz Nanas Enkelin, bringe ich trotz des lästigen Tomatentons in meinem Gesicht ein ruhiges Lächeln zustande: „Sie wissen, dass Ihr Motor da draußen läuft? Nicht sehr umweltfreundlich!", und gehe dann einfach an ihm vorbei. Der Mann sieht tatsächlich sofort schuldbewusst aus und hastet nach draußen. Hihi, also manchmal hat Nanas Erziehung durchaus was für sich!

„Oh, da ist ja die junge Dame von gestern Mittag wieder!", ruft mir Lord Farrington, der hinter der Theke an der Kaffeemaschine rumhantiert, gut gelaunt zu. „Auch schon hungrig?"

Er deutet rüber zu einem Ecktisch weiter hinten im Raum, an dem vor einem großen Korb voller Croissants und frisch duftender Toastscheiben schon Mr Lambert, Miss Bonneville UND Moritz sitzen und – zumindest die Lehrer – mit gutem Appetit reinhauen. „Setz dich dazu! Ich bringe noch ein Gedeck!"

Erstaunt schaut Moritz auf, als ich an den Tisch trete.

Ich erwarte sein breites, freches Grinsen, doch das kommt nicht. Ein winziges Lächeln liegt auf seinem Gesicht. Immerhin freut er sich anscheinend doch ein bisschen, mich zu sehen. Oder bilde ich mir das nur ein?

„Cara! So früh schon auf?" Miss Bonneville begrüßt mich und tupft sich eilig die Orangenmarmelade von den Lippen. „Na, ich nehme an, du wolltest sehen, wie es Moritz geht, was? Komm, setz dich zu uns! Dann braucht er nicht alles dreimal zu erzählen."

Ich quetsche mich auf den einzigen freien Platz am Tisch, nämlich auf die Bank – neben Moritz. Und bin froh, als Lord Farrington einen Teller und einen herrlich duftenden Becher Milchkaffee vor mich hinstellt, sodass ich mich an irgendwas festhalten kann. Komisch, dass ich sofort verunsichert bin, bloß weil Moritz nicht gleich Hurra schreit, wenn ich komme.

„Ach – na ja", meint Moritz jetzt, „eigentlich hab ich ja schon so ziemlich alles erzählt. Ich hab mich halt in der Burg verlaufen und … also, dann hab ich irgendwann eine offene Tür gefunden … und – tja – kam dann so weit entfernt von der Burg wieder raus, dass ich mich in dem Sturm und der Dunkelheit noch mehr verlaufen habe."

„Meine Güte, meine Güte! Was, wenn du auf den nassen

Klippen ausgerutscht und abgestürzt wärst? Das hätte mächtig schiefgehen können!", seufzt Mr Lambert mit besorgtem Blick, was ihm allerdings nicht den Appetit zu verderben scheint. Genüsslich legt er sich noch eine extradicke Scheibe Schinken auf seinen Toast.

„Und hier kommt der nächste Gang!", ruft Lord Farrington und platziert eine heiße Pfanne mit brutzelnden Eiern mitten auf dem Tisch. „Scrambled Eggs! Vorsicht, nicht die Finger verbrennen!"

Moritz scheint nicht sehr hungrig zu sein. Er sieht überhaupt ziemlich blass aus.

Das scheint auch Miss Bonneville zu finden. „Auch wenn sie dich im Krankenhaus voll durchgecheckt und als gesund wieder entlassen haben, denke ich, dass es besser ist, wenn du heute wieder zurück nach Brockhampton St. Johns ins Internat fährst und dich da ein paar Tage richtig erholst. Was meinst du, Moritz? Ich werde dir gleich ein Taxi rufen."

„NEIN!" Moritz richtet sich ruckartig auf, als wäre Miss Bonneville eine Biene, die ihn gestochen hätte. „AUF GAR KEINEN FALL!"

Huch, das war ein wenig laut! Auch unsere beiden Lehrer gucken erschrocken hoch.

Moritz schiebt seinen Teller mit dem halb aufgegessen Croissant von sich weg, fährt sich durch sein strubbeliges

Haar und gibt sich sichtlich Mühe, seine nächsten Worte etwas ruhiger zu formulieren. „Nein, ich … Wirklich! Es geht mir doch gut!"

Ich kann sehen, dass er angestrengt überlegt, was er sagen könnte.

„Ich möchte auf keinen Fall den Tag heute verpassen", beginnt er noch mal in eindringlichem Ton. „Wir wollten doch heute – ähm …?"

Moritz hat – genauso wie ich – keine Ahnung, was heute auf dem Programm steht.

„… die Flora der Klippen untersuchen und kategorisieren?", hilft ihm Mr Lambert auf die Sprünge.

„Genau!", nickt Moritz und lächelt beinhart. „Das möchte ich auf keinen Fall verpassen!"

Bitte? Stundenlang auf den Klippen stehen und irgendwas über das Aussehen von grünen Pflänzchen ins Tablet zu tippen, war garantiert noch nie eine von Moritz' Lieblingsbeschäftigungen. Eine von meinen übrigens auch nicht.

Ich fürchte, ich sehe nach Moritz' Antwort etwas überrascht aus.

Miss Bonneville allerdings ebenfalls. „Wirklich?"

„Aber ja!", beteuert Moritz. „Bitte schicken Sie mich nicht ins Cornwall College zurück!"

Über Mr Lamberts Gesicht huscht ein Grinsen. „Na schön!

Natürlich kannst du hierbleiben. Das war ja auch nur ein Vorschlag von Miss Bonneville." Er grinst zu mir rüber. *(Was soll das denn?)* „Und ob du nun an der südkornischen Botanik interessiert bist oder einfach nur Zeit mit deinen Mitschülern verbringen möchtest, ist ja auch egal. Nicht wahr, Miss Bonneville?"

Miss Bonneville nickt, und auch auf ihren Lippen breitet sich jetzt ein kleines Grinsen aus.

Crikey! Die denken doch nicht etwa, dass Moritz nur meinetwegen …?

Moritz atmet tief und erleichtert aus und scheint sich an dem dämlichen Gegrinse nicht im Mindesten zu stören. „Danke!"

Nach einem Blick auf die Uhr und mit Dauergrinsen im Gesicht verabschieden sich nun unsere Lehrer. „Ihr braucht noch nicht mit rüberzukommen, wenn ihr hier noch ein bisschen in Ruhe sitzen möchtet! Gefrühstückt habt ihr ja nun schon. Wir sehen uns dann gleich nach dem Essen drüben!"

Wir nicken ihnen zu und ich nehme mir schnell noch was von dem leckeren Rührei.

Moritz schlüpft als Erstes von der engen Bank runter, auf der wir uns zu zweit gequetscht haben, und setzt sich auf den Stuhl gegenüber.

Oh, das war ihm also zu nah? Um nicht enttäuscht auszusehen, stopfe ich mir schnell eine gehäufte Gabel voll Ei in den Mund und beginne zu kauen.

„Tjaaaa", sagt Moritz und zerkrümelt mit den Fingern den Rest seines unschuldigen Croissants.

Ich kaue.

„Schön, dass du wieder da bist", bemühe ich mich, mit ungünstig vollem Mund, trotzdem was zu sagen. „Ich – also, *wir* haben uns alle schreckliche Sorgen gemacht."

„Hm", macht Moritz, „ja."

„Du warst ja stundenlang weg!" Endlich hab ich das Ei runtergeschluckt.

Moritz guckt von seinem Teller hoch und mir in die Augen. Auf so eine Art ... so ... so ...!

Mir fährt ein Blitz in den Magen. Wie ein Alarm. Wie ein grell schrillender Alarm. Das verwirrt mich so sehr, dass ich mehrere Minuten lang kaum klar denken kann. Ich schalte auf Autopilot. Versuche, wie Nan es mir beigebracht hat, nach außen hin die Konversation aufrechtzuerhalten, auch wenn ich innerlich schockgefroren bin.

„Du – du warst also stundenlang drinnen in der Burg?"

Moritz guckt mich unverändert an. „Ja."

„Mehrere Stunden?"

„Ja. Hab nicht auf die Uhr geguckt."

„Puh!" Mitfühlend schüttele ich den Kopf. „Schrecklich!"

„Ja."

Bizarr! Die Unterhaltung ist echt bizarr! Wieso ist er so wortkarg?

„Und?", frage ich schließlich. „Du hast gar nicht Abebi getroffen?"

Jetzt sieht Moritz etwas irritiert aus. „Abebi? Wieso sollte ich Abebi getroffen haben?"

„Sie – äh – hatte sich ja auch in der Burg verlaufen", antworte ich.

„WAS?", ruft Moritz.

„Das weißt du gar nicht?"

„Nein." Einen Moment lang starrt er neben mir die Wand an, dann richtet er seine Aufmerksamkeit wieder auf mich. „Aber sie ist ebenfalls wieder aufgetaucht?"

Ich nicke. „Ja, ja, klar, die wurde sofort gefunden, als Lord Farrington die Burg wieder aufgeschlossen und das Licht angemacht hat! Sie hatte sich nur in all den Besichtigungsräumen verlaufen, als sie dich gesucht hat."

„Sie hat MICH GESUCHT?" Moritz sieht jetzt echt geschockt aus. „Wieso DAS denn?"

Ich zucke die Schultern. (Was für eine blöde Frage ist das?) „Äh, weil du plötzlich weg warst?"

Moritz grunzt. „Na, ein Glück, dass ihr nichts passiert ist!"

Ich nicke heftig. „Aber wirklich! Und ein Glück, dass DIR nichts passiert ist!"

(Auf der anderen Seite, was hätte ihr in der Burg schon passieren sollen? Na gut, sie hätte natürlich der mörderischen Duchess of York in die Arme laufen können, hihi!)

Moritz guckt mich schon wieder so komisch an. Durchdringend. Stechend. Mir wird wieder mulmig.

„Ja", sagt Moritz, „ja, ein Glück."

Wir schweigen ein paar Minuten. Ich tue so, als wäre ich mächtig mit dem Auskratzen der Eierpfanne beschäftigt. Moritz ist noch beschäftigter mit dem Abkratzen von Wachs, das irgendwann mal von einer Kerze auf den Tisch getropft sein muss.

Ich bin direkt froh, als die Tür des Pubs aufgeht und weitere Gäste reinkommen, denen ich zugucken kann. Drei Männer, die offenbar für heute ein Zimmer gebucht haben. Lord Farrington hat nicht übertrieben. Es ist wirklich erstaunlich voll in dem kleinen Dörfchen – dafür, dass Januar eigentlich eine eher unbeliebte Reisezeit ist.

Ich zwinge mich, meine Aufmerksamkeit wieder auf Moritz zu richten.

Ich fühle mich immer noch unsicher – wie albern ist das? Ich habe so gehofft, ihn heute endlich allein irgendwo zu erwischen, und jetzt sitze ich hier und kriege kein Wort raus. Dabei wollte ich ihn so viel fragen. Ob wir ...? Ob wir beide eigentlich zusammen ...? Und – ach, überhaupt! Ob ich wenigstens mal frage, ob er sich eigentlich freut, dass ich überhaupt hier in Pudddlebrook bin?

Ich öffne meinen Mund, um genau das zu fragen, doch leider kommt etwas ganz anderes heraus.

„Soll ich vielleicht schnell ..." – ich deute aus dem Fenster rüber zu den Holiday Cottages – „... Abebi Bescheid geben, dass du hier im Pub bist?"

„Was ist?" Moritz guckt, als hätte ich Löcher im Gehirn. „Was soll das denn jetzt? Bist du doof?" Er guckt mich fast genervt an. „Was ist eigentlich los mit dir?"

Mit MIR?

*Was ist eigentlich los mit dir?*, möchte ich brüllen! Aber nicht nur Nanas gute Erziehung, sondern auch Lord Farrington hinter der Theke halten mich davon ab.

Okay, vielleicht habe ich einfach Angst. Vielleicht habe ich Angst, dass die Antworten, die mir Moritz auf meine Fragen geben könnte, nicht die sind, die ich hören möchte. Und dann?

„Schön, dass du heil wieder hier bist!", murmele ich noch mal leise und schaue runter auf die Wachsbröckchen, die Moritz hübsch und ordentlich zu einem kleinen Berg aufgehäuft hat.

Moritz schnaubt. Dann schnippt er den Wachsberg mit einem Finger auf die Erde und guckt mich wieder an. „Wieso bist DU überhaupt hier? Ich dachte, deine Großmutter hätte dir strikt verboten zu kommen?"

Leider klingt das nicht so, als freue er sich darüber. Ganz im Gegenteil. In seiner Stimme schwingt ein hörbarer Vorwurf mit. Wäre es ihm wirklich lieber, ich wäre im Internat geblieben?

Ich erzähle ihm von Nanas Last-Minute-Anruf.

„Aha", macht Moritz und stellt dann fest: „Und deshalb bist du jetzt hier."

„Genau."

Also, irgendwie ist er wirklich ziemlich merkwürdig.

„Du bist ..." Ich streiche mir ein paar Haarsträhnen aus dem Gesicht und gucke ihn an. „... irgendwie merkwürdig. Bist du sauer auf mich?"

Moritz zieht seine Stirn zu Sturmfalten zusammen. „Sauer auf dich? Wieso sollte ich sauer sein?"

Er sieht nicht nur sauer aus, sondern klingt ... todgenervt. Anscheinend merkt er doch, dass seine Reaktion unpassend ist. „Nein, ich bin nicht sauer, aber ...!" Unwirsch schüttelt er den Kopf. „Cara, wir müssen reden!"

In diesem Moment klingelt sein Handy. Er reißt es vom Tisch und an sein Ohr, als hinge sein Leben davon ab.

„LUCY? Endlich! Ich hab schon hundert Mal versucht, dich zu erreichen, ich …"

Ich staune. Wer ist denn jetzt wieder Lucy?

Er redet nicht mit dieser Lucy, er brüllt. „WO BIST DU? – WO???"

Sein Blick wird bedenklich irre beim Brüllen. „DU GEHST SOFORT NACH HAUSE! JETZT! SOFORT! Lucy? – LUCY??? – LUUUUUUCYYYY!!!"

Er starrt das Handy in seiner Hand so fassungslos an, als habe es sich soeben vor seinen Augen in Luft aufgelöst.

„Aufgelegt", stammelt er. „Sie hat aufgelegt!"

In diesem Moment fällt mir ein, wer Lucy sein könnte.

„Deine kleine Schwester?"

Moritz nickt. Und – oh Gott – ich glaube, er zittert!

„Sie sagt", flüstert er, „sie ist gerade mit zwei Freundinnen auf dem Schulweg und da hat neben ihnen ein Eiskremwagen gehalten und sie haben Eis geschenkt bekommen, und jetzt gehen sie …"

Er bricht ab.

Ich kapiere einfach nicht, was mit ihm los ist. Ist er von dem Herumirren im Sturm vielleicht – ähm – mittelschwer durchgeknallt?

„Sie haben Eis geschenkt bekommen? Oh, wie nett!", lächle ich dümmlich-freundlich, obwohl mir klar ist, dass das wohl kaum die Antwort ist, die Moritz für richtig hält.

Mr (sonst) Nonstop-Strahlemann guckt mich an, als würde er mich am liebsten auffressen. Und zwar *nicht* auf die niedliche Art.

„Im Januar!", haucht er.

Ich kapiere immer noch nichts. Absolut gar nichts.

Moritz sieht … gebrochen aus. Sieht man so aus, wenn man ein paar Stunden nass und kalt im Dunkeln herumgeirrt ist und danach eine Nacht im Krankenhaus verbracht hat?

Ich bin fast froh, als plötzlich Connor, Eden und Pippa in den Pub kommen und unsere Zweisamkeit, die ich mir so lange gewünscht hab, unterbrechen.

„Hohoooo – wir haben gehört, hier sitzt einer unserer Lieblingsmitschüler?", quatscht Eden sofort mit seinen üblichen Sprüchen drauflos, und Connor grinst: „Mann, Moritz, wir dachten schon, wir hätten dich an die Geister von Highmoor Castle verloren!"

Was einen Ausdruck auf Moritz' Gesicht hinterlässt, der nahelegen könnte, er habe tatsächlich Geister gesehen. Also, ich meine, wenn es Geister wirklich gäbe, hihi! (Äh, es *gibt* doch keine Geister, oder?)

Erst als Moritz hört, dass die beiden ihn ebenfalls lange gesucht haben – drinnen in der Burg und auch draußen im Sturm –, guckt er doch ein bisschen gerührt. Trotzdem macht er bei dem üblichen Rumalbern kaum mit.

Unauffällig versuche ich, mich zu erheben. Ich bin zu verwirrt und … ach, ich weiß auch nicht.

Hm, vielleicht schreibe ich einfach noch ein bisschen. Vielleicht wird mir dann klarer, was hier eigentlich gerade abläuft. Mit mir. Und mit Moritz. Mit uns *zusammen* läuft ja anscheinend nichts mehr.

„Cara?" Moritz springt auf, als ich schon halb an der Tür bin. „Warte einen Moment!"

Er kommt zu mir, lehnt sich dicht rüber und flüstert, sodass die anderen am Tisch davon nichts hören können: „Ich muss wirklich UNBEDINGT mit dir reden!"

Er guckt so eindringlich, dass mir ganz flau im Magen wird. Sein Gesicht ist ernst und … irgendwie traurig. Nein, nicht traurig – schmerzvoll. Ja, voller Schmerz.

Warum ist da so viel Schmerz in seinen Augen?

Möchte er … muss er mir etwas sagen, was *ihn* schmerzt? Was *mich* schmerzen könnte?

Uuuuh, ich glaube nicht, dass ich mit ihm reden möchte, wenn er *so* aussieht. Ich glaube nicht, dass mir das Gespräch gefallen wird.

„Um zwölf Uhr auf der anderen Seite vom Dorf?", schlägt er vor.

Was soll ich sagen? Ich kann natürlich nicht antworten, dass ich nicht komme. So feige kann ich unmöglich sein.

„Okay", murmele ich und nicke.

Er nickt ebenfalls. „Gut, bis dann!"

Und mit einem so grimmigen Gesicht, wie ich es noch nie bei Moritz gesehen habe, verlässt er den Pub. Er hat nicht mal Eden, Connor und Pippa Bescheid gesagt, dass er geht. Dabei sind die nur seinetwegen reingekommen.

Ich starre ihm nach. Auf unfassbare Weise sieht er plötzlich zehn Jahre älter aus. Wie ein erwachsener, nein, wie ein *gealterter* Moritz.

Und jetzt wird mir noch flauer.

Aber was könnte er mir schlimmstenfalls sagen? Dass er nicht mit mir zum Winterball gehen möchte, sondern mit Abebi? Oder sogar, dass er überhaupt nichts mehr mit mir zu tun haben möchte und ich ihn auch bitte nicht mehr ansprechen soll?

Ja, wenn ich nicht mehr mit ihm reden dürfte, DAS würde wehtun. Aber ganz ehrlich, so was passiert doch nicht im realen Leben, oder? Das wäre doch wohl ein bisschen over the top. Und – ich meine, ich hab ja auch nichts getan, was so eine Reaktion von ihm rechtfertigen würde, oder?

Quatsch – komplett irrer Gehirnquatsch! Das sind nur wieder meine leicht paranoiden Gedanken, meine alten Sorgen, die ich mir bloß einbilde, weil ich in meinem bisherigen Leben so wenig mit Leuten meines Alters zusammen war. Und überhaupt – was sollte das alles mit seiner Schwester Lucy zu tun haben? Denn bei dem Gespräch mit ihr hat er sich wirklich nicht mehr normal benommen. Vielleicht ist irgendwas mit Lucy passiert? Vielleicht ist er deswegen so ernst, so abwesend?

Nein, auch unwahrscheinlich. Lucy schleckt gerade glücklich mit ihren Freundinnen ein Eis auf dem Weg zur Schule. Aber irgendwas ist hier grundsätzlich merkwürdig. Sehr merkwürdig. Und das bilde ich mir NICHT ein.

# Felsen und Heideblümchen

Auf den weiten Klippen oberhalb des Meeres ist es nicht ganz so stürmisch wie gestern, doch windstill kann man es auch nicht gerade nennen. Dabei ist die Landschaft auch so schon atemberaubend genug.

Während der größte Teil Cornwalls eher aus Farmland mit Viehweiden besteht, sieht es hier rau aus, wie auf einem steinigen, mit Moos und Heidekraut bewachsenen Mond. Die ganze Gegend südwestlich von St. Ives scheint praktisch kaum besiedelt zu sein. Und wenn, dann von winzigen Dörfern, die nicht größer als Puddlebrook sind.

„Morgen Vormittag machen wir noch einen Ausflug zu einer Zinnmine etwas weiter südlich von hier, bevor wir am späten Nachmittag wieder zurück nach Brockhampton St. Johns fahren", verkündet Mr Lambert, als sich zwei der Jungs über Langeweile beschweren.

Ich finde es kein bisschen langweilig. Der einzige Grund, warum ich den Anblick dieser kargen Schönheit mit dem tosenden Meer unter uns nicht voll und ganz genießen kann, ist Moritz. Düster starrt er vor sich hin, als nähme er überhaupt nichts von alldem hier wahr.

Natürlich hat sich Abebi sofort wieder an ihn gehängt und versucht ganz offensichtlich ihr Bestes, ihn aus seiner seltsamen Stimmung zu reißen. Offenbar vergeblich. Trotzdem folgt sie ihm bergauf, bergab auf Schritt und Tritt.

Hettie tippt ohne Ende in ihr kleines Tablet, zum Teil ohne den Blick von den Pflanzen unter unseren Füßen zu nehmen. „Was machst du denn da bloß die ganze Zeit?", necke ich sie. „Schreibst du den Jahrhundertroman über die Heideblümchen in Südcornwall?"

„Nein, sie schreibt *Wuthering Heights* mit heutigen Figuren!", setzt Pippa sofort nach.

*Wuthering Heights* ist ein Roman aus dem 19. Jahrhundert von Emily Brontë. Im Herbst haben wir ihn im Englischunterricht gelesen. Eine scheußlich-schaurige Schauergeschichte, auch wenn die Schilderungen von Landschaft und Charakteren ziemlich eindrucksvoll sind. Das Ganze spielt in Yorkshire, und, ja, ich glaube, die Moore in Yorkshire sehen ganz ähnlich aus wie die Landschaft, durch die wir gerade wandern.

Hettie lacht. „Es macht mir Spaß, Fotos zu machen und die zu beschreiben."

„Na dann!" Pippa zieht eine liebevolle Grimasse. „Ich geh mal rüber zu meinem nichtsnutzigen Bruder und dessen nichtsnutzigen Freunden und gucke, ob es da nicht noch ein bisschen *anderen* Spaß gibt."

Wunderbarerweise ist es uns freigestellt, ob wir der Pflanzenwelt hier Beachtung schenken oder nicht. Und auch, wenn ich das alles wunderschön finde, spüre ich doch keinerlei Drang, mein Tablet rauszuholen und mich wissenschaftlich zu betätigen. Lieber denke ich an *Wuthering Heights* …

Ob auch die Landschaft die Menschen zu dem macht, was sie sind? Ob es diese karge Landschaft ist, die die Hauptperson in Brontës Roman so missmutig und böse macht? Uuuh, schaurig sind diese kargen Hügel irgendwie schon. Sogar in der Sonne. Wenn man sich nun noch ein bisschen Nebel und dunkle Abende vorstellt …! Ich muss mich richtig schütteln. Dann fällt mein Blick wieder auf Moritz einen Hügel weiter. Der wird auch immer missmutiger.

Allzu sehr scheint er aber doch nicht an Abebi interessiert zu sein. Sogar von hier aus kann ich sehen, dass er ihr nur wenig Beachtung schenkt. Und nun gibt anscheinend auch sie endlich auf und lässt sich von Danielle und dem Rest der Glitzergirls wegziehen.

Sofort dreht sich Moritz um, als suche er etwas. Abebi kann es nicht sein, die ist in der anderen Richtung unterwegs. Als er mich sieht, bleibt sein Blick an mir haften.

Die Alarmpikser von heute Morgen melden sich in meinem Bauch, aber ich weiß immer noch nicht, was sie mir sagen wollen. Ein kleiner Teil von mir freut sich (völlig unangemessen), dass sich unsere Augen treffen, und ich lächele. Ein anderer Teil (der größere) ist besorgt. Was ist bloß mit ihm los? Und was um alles in der Welt will er mir so Wichtiges gleich nach unserer Wanderung mitteilen?

Als Eden, Connor, Hayden und auch Pippa ihn jetzt in Beschlag nehmen, lassen mich seine Augen los und er wechselt ein paar Worte mit den anderen.

Ich bleibe stehen und merke gar nicht, dass jemand neben mich tritt. „Alles in Ordnung, Cara?"

Ich drehe mich um. „Josh!"

Sofort gucke ich, ob uns jemand beobachtet. Schließlich soll es nicht so aussehen, als ob Josh und ich näher befreundet wären.

„Ja, ja, klar!", versichere ich schnell – nicht ohne einen kleinen vorwurfsvollen Unterton.

Was sollen diese ständigen besorgten Blicke, diese ewigen unterschwelligen Unterstellungen, irgendwas könne *nicht* in Ordnung sein?

Josh guckt prüfend, *sehr* prüfend. (Blödmann!)

Ich versuche, freundlich zu lächeln. „Alles bestens, ehrlich!"

„Gut", nickt Josh und verzieht sich wieder.

Allerdings ohne die leiseste Spur eines Lächelns. Auch seine Laune scheint immer noch nicht viel besser geworden zu sein. Ehrlich – ich hatte mir diese Tage hier deutlich anders vorgestellt! Fröhlicher und … Ach, ich weiß nicht.

Jetzt hab ich noch weniger Lust, mich gleich mit Moritz zu treffen.

# Treffen mit Moritz

Ich bin richtig k.o. nach dem langen Marsch rauf und runter über die Hügel am Meer. Mit einem Plumps lasse ich mich auf mein Bett fallen und lausche dem fröhlichen Quasseln der anderen im Zimmer. Anscheinend hat Sapphire mal wieder den Vogel abgeschossen, allerdings im wahrsten Sinne des Wortes. Oder vielmehr der Vogel sie, hihi!

Die Glitzergirls konnten natürlich nicht in normalen Jeans in dieser menschenleeren Gegend herumlaufen, sondern mussten sich in die brandneueste Laufstegmode zwängen. Sie hätten ja unvermutet irgendeinem Kronprinzen über den Weg laufen können (der zufällig auch Gefallen am Wandern auf einsamen Klippen hat), und was dann? Dann hätte dieser vielversprechende Prinz ja überhaupt nicht erkennen können, was für wunderbar glitzerige Wesen Sapph und ihre Glitzerfreundinnen sind. Eine Lebenschance verpasst! (Oh, Mann!)

In diesem Fall bestand Sapphires heutiger Modebeitrag aus einem fast bodenlangen Wollrock mit indianisch anmutenden Mustern (nicht so hässlich, wie es klingt) und dazu passenden hochgeschnürten Stiefeletten mit – für Sapphs Verhältnisse – relativ bescheidenen Absätzen von kaum zehn Zentimetern. Die perfekte Wanderausrüstung.

Da wir nicht im Internat sind, brauchen wir unsere Uniformen nicht zu tragen, sondern können uns kleiden, wie wir wollen.

Auf den Klippen nisten natürlich viele Vögel, und eine ganze Schar von ihnen müssen die Glitzergirls wohl aufgescheucht haben, denn mit großem Getöse erhoben die sich in die Luft, schossen auf die Mädchen zu und umkreisten kreischend ihre Köpfe. Danielle, Sapph und die anderen rannten panisch weg, so schnell sie konnten. Offenbar fühlten sich die Vögel bedroht und verteidigten ihr Revier. Denn sobald die Glitzergirls weit genug entfernt waren, ließen sie von ihnen ab. Erstaunlicherweise entpuppten sich aber weder Sapphs schicke Stiefeletten noch der lange, eng anliegende Rock als besonders fluchttauglich: Sapph stolperte, fiel ein paar Mal hin und blieb als Einzige weit hinter den anderen zurück. Leider soll der Rock jetzt einen langen Riss haben, der aber laut Pippa eigentlich ganz gut mit dem indianischen Muster harmoniert. (Hihi!) Die Kur allerdings, die die Vögel Sapphires Haaren verpasst haben, konnte nicht mal Pippa schönreden.

„Das GESICHT von Sapphire, als sie merkte, was in mindestens zehnfacher Ausführung auf ihrem Kopf gelandet ist!" Meine herzlos komische Freundin will sich immer noch wegschmeißen vor Lachen. „Oh, Cara, das hättest du sehen müssen!"

„Kriegt sie diesen Vogeldreck überhaupt wieder raus?", fragt Hettie besorgt.

„Wenn nicht, wird ihr das eine Lehre sein!", meint Raine.

„Echt! Ich glaub ja, die armen Vögel hatten gar nichts Böses im Sinn. Die haben bei Sapphires Anblick nur vor Schreck Durchfall bekommen."

Jetzt muss ich auch kichern.

Leider fällt mir da ein, dass ich nicht genüsslich kicherig hier liegen bleiben kann, sondern Moritz ja versprochen habe, mich mit ihm zu treffen.

Ich seufze und richte mich auf. „Ich geh ein bisschen spazieren."

„Wie bitte?" Bailey guckt mich ehrlich verblüfft an. „Wir sind doch gerade erst zurückgekommen. Hast du noch nicht genug?"

„Ich … will meine Nan anrufen", versuche ich es mit einer anderen Notlüge, „ich bin gleich wieder zurück."

Tatsächlich sollte ich wirklich mal Nana anrufen. Ich schaue auf mein Handy. Zwölf verpasste Anrufe. Vier Text-Messages, alle mit gleichem Inhalt: *Ruf mich an!*

Also, das ist sogar für meine ängstlich-gluckenhaft veranlagte Großmutter ziemlich viel an einem Tag. Sie wird mich garantiert überschütten mit Vorwürfen. *Du hast versprochen, dich jeden Tag zu melden!* Leider hab ich daher noch weniger Lust, sie zurückzurufen.

Ich stecke das Handy in meine Manteltasche und laufe die Treppe runter. Ich werde sie später anrufen. Die nächste halbe Stunde wird schon schwierig genug werden.

Ich öffne die Eingangstür – und kann es nicht glauben. Draußen vor den Holiday Cottages sitzt schon wieder Josh. Ganz lässig auf dem Ende des Baumstamms, über den die Wippe gebaut ist, sieht er mir entgegen.

„Wo willst du hin?", begrüßt er mich.

Na, das ist ja nett! Und sowieso, was geht ihn das an?

Ehrlich, zurzeit übertreibt es mein Bodyguard wieder mit seiner Wachsamkeit. Noch ein bisschen mehr und ich kriege Verfolgungswahn. Was soll das?

Trotzdem antworte ich freundlich: „Ich treffe mich mit Moritz. Er will mir irgendwas sagen."

Ich gucke unwillkürlich verlegen zu Boden. Denn DAS geht Josh eigentlich wirklich nichts an. Schließlich ist es nichts, was mit meiner Sicherheit zu tun hätte. Aber ich will auch nicht, dass er wieder irgendeinen Blödsinn denkt, von wegen ich sei in Gefahr und er müsse mich beschützen und so weiter, wie damals im Herbst. Also setze ich noch „Ist was Privates" hinzu.

Josh guckt mich nur still an. Ohne irgendwas zu erwidern. Sofort komme ich mir blöd vor. Wie ein kleines Kind. Josh mag mein Bodyguard sein, aber er soll sich bitte nicht als mein Babysitter aufspielen!

„Was dagegen?"

Josh holt tief Luft. „Nein. Nein, ist in Ordnung."

Ist *in Ordnung*? Also, irgendwann langt's! Als ob der mir zu sagen hätte, was ich mit Moritz tun darf und was nicht!

„Na, dann vielen Dank!", sage ich keck und gehe.

Doch ich kann Joshs Blick in meinem Rücken spüren. Kein Wunder, dass Moritz immer noch glaubt, Josh wäre ein total bescheuerter Mitschüler, der was von mir will – so, wie sich Josh manchmal aufführt! Ich bin bloß froh, dass Moritz nicht in der Nähe ist.

Ein paar Sekunden ärgere ich mich noch über meinen übereifrigen Beschützer, dann zieht mich die idyllische Schönheit des kleinen Dorfes in ihren Bann. Nur ein

Stückchen weiter hinter dem Pub, auf der anderen Seite der Straße, liegt der große Dorfteich mit den Enten. Auch jetzt quaken sie wild herum und scheinen eine Menge Spaß zu haben.

Huch, nein – was ist das denn? Die quaken gar nicht aus Spaß, sondern total aufgeregt, weil in den Büschen am anderen Ufer ein paar Männer hocken, die vermutlich ihren Nestern zu nahe gekommen sind. Ehrlich gesagt, hätte ich die gar nicht bemerkt, aber die Enten schwimmen und flattern so aufgeregt herum, dass ich automatisch genauer hingeguckt habe. Die armen Tiere!

Und was sind das eigentlich für Idioten, die sich einfach mitten ins Gebüsch setzen? Doch nicht etwa die Angler, die wir im *Dog and Duck* gesehen haben? Die werden ja wohl nicht in einem *Ententeich* angeln wollen? Was, wenn die armen Enten nun ihre Angel in die Schnäbel kriegen? Ist das überhaupt erlaubt?

Genervt bleibe ich stehen. DAS wäre doch mal was, um das sich Josh kümmern könnte.

Ich überlege, schnell zurückzurennen und ihn darum zu bitten. Muss doch 'ne Kleinigkeit für ihn sein, und schließlich bezahlen wir ihn ja. (Vermutlich sogar nicht allzu schlecht. Nana ist nicht knauserig, wenn es um Angestellte geht.)

Doch ein Blick auf meine Armbanduhr zeigt mir, dass ich

spät dran bin. Moritz wird bestimmt schon warten. In einer halben Stunde gibt es Essen, und danach treffen wir uns alle im Wohnzimmer des Mädchen-Cottages, um einem Vortrag zu lauschen über die verschiedenen Generationen, die auf Highmoor Castle gelebt haben. (Bin gespannt, ob Lord und Lady Witherington ebenfalls darin vorkommen!)

Erst dann haben wir den Rest des Tages gemütlich Freizeit. Eigentlich hätte ich ja auch nach dem Vortrag mit Moritz in Ruhe reden können statt jetzt so gehetzt, aber vermutlich hat er da schon was anderes vor.

Vielleicht was Besseres.

Hm.

Eine Stimme reißt mich aus meinen Gedanken.

„Hier bin ich!" Moritz sitzt auf einer Bank etwas abseits der Straße.

„Oh, da bist du!" (Bravo, Cara, was für eine intelligente Antwort!) Bugger – Mist! Ich bin schon wieder knackunsicher und ärgere mich gleichzeitig darüber.

„Ich muss mit dir reden." Moritz' Laune scheint sich nicht wesentlich gebessert zu haben. „Es ist wichtig." Er guckt mich an. „Lebenswichtig."

*„Lebenswichtig?"*, wiederhole ich überrascht.

Also, jetzt übertreibt er aber etwas. Was auch immer er mit Abebi oder mir hat oder nicht hat, kann ja wohl nicht ernsthaft lebenswichtig sein. Auch wenn es vielleicht wehtun wird.

„Ja." Moritz nickt und guckt zu Boden. Auf eine so düstere, so tiefe, so … beunruhigende Art, dass mir plötzlich … ja, dass mir – oh, ich Schaf! – schlagartig klar wird, dass es vermutlich überhaupt gar nicht um irgendwelche Beziehungsgeschichten geht!

Geschockt starre ich Moritz an. Irgendwas muss gestern in der Burg passiert sein. Irgendetwas, das er uns nicht erzählt hat.

„Hat es …", frage ich, „hat es mit der Burg zu tun?"

Er nickt noch mal. „Ja. Obwohl – nicht direkt. Es ist …"

Er guckt mich an. „Ich weiß jetzt, warum Lord Farrington nicht will, dass wir in die Kellerräume gehen."

Oh. Irgendwie mag ich leider das Wort *Keller* nicht. Doch ich sage nichts. Warte, dass er weiterredet. Nur mein Magen knotet sich gerade zusammen. Ganz egal, was jetzt kommt. Es scheint nichts wirklich Lustiges zu sein.

Mein Kopf fängt sofort an zu spinnen. Keller! Gefangene? Leichen??

„Ich bin erst oben durch die ganzen Räume gelaufen", fängt Moritz endlich an zu erzählen, „und hab irgendwann eine offene Tür zu einer Treppe gesehen, die mehrere Stockwerke tiefer führte. Es war sogar Licht auf der Treppe, also bin ich runter, um zu gucken, ob …"

Jetzt platze ich doch raus: „Du bist in den Keller gegangen, in den wir nicht gehen sollen, bloß weil da Licht brannte?"

(Ich komme mir vor wie Nana.)

„Entschuldige!", sage ich gleich darauf. „Ich werde dich nicht mehr unterbrechen. Bitte erzähl, was passiert ist!"

„Hm", grunzt Moritz.

„Okay, also, du bist über die Treppe in den Keller – und dort unten …?", versuche ich, ihm den Faden wieder in die Hand zu geben.

„Als ich unten war, hörte ich Stimmen", berichtet Moritz. · ·

„Männliche Stimmen. Dann kam einer der Männer näher und ich hab mich automatisch hinter einer Tür versteckt."

Hätte ich genauso gemacht, denke ich und nicke. „Klar."

„Der Mann ging an mir vorbei, hantierte aber mit ein paar Boxen auf der Kellertreppe rum, sodass ich nicht einfach schnell wieder hochlaufen konnte."

„Oh!"

Moritz holt tief Luft. „Also hab ich versucht, mich in dem langen Gang dort unten weiter weg zu schleichen. Ich dachte, ich finde vielleicht einen anderen Weg, wieder hoch zur Gruppe zu kommen. Ich wollte keinen Ärger kriegen."

Automatisch möchte ich – wie eine schützende Mutter in heller Aufregung – schreien: *Wie bist du denn auf die blöde*

*Idee gekommen, dort überhaupt runterzugehen?!!* Doch ich halte meinen Mund.

„Ich bin immer weiter und weiter geschlichen, bis ich die Männer nicht mehr hören konnte."

„Gut", wispere ich, als wäre ich ebenfalls dort unten und müsste leise sein, um nicht entdeckt zu werden. „Und hast du eine andere Treppe nach oben gefunden?"

„Nein", sagt Moritz, „aber riesige Räume mit Ölgemälden."

„Mit *Ölgemälden*?" Ich verstehe ja nicht viel von Kunst, aber dass es bessere Orte als feuchte Keller gibt, um teure Gemälde aufzubewahren, das ist sogar mir klar. „In einem Keller?"

Moritz nickt. „Und wenn ich riesig sage, dann meine ich, dass da unten bestimmt tausend Gemälde lagern."

„WAS?" Jetzt flüstere ich nicht mehr.

„Psssst!" Moritz guckt mich warnend an.

„Das musst du der Polizei melden!", wispere ich. „Ich fasse es nicht! Meinst du, Lord Farrington ist ein … ein Dieb? Ein Gemäldedieb?"

Moritz zuckt die Schultern. „Ich hab später noch in andere Räume kurz reingucken können und − ich kann es nicht beschwören, aber da lagen Stapel von Goldbarren. Die waren zwar eingepackt, sodass ich es eben nicht genau sagen kann, aber es sah ziemlich nach Goldbarren aus. Und zwar nicht gerade wenige."

Mir fällt die Kinnlade runter. „Moritz! Wir müssen das wirklich der Polizei sagen!"

„Stopp!" Als hätte er Angst, dass ich sofort aufspringen könnte, hält er mich an meinem Mantelärmel fest. „Lass mich zu Ende erzählen! Die Sachen, die da lagern, sind nicht unser Problem."

„Aber …", versuche ich zu protestieren.

Doch Moritz überhört meinen Einwand. „Ich war gerade auf die geniale Idee gekommen, Fotos zu machen, damit ich später beweisen kann, was ich gesehen habe. Doch bevor ich mein Handy aus der Tasche holen konnte, standen sie hinter mir."

Vor Schreck halte ich mir die Hand vor den Mund.

Oh, wie ich diese Angst kenne! Die Angst, dass sie einen kriegen! Dass sie einen verschleppen, dass man seine Familie vielleicht nie wiedersieht …!

„Oh, Moritz!"

Moritz schluckt. Man sieht ihm an, wie sehr ihn das mitgenommen hat … was immer jetzt kommt.

Er schluckt noch mal, als kriege er den Brocken in seinem Hals nicht weg. „Ich mach's kurz. Die Gangster haben mir eine Pistole an den Kopf gehalten und mich in einen Raum, weit weg von allen anderen, geführt."

In meinem Bauch platzt der letzte Hoffnungsschimmer wie

ein mit Schlamm gefüllter Luftballon, dass das alles vielleicht ein großes Missverständnis sein könnte. Die Erkenntnis klatscht mir kalt und böse ins Gesicht. Ich merke, wie ich anfange zu zittern. Das Einzige, was mich beruhigt, ist die Tatsache, dass Moritz hier sitzt. Neben mir. Heil. Er muss ihnen entkommen sein.

Moritz scheint zu merken, was gerade mit mir passiert.

„Cara, es tut mir wirklich leid, aber bitte … du musst … du musst jetzt stark sein!"

*Ich? Wieso ich?*, sagt plötzlich eine Stimme in meinem Kopf, die viel weniger emotional zu sein scheint als ich und die ein bisschen nach Nana klingt. *Es ist doch Moritz, der hier bedroht wird, oder nicht?*

„CARA!"

Ich wende ihm mein Gesicht zu.

„Cara, es hilft nicht, wenn du jetzt durchdrehst!"

(Zittere ich immer noch?)

„Nein. Klar", wispere ich. (Wieso sollte *ich* durchdrehen? Es geht doch um ihn, oder? Es geht doch verdammt noch mal um ihn?) „Erzähl weiter!"

Moritz wartet einen Moment. Dann nimmt er meine Hand.

„Cara, du MUSST mir helfen!"

Ihm helfen? „W-w-was ist denn noch p-p-passiert?"

Moritz lässt meine Hand wieder los und versucht, sich zusammenzureißen. „Sie haben gesagt, sie lassen mich laufen, wenn ich ihnen einen Gefallen tue. Sie werden heute einen Teil der Sachen abtransportieren und wollen, dass ich dabei bin, damit es so aussieht, als wären sie normale Familienväter, die zusammen mit ihren Kindern Urlaubsgepäck schleppen.‟

Ich gucke wahrscheinlich genauso entsetzt, wie ich mich fühle. Dabei verstehe ich immer noch nichts. „Was, bitte?‟

Moritz erklärt mir noch einmal, dass die Gangster Jugendliche dabeihaben wollen, damit es nicht verdächtig aussieht, wenn sie stapelweise Zeug aus der Burg tragen.

*Das ist verrückt!*, sagt die Stimme in meinem Kopf. *So was Verrücktes gibt es nicht! Wer lässt sich denn so was Dämliches einfallen?*

„Und dann haben sie dich laufen lassen?‟ Ich fasse es einfach nicht. „Und was habe *ich* damit zu tun?‟

„Wie ich schon sagte‟, erwidert Moritz, „sie wollen *Jugendliche*, also nicht nur mich, sondern noch eine weitere Person, um wie eine normale Familie rüberzukommen. Sie …‟

Mir reicht es. Ich habe plötzlich solche Angst, dass ich kaum noch Luft kriege. (Bei meiner Vorgeschichte vielleicht verständlich.)

„Wir müssen sofort zur Polizei!‟, verlange ich in dem festesten Ton, den ich zustande kriege. „Du willst dich ja nicht freiwillig noch mal in deren Hände begeben! Wir gehen zur Polizei und erzählen denen alles und dann …"

Und dann hauen wir hier sofort ab!, will ich sagen. Und eigentlich möchte ich auch Nana anrufen und sagen, dass sie eine ganze Bodyguard-Armee hierherschicken soll, damit uns nichts passiert und …

Moritz' Gesicht lässt meine in panischem Fluchtmodus galoppierenden Gedanken stoppen.

„Sie haben meine kleine Schwester, Cara! Sie haben Lucy!"

„WAS?"

Es dauert einen Moment, bis ich schalte. „Der Anruf heute Morgen …?"

Moritz nickt. „Ich hab natürlich sofort versucht, meine Eltern zu erreichen. Aber mein Vater ist irgendwo in Indien auf einer Tagung und hat sein Handy abgestellt, und meine Mutter ist auf einer Schönheitsfarm. Da nimmt sie ihr Handy nicht mal mit."

„Die lassen deine kleine Schwester allein zu Haus?"

Moritz schluckt und schüttelt den Kopf. „Nein, Lucy wohnt für eine Woche bei ihrer Freundin. Das macht sie immer, wenn meine Eltern nicht da sind. Die sind öfter mal nicht da."

Ich schlucke jetzt auch. Lucy!

„Trotzdem", beharre ich, „wir müssen zur Polizei gehen.

Und überhaupt, wie kommst du darauf, dass sie Lucy haben?"

„Das haben sie mir gesagt!" Er guckt mich an. „Cara, die wussten alles über mich. ALLES!"

Ich schüttele den Kopf. „Das kann doch nicht sein! Du bist doch nur zufällig in den Keller geraten. Du …"

„Die wussten alles!", wiederholt Moritz. „Auch, dass ich eine Freundin habe."

„Dass du – *was* – hast?" Meine Kehle wird ganz trocken.

„Hä?", kommt es von Moritz' Seite.

Hat er gesagt, er habe eine Freundin? Wen – wen meint er damit?

Die letzte Frage muss ich wohl laut gedacht haben, denn Moritz wird für ein paar Sekunden wieder fast der Alte. „Bist du bescheuert? Wen soll ich wohl damit meinen? Dich natürlich!"

„Nicht Abebi?", wispere ich.

„Sag mal, haben sie dir Moos ins Hirn gepflanzt? Die kenne ich doch kaum."

Mein Herz klopft. Und mein Hirn ist leicht überfordert. Wahrscheinlich sind beide überfordert. Mein Herz *und* mein Hirn.

Ich hab mir das mit Abebi nur eingebildet? Moritz *und ich* SIND ein Paar? *EHRLICH?* Oooooooh!

Ich fürchte, ich lächele gerade. Selbstverständlich ausgesprochen unpassend.

Denn Moritz sieht den Tränen nahe aus. „Cara! Das ist nicht witzig! Kapierst du eigentlich, was los ist?"

Ich atme tief durch und setze mich gerade hin. Miss Gwynn fand immer, das helfe, um klarer denken zu können.

Alright, noch mal in Ruhe! Moritz hat Diebesgut in der Burg entdeckt. *(UND er hat gesagt, ich bin seine Freundin!)* Die Diebe haben ihn gefangen und wieder laufen lassen. Sie wollen, dass er ihnen hilft, und erpressen ihn damit, dass sie Lucy haben. *(Er hat gesagt, ich bin seine Freundin!)*

„Die haben gedroht, wenn ich irgendjemandem davon erzähle, passiert Lucy was!"

Klick! Das reißt mich endlich in die bittere Realität.

„Und sie haben gesagt, dass ich meine Freundin mitbringen soll, um ihnen zu helfen", vervollständigt Moritz.

„Du sollst *mich* mitbringen?"

Moritz nickt.

„Die wussten also auch von mir?"

Moritz nickt noch mal. „Hab ich doch vorhin schon gesagt!"

Und plötzlich begreife ich wirklich.

Ein Gefühl, als stürze ich eine tiefe, endlose Schlucht hinunter. Freier Fall …

„Moritz", hauche ich vor Angst bebend, „es geht überhaupt nicht um dich. Es geht auch nicht um Lucy. Es geht um – *mich*."

Die Erkenntnis lässt mich fast ohnmächtig werden. Die wollen MICH! Das mögen vielleicht Diebe sein, aber vor allem sind es offensichtlich Erpresser, die mich entführen wollen. Daran besteht jetzt kein Zweifel mehr.

Nan hatte recht. Es ist noch immer nicht vorbei. Sie jagen mich immer noch. Die reichste Erbin Europas. Wird es *jemals* vorbei sein?

Moritz guckt verwirrt. „Wie meinst du das? Ja, sie haben gesagt, ich solle noch jemanden mitbringen – am besten meine Freundin, war ihr Vorschlag. Aber ..." Er guckt jetzt etwas schuldbewusst. „Ich sollte das wahrscheinlich nicht sagen, aber ... Cara, ich hab dir damals in Redruth geholfen und dir versprochen, niemandem von der ganzen Sache zu erzählen, und jetzt bitte ich dich, *mir* zu helfen und ..."

„Es geht nicht um dich", unterbreche ich ihn, „und es geht nicht darum, dass *ich dir* helfe. Es geht um mich. Es geht einzig und allein um mich. Diese Kerle wollen mich."

Ich hab keine andere Wahl. Ich muss Moritz erzählen, wer ich bin. Damit er versteht, warum es um mich geht. Und dass er nicht mich um Hilfe bittet, sondern dass er MEINETWEGEN in große Gefahr geraten ist. Im Grunde müsste ich mich bei ihm entschuldigen, dass er durch meine Anwesenheit in diese Situation geraten ist.

Und ohne abzuwägen, ob das eine gute Idee ist, fange ich an: „Moritz, jetzt musst du *mir* einen Moment zuhören, es ist wichtig!"

Moritz hebt erstaunt seinen Kopf.

„Also, ähm, ich sollte vielleicht damit anfangen, dass ich nicht Cara Winter heiße."

„Was ist?" Moritz hat sein süßes Schafsgesicht aufgesetzt.

„Ich heiße Anna-Louise Norden, ich …"

„Wie bitte? Genau wie diese Tochter von Nordoo?" Er kennt offenbar zumindest einen unserer Business-Schwerpunkte, das weltweit führende Internet-Portal Nordoo.

„Ja", bestätige ich.

„Und wieso heißt du wie die, aber nennst dich anders?", fragt Moritz.

„Ich heiße wie die, weil ich *die* bin." Ich gebe ihm ein paar Sekunden, um das sacken zu lassen, dann rede ich weiter. „Was gleichzeitig auch erklärt, warum ich im Cornwall College unter einem Decknamen wohne."

Sein Mund steht sperrangelweit offen.

Ich erzähle. Und erzähle und erzähle. Er muss verstehen, was hier wirklich passiert.

Ich berichte von meinem bisherigen Leben, dass ich mit

dem Cornwall College zum ersten Mal überhaupt eine Schule besuche, ja, und auch dass wir gejagt wurden, dass immer diese Bedrohung über mir hing, diese Bedrohung, entführt zu werden.

Moritz' Augen werden immer größer, seine Stimme leiser. „Mann, Cara!" Er greift nach meiner Hand. „Und genau das wäre im September in Redruth auch fast wieder passiert, oder?"

Ich nicke und lächele zaghaft. „Wenn du das nicht in letzter Minute verhindert hättest."

„Und damit deine Deckung nicht auffliegt, musste ich schwören, niemandem von der Sache zu erzählen", kombiniert Moritz.

Ich nicke noch mal.

„Mann, Mann, Cara!", seufzt Moritz und guckt mir plötzlich in die Augen. „Wir sind ja ein tolles Paar!"

Wenn die Situation nicht so unfassbar grässlich wäre, würde ich jetzt lachen. So möchte ich ihn einfach nur … umarmen, küssen, drücken. Und dankbar sein, dass er neben mir sitzt.

Leider schlägt genau in diesem Moment eine Kirchturmglocke und ich schaue erschrocken auf meine Uhr. „Wir müssen zum Essen. Die suchen uns sonst!"

„Scheiß auf das Essen!", raunzt Moritz. „Lass sie uns suchen! Wenn sie uns finden, werden sie denken, dass sie zwei Lovebirds überrascht haben. Na und? Erzähl weiter!"

Ich lächele und drücke seine Hand. Und auch wenn ich im Moment wirklich genug andere Sorgen habe, scheint es in meinem Bauch noch Platz für ein paar kleine piksige Explosionen bei dem Wort *Lovebirds* zu geben.

Ich fühle eine solch dicke, warme Welle von Zuneigung für Moritz, dass ich plötzlich fast optimistisch bin. Was immer auch passieren mag. Wie gefährlich die Situation auch für uns sein mag. Wir beide sind zusammen.

Und vielleicht lassen uns die Kerle in der Burg ja tatsächlich wieder laufen? Vielleicht haben sie es – ganz möglicherweise – *doch nicht* auf mich abgesehen? Vielleicht sind es nur harmlose Diebe, die wirklich nur ihre Goldbarren und Gemälde unauffällig abtransportieren wollen?

*Rubbish! Was für ein Blödsinn?*, sagt diese nervige Stimme in meinem Kopf. *Woher sollten sie dann wohl so viel über Moritz wissen?*

Trotzdem, hoffen darf man ja wohl. Wenigstens ein paar kostbare Augenblicke lang.

# Geheimnisse und Missverständnisse

Es tut gut zu erzählen, es tut *so* gut. Endlich kann ich mit jemandem reden. Kann jemandem erklären, wie ich mich fühle, was in mir vorgeht … Wie oft habe ich mir schon gewünscht, jemandem mein Herz ausschütten zu können, ohne die Hälfte zurückhalten zu müssen! Und am liebsten natürlich Moritz.

Eng nebeneinander sitzen wir auf der Bank, unsere Köpfe nur wenige Zentimeter voneinander entfernt, unsere Hände ineinander verflochten.

Das leise Geschnatter von ein paar Enten in dem kleinen Bach, der weiter oben im Dorf zum Teich fließt. Das Leben könnte nicht herrlicher sein. Könnte ich nur diesen Moment anhalten, festhalten, tief in mir bewahren! Könnte das Leben nur immer so weitergehen!

Moritz holt mich in die Realität zurück. „Wir gehen also heute nach dem Vortrag zusammen hoch zur Burg?"

Ich nicke. Wir müssen es tun. ICH muss es tun. Ich kann einfach nicht riskieren, dass der kleinen Lucy etwas passiert.

Moritz und ich haben es hin und her und vor und zurück diskutiert. Was, wenn wir doch einfach zur Polizei gehen? Was, wenn wir gar nichts tun? Doch es lief immer wieder auf dasselbe hinaus. Sie haben Lucy. Und: Selbst wenn wir, wenn *ich* ihnen dieses Mal entwischen würde – sie würden

nicht aufgeben.

Doch natürlich wäre es genauso irrsinnig, mich einfach freiwillig in die Hände der Entführer zu begeben. Deshalb haben Moritz und ich einen Plan ausgetüftelt. Okay, es ist ein naiver kleiner Amateur-Plan, aber vielleicht … vielleicht funktioniert er, und wir beide UND Lucy kommen ungeschoren davon.

(Ich fürchte allerdings, dass mich Nan nach dieser Erfahrung – wie immer es ausgehen wird – garantiert nicht mehr im Cornwall College lassen wird, aber vielleicht kann ich mich wenigstens in den Ferien mit Moritz in Hamburg treffen.)

Die Gangster haben Moritz zugesichert, dass er mit Lucy telefonieren kann, sobald er mit mir in Sichtweite der Burg auftaucht. Vorausgesetzt, wir kommen allein. Sollte sich dann tatsächlich herausstellen, dass Lucy irgendwo in Sicherheit ist, werden wir unseren kleinen Plan starten. Und falls er funktioniert, falls also auch wir den Kerlen entkommen, dann werden wir natürlich sofort die Polizei rufen. In der Hoffnung, dass sie die Typen fassen kann, noch bevor die den steilen Weg runter von der Burg zur Dorfstraße geschafft haben.

Ja, das wäre das bestmögliche Ende dieses Nachmittags. An das schlechtestmögliche denke ich lieber nicht.

Ein paar Minuten lang tanken wir einfach nur auf. Die Stille, das leise Geplätscher des Baches, das Schnattern der Enten, die seltene Januarsonne und uns. *Zusammen.*

Dann kommt mir wieder eine Frage in den Sinn, die mir vorhin schon ein paar Mal durch den Kopf gegangen ist.

„Wieso bist du bei der Besichtigung gestern eigentlich überhaupt von der Gruppe abgehauen?"

Moritz guckt mich erstaunt an. „Ich bin nicht abgehauen, ich hab dich gesucht!"

„Du hast MICH gesucht? Aber – warum denn? Ich war doch die ganze Zeit da!"

„Warst du nicht! Ich hab immer wieder zu dir rübergeguckt." Moritz schüttelt den Kopf. „Als wir diese lange Steintreppe hochgingen, warst du plötzlich weg. Ich hab gedacht, du hättest dich verlaufen oder so." Moritz' Ausdruck wird etwas stur. „Warum hätte ich wohl sonst quer durch die Burg rennen sollen?"

Ich gucke schuldbewusst. „Oh, nein! Das müssen die zwei Minuten gewesen sein, in denen ich auf der Toilette war. Ich ... ich bin danach sofort wieder zurück zur Gruppe gekommen."

Moritz zuckt die Schultern. „Egal. Jetzt ist es passiert."

Ja. Trotzdem. „Warum zum Teufel hast du niemandem Bescheid gesagt?"

Moritz sieht jetzt fast entrüstet aus. „Weil ich natürlich nicht wollte, dass du Ärger kriegst. Wenn ich jemandem gesagt hätte, dass ich dich suchen gehe, hätten ja alle gewusst, dass du abgehauen bist."

„Ich bin doch nicht abgehauen", protestiere ich, „ich musste mal."

„Woher sollte ich das wissen?", schnaubt Moritz.

Ich drücke seine Hand und grinse. „Ich verspreche hiermit hoch und heilig, dir von jetzt an jedes Mal Bescheid zu geben, wenn ich eine Toilette aufsuche!"

Moritz zieht eine halb seufzende, halb grinsende Grimasse. „Danke. Das könnte möglicherweise hilfreich sein."

Plötzlich witscht eine Ente in heller Aufregung direkt vor unseren Füßen vorbei. Den Schnabel hoch in die Luft gereckt, die Flügel halb zum Fliegen ausgebreitet, rennt sie, als sei der Teufel hinter ihr her.

„Warte mal!" Ich lasse Moritz' Hand los und stehe auf, um besser gucken zu können. „Wenn das wieder solche Idioten sind, die die armen Tiere …!"

Da – tatsächlich! Ich hab sie entdeckt. Hinter einer halbhohen Hecke direkt am Bach. Oh, das macht mich so wütend! Merken manche Leute eigentlich gar nicht, wenn sie Tiere bedrohen, wenn sie – sozusagen – in deren Schlafzimmer eindringen?

Als jetzt auch noch ein paar andere Enten mittelmäßig panisch aus dem Wasser flattern, langt es mir. Ohne nachzudenken, stapfe ich auf die Hecke zu. Die Köpfe der Leute sind sofort ein paar Zentimeter tiefer gesunken. Offenbar war denen nicht klar, dass man sie von der Straße aus sehen kann.

„Hey!", rufe ich nicht sehr freundlich rüber. „Macht Ihnen das Spaß, diese armen Enten zu erschrecken?"

Keine Antwort.

„HEY!", brülle ich noch ein bisschen lauter. „Glauben Sie, wir sind blind? Wir haben genau gesehen, was Sie gemacht haben. Ich sollte Sie bei der Polizei anzeigen wegen Tierquälerei!"

Aha, das hat gesessen! Der erste Kopf taucht über der Hecke

auf. Eine Frau – statt Frisur ein Camouflage-Käppi. (Hat auch nicht viel gebracht. Echt, was halten manche eigentlich für Urlaubsspaß? Widerlich!)

„Oh, das tut uns leid, ehrlich!" Die Frau sieht betroffen aus.

„Die Enten? Wir – hatten nicht die Absicht, irgendwelche Enten zu stören."

„Haben Sie aber!" Meine Wut ist noch nicht verraucht. „Wie würden Sie sich fühlen, wenn jemand in ihr Haus käme und sich mitten in ihr Bett setzen würde?"

Die Frau guckt völlig perplex.

Jetzt taucht ein zweiter Kopf auf. Ein Mann, vielleicht ihr Ehemann. Na klasse, die betreiben dieses dämliche *Hobby* in trauter Zweisamkeit!

Immerhin entschuldigt sich auch der Mann. „Das tut uns wirklich sehr leid. Wir werden sofort woanders hingehen."

*Woanders hin?* Es kommt mir sowieso komisch vor, dass Leute in Hecken rumsitzen. „Was machen Sie überhaupt da?"

Leider mischt sich in dem Moment Moritz ein. „Komm schon, Cara!" Er steht auf und winkt mir.

Hrrrmpf. Ich schnaube unwirsch. Schade, dass ich kein Stier bin! Ich würde liebend gerne vor Wut mit dem Fuß scharren.

„Lass gut sein!" Moritz kommt zu mir und nimmt mich in den Arm.

Das Paar hinter der Hecke lächelt gewinnend.

Ich schnaube noch mal, lasse mich dann aber von Moritz wegziehen.

Als wir ein Stück entfernt sind, rollt er mit den Augen, doch ein kleines Grinsen liegt auf seinen Lippen. „Crikey! Ich dachte, du gehst denen wirklich gleich an den Hals!"

„Wäre ich auch am liebsten!", gebe ich zu.

Ich kann Tierquäler nicht ausstehen.

„Findest du nicht, du hast ein bisschen überreagiert?", fragt Moritz.

Ich zucke mit den Schultern. „Möglich."

Natürlich stimme ich Moritz insgeheim zu. Die Leute haben bestimmt nicht die Absicht gehabt, Tiere zu quälen, auch wenn sie sie natürlich gestört haben. Aber ich bin so durch den Wind, dass ich mir irgendwie Luft machen musste. Und da kamen die mir gerade recht.

Moritz grinst. „Bitte spring den Kerlen in der Burg nicht genauso ins Gesicht. Ich glaube, die sind ein anderes Kaliber als die armen Angler hier und würden *etwas anders* reagieren."

Ich seufze und grinse ebenfalls. „Keine Sorge. Hab mich schon wieder im Griff."

Langsam schlendern wir zurück zu den Cottages. Wohl wissend, welche Herausforderung uns bevorsteht.

Als wir am Pub vorbeikommen, steht dort allerdings erst einmal eine mittelmäßig aufgelöste Miss Bonneville vor uns. „Wo wart ihr? Wir haben euch schon überall gesucht! Ihr habt das Mittagessen verpasst."

„Entschuldigung", bemüht sich Moritz, sie zu beruhigen, „wir waren nicht besonders hungrig."

Miss Bonnevilles Blick fällt auf unsere Hände, die immer noch ineinander verschränkt sind, und im Nu schmilzt ihre Empörung.

„Na schön!", lächelt sie. „Aber wenn ihr das nächste Mal nicht hungrig seid, meldet ihr euch wenigstens ab, ja?"

„Auf jeden Fall", versichert Moritz, und ich nicke eifrig dazu.

Später, wenn wir zur Burg hochgehen, werden wir uns selbstverständlich ordnungsgemäß abmelden. Vor allem, damit uns keine Lehrer in die Quere kommen, die alles gefährden könnten …

# Der schwerste Aufstieg meines Lebens

Wenn alles so klappt, wie wir hoffen, werden Moritz und ich die Burg nicht mal betreten. Seit heute Mittag haben wir alles ein Dutzend Mal besprochen. Als wir jetzt den kleinen Pfad suchen, der auf der anderen Seite des Berges hoch zum Castle führt, gehen wir unseren Plan ein weiteres Mal durch. (Was für ein Glück, dass Raine und Pippa die Idee mit der Mitternachtsparty hatten und Eden daraufhin sofort im Internet einen Großeinkauf gestartet hat! Und noch besser, dass Moritz mit Eden in einem Zimmer schläft und so ungehindert an Edens Koffer konnte! Ich bin sicher, Pippas Bruder wird uns verzeihen, dass wir seine bunten Schätze anderweitig benutzen mussten.)

„Du machst nichts, bevor ich nicht mit Lucy gesprochen habe!", schärft mir Moritz noch mal ein.

„Natürlich nicht!", versichere ich.

„Hast du auch alle mit?"

„Klar!" Ich recke die Hand zu meinem Rucksack und klopfe drauf.

„Den musst du aber rechtzeitig runternehmen", überlegt Moritz besorgt. „Das dauert ja sonst Ewigkeiten, bis du eine davon griffbereit hast."

„Natürlich!"

Moritz bleibt stehen. „Oh no! Hast du an ein Feuerzeug gedacht?"

Mit einem schiefen Lächeln greife ich in meine Jeanstasche. „Hier! Hab ich aus der Küchenschublade neben dem Gasherd geklaut."

Moritz nickt anerkennend, dann holt er tief Luft. „Wir schaffen das!"

„Auf jeden Fall!"

Irgendwie muss man sich ja Mut machen.

Auf der Straße eben konnten wir kaum reden, weil es – für ein winziges Kaff wie Puddlebrook – von Menschen nur so wimmelte. Mindestens drei Ehepaare, die offenbar noch ein bisschen flanieren wollten, bevor es ganz dunkel wird, kamen uns entgegen. Und durch die hell erleuchteten Fenster des *Dog and Duck* konnte man eine ziemlich gut besuchte Schankstube sehen. Ob das alles Einheimische waren? Da war kein einziger freier Platz mehr. Südcornwall im Januar scheint dieses Jahr tatsächlich ein ungewöhnlich beliebtes Urlaubsziel zu sein.

Besonders bei Anglern. Dabei kann man im Meer überhaupt nicht angeln, die Brandung ist viel zu stark. Gerade um diese Jahreszeit. Und obwohl einige Paare hier sind, haben wir noch kein einziges Kind gesehen – na gut, die haben ja auch Schule. Aber auch älteren Leuten scheint es im Winter hier zu kalt zu sein. (Tss, womit man sich doch abzulenken versucht, bloß weil man solche Angst hat, dass man eigentlich schreien möchte – schreien aber leider nicht im Angebot ist!)

Ich seufze und stolpere im selben Moment über eine dicke Wurzel, die quer über den Weg ragt.

„Pass auf!", zischt Moritz neben mir und greift automatisch nach meiner Hand.

Ich schätze, auch seine Nerven liegen blank.

Zu allem Übel hat Nan, kurz bevor wir loswollten, zum gefühlt siebzigsten Mal heute auf meinem Handy angerufen. Ich musste endlich rangehen.

Leider ist meine Verfassung seit dem Anruf nicht unbedingt im Aufwärtstrend. Ich fühle mich jetzt fast noch verstörter.

Nana war – SEHR merkwürdig. Überhaupt nicht sie selbst. Das Gespräch war kurz.

„Angie?"

„Ja?"

„Wo bist du?"

„Äh – bin noch ein bisschen im Dorf unterwegs mit Moritz."

Kurzes Schweigen auf Nanas Seite, dann: „Ich hab dich sehr lieb, Angie, my Darling! Love you with all my heart!"

Peng! Ohne Vorwarnung. Von meiner Großmutter, die steifer ist als die Queen of England. Die volle Ladung rote Herzen frontal ins Gesicht – oder, ähm, zumindest ins Ohr. An einem völlig normalen Dienstagnachmittag.

„Ich dich auch, Nana! Love you too!"

Wieder kurzes Schweigen. Dann konnte ich geradezu sehen, wie sich Nanas Rücken nach dem ungewohnten Emotionsausbruch wieder versteifte. „Vielleicht hätte ich schon früher mehr mit dir reden sollen. Dir mehr erklären sollen … Rosie denkt … Aber … gut, das ist … jetzt egal." Noch eine kurze Pause. „Angie, manchmal fordert das Leben uns einiges ab! Manchmal …"

„Nan!", versuchte ich, sie sanft zu unterbrechen. Denn was auch immer sie noch hätte sagen wollen – es war wirklich nicht der ideale Moment dafür. „Ich … Es ist jetzt gerade ein bisschen schlecht. Kann ich dich heute Abend … oder vielleicht morgen … oder …?"

„Alles gut!", behauptete meine Großmutter, die es hasst, unterbrochen zu werden, die nur wenig gelten lässt, was nicht
in ihren eigenen Zeitplan passt. „Ich wollte dir nur sagen,
dass ich stolz auf dich bin. Sehr stolz."

Ich war komplett von den Socken, aber auch gerührt.
„Nana, ich …!"

„Ssschttt!", machte Nan. „Lass mich nur noch eines sagen,
Angie! Du bist stark. Du bist viel stärker, als du denkst, hörst
du? Hab Vertrauen in dich und …" – Nanas Stimme wird
laut und energisch – „… und in MICH!"

Ich wusste ehrlich nicht mehr, was ich sagen sollte. „Das hab
ich Nana, das hab ich! Immer."

„Hab Vertrauen in *mich*!", wiederholte Nan eindringlich.
„Wir sprechen morgen! Oder heute Abend. Sei stark!"

Dann haben wir aufgelegt.

Als ich Moritz jetzt davon erzähle, zuckt er die Schultern.
„Vielleicht hatte sie gerade einen kleinen sentimentalen
Hänger. Vielleicht saß sie gerade am Kamin, blätterte durch
alte Fotoalben von dir, starrte ins Feuer, dachte über alles
und nichts und das Leben nach …" Er grinst. „Du weißt
schon, diese Art Stimmung! Ich glaube, alte Leute sind weicher, als man denkt. Und deine Großmutter hat bestimmt
Schuldgefühle, dass sie dir deine Eltern nicht perfekt ersetzen konnte."

„Kann sein", murmele ich.

Trotzdem fand ich sie EXTREM merkwürdig. Außerdem sitzt Nana nie untätig rum und schaut rührselig ins Feuer.

„Was meinst du wohl, wann sie anfangen, nach uns zu suchen?", frage ich nach einer Weile unvermittelt. „Und wann werden sie die Polizei benachrichtigen, wenn sie uns nicht finden?"

„Gar nicht!", antwortet Moritz knallhart. „Weil wir zurückkommen werden. Rechtzeitig. Und die Polizei alarmieren wir dann selber."

Der Weg vor uns wird immer dunkler, das helle Dorf liegt schon ein ganzes Stück hinter uns.

„Und du bist sicher, die Männer wollten, dass du genau diesen Weg nimmst?", frage ich etwas besorgt.

„Ja", meint Moritz. „Ist ja auch klar. Auf dem anderen Weg, der von den Holiday Cottages am Meer entlang hoch zur Burg geht, hängen um diese Uhrzeit bestimmt noch einige von uns rum. Ich weiß jedenfalls, dass Hayden und Pippa auch noch rauswollten, um aufs Meer zu gucken."

Aufs Meer gucken. Zu zweit. Wie romantisch. Und ruhig. Und vermutlich ganz wunderbar angstfrei. Das würde ich jetzt auch gern.

Moritz scheint meine Gedanken zu erraten. Er drückt meine Hand und feuert mich ein zweites Mal an. „Wir schaffen das!"

Yes! Wir müssen es einfach schaffen!

„Jedenfalls kann ich dir versichern", versucht Moritz die Atmosphäre zu lockern, „dass ich unten im Keller kein einziges Gespenst gesehen habe."

Nee, nur Kerle mit Pistolen in der Hand – umpf!

Moritz' gut gemeinte Bemerkung hilft nicht wirklich. Jetzt muss ich auch noch an Gespenster denken. Super!

Ich versuche, mich selbst abzulenken. „Wie fandest du den Vortrag eben?"

Moritz zieht die Augenbrauen hoch. „Wir haben einen Vortrag gehört?"

Ich grinse.

Bei der Veranstaltung am früheren Nachmittag haben wir beide nicht viel mitbekommen. Obwohl es mich eigentlich interessiert hätte, wie Menschen in vergangenen Jahrhunderten auf Highmoor Castle gelebt haben. Doch wir waren zu sehr mit unserer bevorstehenden Aufgabe beschäftigt.

Brav haben wir uns danach bei Mr Lambert abgemeldet, um einen „Spaziergang" zu machen. Viel hielt unser Lehrer zwar nicht davon, bei Einbruch der Dunkelheit noch rauszugehen, doch wir haben ihm versichert, dass ja auf der Dorfstraße Laternen brennen. Was die reine Wahrheit ist.

Sie erleuchten dort tatsächlich ganz wunderbar und sehr hübsch die wenigen Häuser von Puddlebrook und das *Dog and Duck*.

Dass wir gar nicht vorhaben, die Straße entlangzugehen, sondern auf einem kleinen Umweg zur Burg hochzusteigen, ist eine ganz andere Sache, nach der Mr Lambert ja nicht gefragt hat. Das hat mit Lügen nun wirklich nichts zu tun.

Eine Weile gehen wir schweigend nebeneinanderher. Die Bäume und Büsche um uns herum verschwimmen immer schemenhafter, je mehr die Dunkelheit einsetzt. Ich verspüre plötzlich den Drang, einfach laut zu rufen: *„Ich hab keine Lust mehr zu spielen. Ich geh jetzt nach Hause, bye!"* Doch es gibt kein Zurück.

In diesem Moment höre ich Nanas Stimme in mir: *Hab Vertrauen in dich! Hab Vertrauen in mich!*

Meine Eltern sind tot, aber Nana lebt. Und sie liebt mich. Und glaubt an mich. Ich schaffe das! Moritz und ich schaffen das!

Gerade fange ich an, tatsächlich so was wie Entschlossenheit in mir aufzubauen, da drückt Moritz meine Hand. „Mann, ich hab ganz vergessen, dir noch was anderes zu erzählen!"

Sofort kriege ich wieder Panik. „Was denn?"

„Das war echt der Hammer!" Moritz grinst. „Da waren drei Männer, die mit mir geredet haben. Der eine hatte eine

schwarze Sturmmütze mit Augenschlitzen überm Kopf, sodass ich von dem nicht viel sehen konnte …"

„Eine schwarze Sturmmütze!", quietsche ich auf. „Das ist
ja gruselig!"

„Quatsch!", erwidert Moritz und guckt mich prüfend an.
„Cara, jetzt fang bitte nicht an, hysterisch zu werden, ja? Das
können wir gerade überhaupt nicht gebrauchen. So what?
Da hat ein Typ eine Mütze auf dem Kopf, weil er nicht will,
dass ich weiß, wie er aussieht. Das heißt aber nicht, dass er
ein Geist ist!"

Beinahe quietsche ich noch mal auf. Blimey, Moritz hat
wirklich eine einmalige Art, einen zu beruhigen!

„Dann war da noch einer mit einem Vollbart", fährt Moritz
ungerührt fort, „und ein Glatzkopf. Und der Typ mit dem
Vollbart – Hammer! –, der hatte total deine Augen." Moritz
grinst. „Ich schwör's dir, genau deine hellgrünen Augen!"

Hm. Ich bin nicht sicher, was er mir damit sagen will. „Na
und?"

Moritz nimmt mich in den Arm. „Na ja, so häufig kommt
deine Augenfarbe ja nun auch nicht vor. Aber egal. Ich
wollte es dir nur sagen. Fiel mir auf."

Ich schüttele den Kopf und taste lieber noch mal nach dem
Feuerzeug. Ist noch da.

Dass ich in meinem Leben niemals irgendwelche Feuer-

werkskörper angezündet habe (wie auch, mit einer über-
ängstlichen Nan hinter mir?), geschweige denn eine richtige
Rakete, habe ich Moritz lieber nicht verraten. Aber das
kann ja wohl nicht so schwer sein! Und vielleicht hängt an
den Dingern ja auch eine kleine Gebrauchsanweisung?!
Sobald Moritz nämlich mit Lucy telefoniert hat und sicher
ist, dass sie entweder zu Hause oder im Haus ihrer Freundin ist, werden wir die fetten Raketen zünden, die Eden
eigentlich für die Mitternachtsparty besorgt hatte. Das wird
nicht nur die Gangster verwirren (hoffentlich wenigstens so
lange, dass wir ein paar Sekunden haben, um wegzulaufen),
sondern auch Aufmerksamkeit im Dorf erregen. Moritz
und ich hoffen also, dass wir abhauen können und dass uns
außerdem Leute entgegenkommen werden, die uns helfen.
Und die die Gangster abschrecken und in die Flucht schlagen. Einfangen muss die dann die Polizei. Aber das Wich-
tigste ist natürlich erst mal, dass sie uns nicht kriegen. Und
dass Lucy in Sicherheit ist.
Kein schlechter Plan.
Wenn er klappt.
Die Hälfte des Weges haben wir geschafft. Hoch oben auf
dem Berg über uns kann ich die Türme von Highmoor
Castle schon durch die Baumkronen ragen sehen.
Immer noch tanzen die unterschiedlichsten Gedanken wirr

in meinem Kopf herum und liefern sich Gefechte. Panik gegen Entschlossenheit. Käfig gegen Freiheit. Wir müssen es einfach schaffen!

Was wäre, wenn ...? Was wäre, wenn ich im Internat geblieben wäre? Dann hätten die Kerle Moritz nicht erpressen können und Lucy wäre jetzt nicht in Gefahr.

„Bist du dir wirklich sicher, dass die Lucy haben?", frage ich. „Ich meine, du hast doch noch heute Morgen mit ihr gesprochen und da war sie doch ganz fröhlich, oder?"

„Sie hat gesagt, zwei Männer in einem Eiskremwagen hätten ihnen gerade Eis spendiert", antwortet Moritz düster. „Und als ich ihr einschärfen wollte, auf keinen Fall zu denen in den Wagen zu steigen, hat sie aufgelegt. Oder ihr Handy wurde ausgeschaltet." Bei dem letzten Wort schnappt Moritz automatisch nach Luft. „Seitdem Funkstille."

Na gut, das klingt nicht allzu toll, aber auch nicht zwangsweise schrecklich. „Vielleicht ging ihr Handy wirklich in dem Moment kaputt oder der Akku war leer. Und die Eisverkäufer wollten vielleicht einfach nur nett zu den kleinen Mädchen sein?"

Moritz bleibt stehen und guckt mich an. „Cara, for goodness sake! Ein Eiswagen – im Januar! Hast du schon mal mitten im Winter in Hamburg einen Eiswagen auf der Straße gesehen?"

Hm.

Doch Moritz hat keinen Zweifel. „Der Kerl mit der Glatze hat zu mir gesagt: *Wenn du irgendjemandem auch nur ein Sterbenswörtchen davon verrätst, was du hier gesehen hast, ist deine kleine Schwester Futter für die Fische!*" Er seufzt abgrundtief. „Verstehst du nicht? Die wussten genau, wovon sie reden!"

In diesem Moment sehen wir links von uns etwa fünfzig Meter entfernt eine Gestalt auf einer kleinen Lichtung. Von hier aus können wir nicht erkennen, ob es einfach nur einer der vielen Urlauber ist, der den Weg zurück ins Dorf sucht, oder schon …

„Nicht stehen bleiben!", wispert Moritz. „Du weißt, was du zu tun hast!"

Die Gestalt regt sich nicht. Steht einfach auf dem Gras rum. Das ist nicht normal. Mein Herz schlägt bis hoch zu meinem Rollkragen.

Gerade, als ich merke, dass sich meine Knie in Wabbelgelee verwandeln, erkenne ich Josh.

Moritz erkennt ihn im selben Moment. „Verdammte Scheiße, was macht DER schon wieder hier?" Es ist nicht zu überhören, dass es in ihm brodelt. „Ich schwöre dir, Cara, irgendwann vergesse ich mich. Der schleicht dir ständig hinterher. Dass du das nicht merkst!"

Bugger! Da hab ich Moritz praktisch alles erzählt – wer

ich bin und überhaupt –, und hab doch glatt vergessen zu erwähnen, wer Josh ist. Oh nein, nicht dass die beiden jetzt hier noch aneinandergeraten!

„Josh ist mein Bodyguard!", flüstere ich schnell, so leise ich kann.

Inzwischen sind die Bäume rechts neben uns kaum noch zu erkennen, so schummrig ist es geworden. Vielleicht sitzen da noch andere Gestalten und beobachten uns. Aber wenn, dann wohl kaum mit der Absicht, als meine Bodyguards tätig zu werden.

„Dein WAS??"

„Sssscht!!", mache ich ärgerlich.

Ich werfe einen kurzen Blick in Moritz' Gesicht. Jetzt sieht er aus wie das leibhaftige Gespenst von Highmoor Castle.

„Dein Ernst?", fragt er ungläubig.

„Ja!"

Ein paar Sekunden braucht Moritz noch, dann haucht er:

„Verstehe."

Keine Ahnung, ob er wirklich versteht oder nicht, aber für lange Erklärungen haben wir keine Zeit.

Als wir nur noch wenige Schritte von ihm entfernt sind, tut Josh auf der Lichtung so, als müsse er sich die Schuhe binden. (Ganz sicher ist das nur gespielt, er wird ja wohl nicht zufällig gerade jetzt lose Schnürsenkel haben!) Er guckt zu

Boden und würdigt uns keines Blickes, als wir vorbeigehen.

Wenn er tatsächlich nur ein Urlauber gewesen wäre, hätte man meinen können, er hat uns einfach nicht bemerkt. (Aber Josh wird ja wohl die Person bemerken, für deren Schutz er zuständig ist!)

Moritz und ich sind zu verwirrt, um das mit einem Spruch zu kommentieren. Sind heute alle durchgeknallt?

Hinter uns höre ich, wie sich Joshs Schritte entfernen. Anscheinend geht er den Weg zurück zum Dorf.

Was soll das denn? Wie kann der denn jetzt seelenruhig zum Dorf gehen?

Ich meine, gut, er hat keine Ahnung, was hier gleich passieren wird. Aber sonst stellt er sich ja schon an, wenn ich in London nur allein die Straßenseite wechseln will, und hier findet er nichts dabei, dass ich in inzwischen fast tiefschwarzer Nacht allein durch den Wald marschiere?

Ich bin so verdutzt, dass ich jetzt doch stehen bleibe und ihm nachgucke. Vielleicht war das gar nicht Josh? Doch, klar, kein Zweifel.

Irgendwie gefällt mir das gar nicht, dass Josh jetzt in der falschen Richtung unterwegs ist. Irgendwie hätte ich ihn jetzt doch gern in meiner Nähe. Wenn wir direkt an ihm vorbeigekommen wären, hätte ich ihm irgendwas zuflüstern können. Irgendwas wie: „*Bleib in der Nähe! Ich brauch dich heute!*" Das hätte nichts verraten, aber mir wäre wohler gewesen.

Doch wenn ich jetzt hinter ihm herlaufe, werden die Gangster bestimmt misstrauisch. Die beobachten uns garantiert schon. Und was passiert dann mit Lucy?

Ich hab's. Ich ruf ihn an.

Ich krame mein Handy aus der Manteltasche und drücke die eingespeicherte Nummer. Keine Zehntelsekunde später nimmt Josh ab. Er ist nicht sehr gesprächig.

„Leg auf, Cara!", sagt Josh mit leiser, fester Stimme, die keinen Widerspruch duldet. Ruhig, aber eindringlich wiederholt er: „Leg jetzt sofort auf! Und dann … geh langsam weiter!"

# In den Kellergewölben von Highmoor Castle

**K**ann man vor Panik durchdrehen?

Meine Puddingbeine spüre ich schon nicht mehr, mein Gehirn hat sich vorsichtshalber selbst abgestellt und ich merke, ich bin kurz vor dem Punkt, an dem man so viel Angst-Adrenalin im Körper hat, dass einem plötzlich alles egal ist.

So komisch das auch klingt.

„Moritz, du?", flüstere ich und halte seine Hand so fest, dass vermutlich seine Blutgefäße abgedrückt werden.

Allerdings scheint ihn das nicht zu stören. „Ja?"

„Ich mag dich *sehr* gern."

„Ich dich auch, Cara."

Für einen Moment lasse ich seine Hand los, um meinen Rucksack vom Rücken zu holen. Wir sind fast an der Burg angekommen. Doch noch bevor ich den Schulterriemen abstreifen kann, höre ich ein Knacken!

Wie aus dem Nichts steht ein Mann hinter mir. „Ganz ruhig weitergehen!"

Ich fühle etwas Kaltes an meinem Hinterkopf. (Das ist jetzt aber keine Pistole, oder?)

Verzweifelt schiele ich nach rechts und links. Wo ist Josh, wenn man ihn mal braucht? Er weiß doch, dass ich hier bin!

„Und bitte die Hände schön hoch!", sagt die Stimme hinter mir. „Beide! Wir wollen doch keine Komplikationen, oder?"

Ich kann hören, dass Moritz' Atem stoßweise geht, trotzdem presst er hervor: „Sie haben gesagt, ich kann meine Schwester anrufen, bevor wir in die Burg gehen. Sie haben mir versprochen …!"

Crikey, er hat wirklich Mut!

„Ja, ja!", kommt die Stimme von hinten. „Alles zu seiner Zeit. Jetzt mal ein bisschen Tempo hier! Wir wollen keine Wurzeln schlagen."

Hilflos gucke ich zu Moritz rüber

„Die Hände hoch!", befiehlt die Stimme deutlich unfreundlicher. „Ich wiederhole mich nicht gern: DAS GILT FÜR BEIDE!"

Moritz und ich stolpern durch die Dunkelheit voran. Mit den unabgeschossenen Raketen in meinem Rucksack. Wir haben keine andere Wahl, als genau das zu tun, was der Kerl von uns verlangt.

*(Wo zum Teufel ist Josh?!)*

Durch eine versteckte Tür an der Rückseite des Castles werden wir ins Innere bugsiert, wo etliche Kisten im Eingangsbereich warten. Außerdem weitere Männer. Unter ihnen der Glatzkopf, den Moritz erwähnt hat, und auch der mit dem Vollbart.

Jetzt übernimmt der Glatzkopf die Führung. „Hier lang! Und ein bisschen zügiger!"

Ich gebe mir Mühe, hinterherzukommen. Aber erstens gehorchen mir meine Beine nicht wirklich optimal *(Hilfe!)* und zweitens sind die Gänge, die wir entlangeilen, nicht besonders gut ausgeleuchtet. Mir wird klar, dass wir durch den Eingang direkt in die Kellergewölbe gelangt sein müssen. Es riecht muffig und modrig.

„Der Junge hier rüber!", kommandiert der Vollbart.

Im Schummerlicht versuche ich, seine Augen zu erkennen. Der hat nicht wirklich meine Augenfarbe, oder? Denn die ist tatsächlich selten.

Moritz zögert. „Sie haben mir versprochen, dass ich meine Schwester anrufen darf!"

Ich bewundere ihn ehrlich. Ich selbst kriege kein einziges Wort raus.

„HIER LANG!", brüllt der Glatzkopf Moritz statt einer Antwort an. „Bist du taub?"

Automatisch will ich hinter Moritz hertapsen, doch der Vollbart hält mich zurück. „DU nicht!"

ICH nicht?

Ich japse nach Luft, als hätte man mich gerade in tiefste Meeresfluten geschmissen. Nein! Ich will nicht allein hier zurückbleiben, ich will …!

„Dort rüber!", versucht der Vollbart, mich in einen abzweigenden Gang zu dirigieren.

Ich werfe einen letzten, verzweifelten Blick zu Moritz. Was werden sie mit ihm machen? Werden sie ihn laufen lassen, sobald sie mich haben?

Und – was werden sie mit mir machen?

Ganz sicher nicht hier in der Burg gefangen halten. Garantiert steht irgendwo ein Auto bereit, das mich mit hundert Sachen woanders hinfährt. Aber wohin? Steht auf einer einsamen Weide auch noch ein Flugzeug bereit? Soll ich außer Landes gebracht werden?

„Ein bisschen schneller!" Etwas pikst mich von hinten in den Rücken. Ich hoffe sehr, es ist nicht der Lauf einer Pistole. Ich weiß, dass Widerstand völlig zwecklos ist.

Beim Gehen drehe und wende ich meinen Kopf, um eine Vorstellung davon zu kriegen, wie viele Männer hier unten sind. Allein sieben kann ich sehen. Doch ich höre noch mehr Stimmen aus angrenzenden Räumen. Und bei Moritz sind ja auch noch welche.

Am Ende des Ganges, durch den ich geschoben werde, befindet sich ein größerer Raum, der im Gegensatz zu den anderen Kellerräumen beinahe freundlich aussieht. Nicht halb so kellerdüster, sondern fast wie ein richtiges Zimmer – mit weiß getünchten Wänden, an denen sogar zwei Bilder hängen. Beeindruckend große Ölgemälde. (Der Verdacht liegt nahe, dass sie die *günstig* bekommen haben. Diese Diebesbande!)

Der Raum ist ausgestattet mit zwei Sofas, vier großen Elektroheizungen – für jede Wandseite eine (schätze, die braucht man hier unten) – und zwei sich gegenüberstehenden Schreibtischen, die an der hinteren Wand gruppiert sind. Bestückt mit Laptops, Telefonen, Bildschirmen und etlichen Papierstapeln. Fenster gibt es keine.

Flipping heck! Die haben hier ein richtiges Büro eingerichtet! Sieht aus wie die Schaltzentrale ihrer kriminellen Machenschaften.

„Setz dich!", befiehlt der Vollbart und deutet auf eines der Sofas.

Soll ich jetzt *Danke* sagen? (Gelten Benimmregeln auch bei einer Entführung?)

Gehorsam setze ich mich und beobachte die Szene. Am Eingang stehen zwei Männer mit Pistolen im Anschlag. Ein paar andere kommen in den Raum und ziehen den Vollbart weiter weg von mir. Ich kann hören, wie sie miteinander flüstern.

Über irgendetwas scheinen sie sich nicht einig zu werden. Besonders der Vollbart argumentiert ziemlich engagiert. Wild fuchtelt er mit seinen Armen vor den Männern herum, als wolle er ihnen damit zeigen, wie entschlossen er ist, sie nach seiner Pfeife tanzen zu lassen. Ist er der Anführer?

„Das ist UNMÖGLICH!" Der Vollbart ist offenbar *not amused*. „NEIN! Wir machen es genauso wie abgesprochen!"

Da ist etwas an seiner Stimme, das mir – ohne, dass ich mich dagegen wehren könnte –, mitten in den Bauch schießt und dort ein ganzes Feuerwerk entfacht, das auch Edens Raketen nicht eindrucksvoller hingekriegt hätten. Ist das die Angst, die da in mir explodiert? Was heißt *wie abgesprochen*?

Der Vollbart greift zu einem der Telefone und drückt eine Taste. Während er auf Antwort wartet, dreht er sich zu mir. Good heavens! Moritz hat recht. Er HAT meine Augen.

Als er anfängt zu sprechen, dreht er sich wieder weg. Ich

kann nicht hören, was er sagt, doch ich höre seine Stimme ...

Mein Magen dreht und wendet sich, ächzt, schmerzt ...
Mein Körper ist eine emotionale Waschmaschine im Schleudergang. Ich hab Angst, dass ich gleich in Tränen ausbreche.

Nein! *Sei stark, Cara!*, feuere ich mich an.

Cara? Bin ich in diesem Moment nicht eher Angie? Angie, die entführt wird?

Die Feuerwerksexplosionen in mir drin ebben nur langsam ab, und zurück bleibt ein Bauch, der einem nassen Handtuch gleicht. Einem vollgeweinten, nassen Handtuch. Ein ganzer Wasserfall von Tränen bildet sich in meinem trockenen Hals. Unsichtbar von außen. Erstickend von innen.

Merkwürdige Assoziationen, lange vergessen geglaubte Bilder tauchen vor meinem inneren Auge auf. Handtuch ... nass ... Wellen ... Wellen, die ans Strandufer schlagen, Stimmen ... blauer Himmel ... Dann wird alles schwarz. Tränen, Tränen, Tränen ...

Die Tatsache, dass ich gerade zusammensacke und fast vom Sofa kippe, reißt mich aus meinem Panikanfall raus und zurück in den Kellerraum unter Highmoor Castle. Ich nehme alle Kraft zusammen, um mich aufzurichten.

Was würden die eigentlich machen, wenn ich wirklich in

Ohnmacht fiele? Wohl kaum den örtlichen Krankenwagen rufen.

Als ich zur Tür gucke, sehe ich, dass einer der beiden Pistolen-Harrys bitterböse zu mir rüberstarrt. Verstehe, ohnmächtig werden gehört ganz klar nicht zu den Entführungs-Benimmregeln.

In diesem Moment hat der Vollbart das Gespräch beendet und schmeißt das Telefon achtlos zurück auf den Schreibtisch.

„JETZT!", ruft er unüberhörbar in den Raum. „LOS! Sie sind da!"

(Äh, wer ist da?)

Hui – jetzt kommt Bewegung in die Kerle! Leider machen meine eigenen Beine nur mühsam mit.

Ich werde hochgerissen (der Vollbart ist schon aus dem Raum gestürmt) und von den beiden Pistolen-Harrys den Gang wieder runtergescheucht, um eine Ecke herum, noch ein paar Stufen tiefer, dann wird eine Tür aufgerissen. Ein Schubs in den Rücken und ich stehe auf einem kleinen, von Hecken umsäumten Platz hinter dem Castle.

Hier sind wir vorhin nicht reingekommen.

Ich versuche, mich zu orientieren. Büsche, dunkle, schemenhafte Büsche. Ist das da vorn ein Weg? Aber auch nicht der, den wir hochgekommen sind. Dieser hier ist viel breiter.

Ein Hoffnungsschimmer flackert in meinem Bauch auf. Wenn Josh hier irgendwo in einem Versteck hockt und alles beobachtet ...? Wenn er vielleicht schon der Polizei Bescheid gegeben hat ...?

In der Ferne höre ich ein Knirschen, das von einem herannahenden Fahrzeug stammen könnte, und tatsächlich rollt uns kurze Zeit später ein dunkler Audi bis fast vor die Füße. Die Scheinwerfer sind ausgestellt, der Wagen war fast nicht zu hören. (Wieso haben diese neuen Autos bloß so leise Motoren?)

Soll ich jetzt schreien? Ist das meine letzte Chance zu entkommen?

Als hätten sie geahnt, was ich vorhabe, platzieren sich die beiden Kerle mit den Pistolen rechts und links von mir. So nah, dass sie mich fast zwischen sich zerquetschen.

„Kein Laut!", zischt mir der eine zu und hält seine Knarre an meine Schläfe.

Zufällig fällt mein Blick auf den Vollbart mit meiner Augenfarbe. Er hält den Griff der offenen Beifahrertür in der Hand, als wolle er jemandem beim Aussteigen behilflich sein, guckt dabei aber mit zusammengekniffenen Augenbrauen zu mir rüber. Oder guckt er zu den Pistolen-Harrys? Besonders gut gelaunt sieht er jedenfalls nicht aus.

Doch gerade, als ich befürchte, dass er zu mir rüberkommen

könnte, steigt ein Mann aus dem Auto. Er unterscheidet sich ganz gewaltig von den anderen Kerlen, die sich hier rumtreiben. Nicht nur, dass er einen – ohne Frage (das erkenne ich sofort!) – sündhaft teuren Kaschmirmantel trägt, nein, seine gesamte Erscheinung passt weder zu einem feuchtkalten, düsteren Abend auf südkornischen Klippen noch zu den übrigen Gestalten hier.

Mit zwei spitzen Fingern beugt er sich noch mal zurück ins Auto und holt einen – garantiert ebenso teuren – Hut heraus, den er jetzt gekonnt auf seinem Kopf zurechtrückt.

Solche Leute sieht man bei Harrods in London. Aber nicht hier. Und schon gar nicht in den Kellergewölben eines Castles oder inmitten einer miesen Diebesbande. Oder doch? Ich muss mich daran erinnern, was mir Nana früher immer eingeschärft hat, nämlich dass die Leute, die nicht so aussehen, als gehörten sie zur Mafia, die gefährlichsten sind. Ist DAS vielleicht der Boss? Und dieses Castle nur eine kleine Unterabteilung seiner gesamten Gangster-Organisation?

Die anderen behandeln ihn jedenfalls reichlich ehrfürchtig. Sogar der Vollbart deutet eine leichte Verbeugung an. Die Autotür hinter sich lässt der Mann offen.

Solche Kleinigkeiten bemerke ich sofort. Und noch deutlicher bemerke ich, dass der Glatzkopf nun auch die letzten beiden Türen öffnet und ebenfalls offen stehen lässt. Der leise Motor läuft noch.

Ich weiß es, ich weiß es einfach. In wenigen Sekunden werde ich dort in dem Auto auf den Rücksitz gequetscht hocken und ...

(WO IST JOSH?)

„REIN DA, LOS!", kommandiert der Kerl neben mir und schubst mich unsanft Richtung Audi.

Wie in Trance – das ist doch bitte alles nicht wahr! – steige

ich ein. Ich hab meine Beine kaum drin, da wird die Tür auch schon zugeschlagen und der Wagen fährt an. Ohne Licht. Ein Blick nach links zeigt mir, dass der Vollbart neben mir eingestiegen ist. Das lässt mein Herz noch heftiger pochen. Irgendwas macht mich völlig fertig an diesem Typ.

Auf dem Beifahrersitz schräg vor mir sitzt wieder Mr Elegant und starrt mit zusammengekniffenen Lippen schweigend geradeaus. Dabei kann man nichts sehen, absolut gar nichts. Wir hören nur das Klatschen der Äste gegen die Scheiben, wenn wir ein paar Bäumen oder Büschen zu nahe gekommen sind.

Der Fahrer scheint es gewohnt zu sein, ohne Licht zu fahren. Ich kann vor uns nicht mal einen Weg erkennen, doch offenbar ist einer da und noch dazu breit genug für ein Auto. In erstaunlichem Tempo rollen wir den Berg runter. (Weiß Josh wenigstens, dass es hier noch einen dritten, breiteren Weg zur Burg hoch gibt?)

Was ist, wenn ich mich übergeben muss? Würden die dann das Auto anhalten? Könnte ich dann weglaufen?

Ich schätze, dass wir fast schon wieder ganz unten am Berg angekommen sein müssen, als der Vollbart neben mir plötzlich langsam, sehr langsam – ohne ruckartige Bewegungen – eine Pistole aus seinem Jackett zieht. Unsere Augen treffen sich für eine Sekunde.

Ich bin mir sicher, dass er mein Entsetzen sehen kann. Ich sehe die Antwort in seinem Blick: *Sag nichts!*

*Keine Sorge!*, denke ich. *Ich kriege sowieso keinen Ton raus.*

Der Fahrer vor mir ist voll damit beschäftigt, den Bäumen auszuweichen. Mr Kaschmir links von ihm starrt ebenso konzentriert nach vorn. Er bemerkt nicht, wie sich die Pistole langsam und sanft von hinten nähert, bis sie mit einem letzten kleinen Ruck an der rechten Schläfe des Mafiabosses landet und jetzt dort die Haut leicht eindrückt.

„Anhalten! JETZT!", kommandiert die Stimme des Vollbarts gleichzeitig. „Die Hände auf das Armaturenbrett!"

Halb über meinen Schoß gelehnt, hängt er zwischen dem Fahrer und dem elegant gekleideten Mann.

„Was soll das, Francis!", zischt der Mann mit zusammenge-
bissenen Zähnen. „Bist du verrückt geworden? Mach jetzt
keinen Scheiß!"

Als Antwort reißt der Vollbart seine Knarre für eine Mini-
sekunde nach rechts unten zu den Füßen des Fahrers und
schießt.

Der Mann am Steuer jault auf, der Wagen schlingert, die
Bremsen quietschen. Ich glaube, ich schreie – ich merke es
kaum.

Mr Kaschmir vor mir schlägt plötzlich nach dem Arm des
Vollbarts.

Instinktiv versuche ich, mich zu ducken, doch genau da
kommt der Wagen mit einem hässlichen Krachen zum Stehen. Ich bin nicht angeschnallt, ich rutsche in den Fußraum
hinter dem Vordersitz und kriege nur undeutlich mit, dass
sich ein Kampf im Wagen entwickelt. Ein weiterer Schuss
fällt. Regungslos bleibe ich hier unten hocken.

Doch nur wenige Sekunde später wird meine Tür aufgerissen und jemand greift nach mir. Ich schließe die Augen, ich
kriege nichts mehr mit. Ich fühle, wie der Jemand mich mit
einem kraftvollen Ruck aus dem Wagen zieht und hinter
sich herschleift. Ich bewege mich nicht. Lasse mich schlei-
fen.

Er scheint zu laufen. Blätter, Äste, die mir um den Körper

und ins Gesicht klatschen … Ab und zu versuche ich halbherzig, irgendwo Halt zu finden, mich abzustützen … Da höre ich hinter mir weitere Schüsse. Viele Schüsse.

Kurz danach wilde Schreie. Lichter gehen an. Sind das Suchlichter?

Der Kerl zerrt mich immer noch weiter. Ohne Rücksicht auf irgendwas. Ein Schuss geht nur knapp an uns vorbei.

Der Kerl schmeißt sich auf mich rauf, zieht meine Arme unter seinen Körper, bedeckt meinen Kopf mit seinen eigenen Armen.

Ich zähle. Eins, zwei, drei …

*Zähle,* sagte Nana früher immer, *bis du dich beruhigt hast! Und dann atmen. Zählen! Atmen!*

Schüsse, Schreie – viele, viele Stimmen!

Ich weiß nicht, wie lange wir so dagelegen haben – der Kerl und ich –, bis es endlich ruhiger wird und der Typ mich freigibt. Ich bleibe zitternd auf dem Waldboden liegen.

Er dreht meinen Kopf zu sich. „Cara? Bist du in Ordnung?"

Ich traue meinen Augen nicht. „Oh, Gott, JOSH!"

# Moritz und ich und eine Mitternachtsparty vom Feinsten!

Das kleine, bescheidene *Dog and Duck* platzt aus allen Nähten. Überall wuseln Menschen herum, jeder Zweite hat ein Handy in der Hand, in das er hektisch Worte feuert. Kaum einer hat die Ruhe, sich irgendwohin zu setzen, die meisten wandern nervös raus und rein wie ein emsiger Strom hart arbeitender Ameisen. Auf den Tischen stehen keine Biergläser, sondern Kaffeetassen, Wasserflaschen, hier und da Schälchen mit Erdnüssen – von Lord Farrington gespendet – und Reste von Fish-&-Chips-Papier. Alles, um die vielen Männer – und ein paar Frauen – in wachem Alarmmodus zu halten.

Es ist neun Uhr abends, aber ich bin immer noch damit beschäftigt, zu verstehen, was überhaupt passiert ist.

Vor dem Pub und den wenigen Häusern des Dorfes parken so viele Autos, dass man kaum noch durch die schmale, einspurige Straße kommt. Alles Polizeiwagen, wie mir gesagt wurde, auch wenn sie nicht als solche identifizierbar sind, sondern wie Privatwagen aussehen. Die Kriminalpolizei fährt nicht mit erkennbaren Leuchtstreifen an der Seite herum.

Ich sitze mit Miss Bonneville, Mr Lambert, zwei weiteren Lehrern und Moritz an dem kleinen hinteren Tisch, an dem wir auch schon heute Morgen saßen, als Moritz frisch aus dem Krankenhaus kam. Ja, das war erst heute Morgen, aber die kurze Zeit dazwischen kommt mir wie eine Ewigkeit vor. Auch im Leben einer Anna-Louise Norden gibt es solche Tage wie heute nicht allzu häufig.

Ich gucke zu Moritz rüber. Er ist genauso still wie ich. Das Verdauen dauert eine Weile. Doch er lächelt, als er meine Augen auf sich gerichtet sieht.

Mr Lambert ist auch einer von denen, die hektisch in ihr Handy sprechen.

Im Moment scheint er Mrs Hampstead am Apparat zu haben: „Doch, doch! Ich habe gerade eben Bescheid bekommen, dass sie auch den letzten Wagen kurz vor Plymouth gefasst haben. Die Gefahr ist gebannt. Scotland Yard, Interpol und die Devon and Cornwall Police haben exzellente Arbeit geleistet."

Mrs Hampstead erwidert etwas, das wir nicht hören können.

„Doch!", versichert Mr Lambert unserer Schuldirektorin noch einmal und nickt mir dabei wohlwollend zu. „Ich habe bereits persönlich mit Caras Großmutter, Mrs Hatherley-Brompton, gesprochen. Cara darf hierbleiben. Ja – ja, der Schulausflug soll genauso weitergehen wie von uns geplant." Er zwinkert noch mal aufmunternd rüber.

Leider bin ich nicht in der Lage, entspannt zurückzugrinsen. Ich bin noch im Schockzustand, in mir dreht sich alles.

Soweit ich das richtig verstanden habe, was mir ein Kommissar vorhin erklärte, handelt es sich bei den Gangstern um genau *die* internationale Bande, die schon seit einem guten Jahrzehnt Jagd auf mich gemacht hat. Und Mr Kaschmir, offenbar ein Italiener, scheint der weltweit gesuchte Kopf dieser Mafiabande zu sein.

Wie es aussieht, stand Highmoor Castle – unter Zusammenarbeit mit Lord Farrington – schon länger unter polizeilicher Beobachtung, und man hatte nur auf den richtigen Zeitpunkt gewartet, um die Kerle festzunehmen. (Zum Glück hielt die Polizei gerade dann, als ich gefangen wurde, den richtigen Zeitpunkt für gekommen. Ich persönlich hätte es allerdings netter gefunden, wenn sie die Kerle bereits letzte Woche hochgenommen hätten. Ich bin nicht allzu scharf drauf, ständig in einem Krimi mitzuspielen. Kann man vielleicht verstehen.)

Als vorhin mehrere Männer im Wald auf mich und Josh zustürmten, dachte ich im ersten Moment, nun sei es endgültig aus mit mir. Doch die Männer entpuppten sich als Teil einer Riesentruppe von Polizisten, die nicht nur die Kerle im Audi überwältigt und festgenommen hatten, sondern auch alle in der Burg. Dazu noch weitere Kleingrüppchen dieser Bande, die an verschiedenen Plätzen in der Nähe von Puddlebrook offenbar auf die Ware gewartet hatten, um sie sofort weiterzutransportieren. Ein Teil der Ware war ich.

„Ich war also überhaupt nie wirklich in Gefahr?", fragte ich den Kommissar ungläubig. „Sie hatten überall Polizisten positioniert und die Mafiabande schon wochenlang überwacht?"

„Wochenlang, monatelang, sogar noch länger", nickte der Kommissar. „Unser Problem ist oft weniger, die Ganoven zu finden, als vielmehr hieb- und stichfeste Beweise zu sammeln, um sie einsperren zu können. Oft wissen wir, dass jemand eine Straftat begangen hat, können aber nichts tun, weil uns die einschlägigen Beweise fehlen."

„Aber dort unten lagern doch haufenweise Wertsachen", erwiderte ich. „Gemälde und anderes. Sind die nicht Beweis genug?"

Der Kommissar wiegte seinen Kopf bedächtig hin und her. „Sicher, das wäre Beweis genug gewesen, um die Bande, die hier in Cornwall agierte, dingfest zu machen. Aber – wir wollten natürlich den Kopf der Bande. Den wirklichen Drahtzieher, das Gehirn dahinter, denjenigen, der weltweit die Fäden in der Hand hielt. Wir wollten das gesamte Kapitel abschließen und nicht nur ein paar Männer fangen, die innerhalb von zwei Tagen durch andere ersetzt worden wären. Wir reden hier von einer auf der ganzen Welt agierenden Mafia. Und JETZT haben wir ihn, den Big Boss dahinter." Der Kommissar lächelte zufrieden. „Endlich! Und das haben wir nur einem zu verdanken, nämlich …"

In diesem Moment wurde er von einem Kollegen zu einem weiteren Telefongespräch gerufen.

Mein erster Gedanke, nachdem ich im Wald begriffen hatte, dass ich in Sicherheit war, galt Moritz. Meine zweite Sorge galt Lucy. Aber Josh konnte mich sofort beruhigen: Moritz sei bereits wieder unten im Dorf und Lucy sei nie in Gefahr gewesen.

Das machte mich etwas stutzig. Woher wollte Josh – der sich bis zu meiner Rettung bloß zwischen modrigen Blättern in dunklem Gestrüpp herumgedrückt hatte – das wissen? Und etwas anderes machte mich noch stutziger: Woher wusste Josh von Lucy? Wieso hatte er mit meiner Rettung so lange gewartet? Und warum wunderte ihn überhaupt nicht, was hier abging?

Erst wollte er nicht so richtig mit der Sprache heraus, doch dann erklärte er mir das, was mir der Kommissar später bestätigte. Die ganze Aktion war nicht nur der Polizei, sondern auch Josh bekannt gewesen. Sie wussten, dass Moritz und ich zur Burg gelockt worden waren. Sie wussten, dass ich entführt werden sollte, und sie hatten, wie ich ja später hörte, ihre Leute bereits überall postiert. Die Einzigen, die vor Angst fast gestorben wären, weil sie eben von *nichts* wussten, waren Moritz und ich.

Wir sind sozusagen die Lockvögel gewesen. *Wir* waren der von der Polizei dringend benötigte fette Beweis dafür, dass die Bande sogar vor Entführungen nicht zurückschreckte. Dadurch konnten sie sogar den Oberboss dieser mafiösen Bande, der mit mir (!) zusammen (!!) in einem Auto saß, verhaften. Dass der extra aus Italien – oder wo immer er lebt – persönlich nach Highmoor Castle, einer entlegenen Burg im entlegenen Cornwall, gekommen war, das muss für die Polizei der absolute Glücksfall gewesen sein. (Wundere mich immer noch über diesen Zufall. Oder war es gar kein Zufall?) Ich wünschte nur, jemand hätte auch Moritz und mich vorher eingeweiht.

Josh entgegnete darauf allerdings nur knallhart, dass Moritz und ich dann wahrscheinlich nicht mehr überzeugend verängstigt gewirkt hätten.

Nicht verängstigt genug? Crikey, das ist ja wohl wirklich unfassbar! Wir waren Statisten in einem Krimi! Ohne das zu ahnen, standen Moritz und ich sozusagen auf der Bühne. Und eine Hundertschaft der Polizei sah uns gebannt zu. Ich schlucke immer noch, um das zu verdauen. Und weiß nicht, ob ich erleichtert oder total sauer sein soll.

Doch es scheint so, als ob wir wirklich die lang ersehnte Chance für die Polizei waren, diesen Mafiosi endlich ein Verbrechen nachzuweisen, das heftig genug war, um die gesamte Organisation zu knacken. Und hätten wir gewusst, dass alles im Hintergrund überwacht wurde, hätten wir natürlich bewusst schauspielern müssen. Möglicherweise hätten die Gangster den Braten schnell gerochen (ich bezweifle, dass meine Schauspielfähigkeiten auch in Extremsituationen überzeugend sind) und sich abgesetzt, bevor die Polizei hätte zuschlagen können – und vor allem, ohne Mr Big, den Kaschmir-Boss, persönlich auf frischer Tat ertappen zu können.

Schön für die Polizei! Allerdings fürchte ich, durch dieses Horror-Abenteuer habe nicht nur ich, sondern auch Moritz mindestens ein Dutzend graue Haare bekommen – und das mit knapp sechzehn!

Nachdem ich in einem Polizeiwagen nach Puddlebrook gebracht worden war, wo Moritz schon mit unseren Lehrern im *Dog and Duck* saß und auf mich wartete, flog ich ihm in die Arme.

„Hast du mit Lucy gesprochen?", flüsterte ich in seine Strubbelhaare.

Er nickte und strahlte erleichtert. „Sie ist bei ihrer Freundin. Und stell dir vor …" Er guckte mich an. „Ihr Handy war ihr tatsächlich gerade aus der Hand gefallen, als ich mit ihr sprach, beziehungsweise der Eisverkäufer hat sie angerempelt, sodass es runterfiel, oder so was in der Art. Hab's nicht ganz verstanden. Jedenfalls hat sie erst heute nach der Schule gemerkt, dass es ausgestellt war."

„Und die Eisverkäufer waren nur Eisverkäufer?", fragte ich. „Im Januar?"

Moritz zuckte die Schultern. „Sieht so aus."

Ich überlegte. „Das Handy war plötzlich ausgestellt, nachdem der Eisverkäufer es ihr wieder zurückgegeben hat? Hm."

Moritz zog die Stirn kraus. „Du meinst, es waren doch keine echten Verkäufer?"

Hm. Wie auch immer. Wir werden es wohl nie erfahren. Die Hauptsache ist ja sowieso, dass es Lucy gut geht.

Und dass ich den Rest des Abends heute und auch den morgigen Tag noch als wunderbar normale Schülerin des

Cornwall Colleges genießen kann. Denn ... danach ist es natürlich vorbei damit.

Ich seufze elend tief, als ich daran denke. Was hab ich davon, dass die Bande, die mich und meine Familie offenbar jahrelang verfolgt und erpresst hat, gefasst und zerschlagen ist, wenn ich wieder zurück nach Hamburg in mein goldenes Gefängnis muss? Das ist ein hoher Preis, den ich zahle. Doch nach DER Aktion wird Nana garantiert noch mehr um meine Sicherheit besorgt sein.

Natürlich liebe ich meine Nan über alles, ich mag Miss Gwynn sehr, und ich weiß, dass meine Großmutter mir jeden Wunsch von den Augen ablesen wird. Vielleicht lässt sie mich sogar ein paar Wochen nach Tahiti zu Tante Rosie fliegen. Aber ... die tollsten Reisen, die nettesten Tanten, die lustigsten Gärtner, die liebsten Hauslehrerinnen und die beste Nana der Welt können mir NIEMALS das Leben hier ersetzen! Das Leben mit meinen Freundinnen, in einer richtigen Schule, und mit Moritz!

Das deprimiert mich so sehr, dass ich mir fast wünsche, dieser Mafia-Kaschmir-Miesmann wäre noch auf freiem Fuß und diese Aktion nie passiert. Denn natürlich können auch Nan und David Dunbar, trotz ihrer hervorragenden Beziehungen zur Presse (nicht nur in England und Deutschland), eine Sache von diesem Ausmaß nicht mehr geheim halten.

Ich war noch nicht mal richtig drin im Pub eben, da kam mir schon Lord Farrington entgegen: „Du bist *Anna-Louise* ... äh, sorry, ich meine, *Miss Norden?*"

Ich lächelte matt. „Cara, immer noch Cara."

Und jetzt gerade, als ich unter dem Tisch heimlich nach Moritz' Hand greife und sie fest drücke, stürmen Pippa, Eden, Hayden, Bailey, Raine, Hettie, Judy, George, Ben, Freddy und noch etliche andere in den Pub. Sogar die Glitzergirls versuchen, sich zu uns durchzudrängeln.

„Oh my God, Cara!"

„Wir haben es gerade gehört!"

„Bist du okay?"

„Flipping heck! Und ich hab auf dem Sofa gelegen und alles verpasst!" Das war natürlich Bailey, die ja verrückt ist nach allem, was aufregend, gruselig oder sonst wie atemberaubend sein könnte!

Und dann kommt der Satz, den ich gefürchtet habe, seitdem ich im Cornwall College bin: „Ist das wahr? DU bist ANNA-LOUISE NORDEN?"

Wie auf Knopfdruck stoppt das wilde Durcheinanderreden plötzlich. Alle lauschen. Alle wollen meine Antwort hören. Alle starren mich an, als würde ich gleich verkünden, ob es den Weihnachtsmann gibt oder nicht.

Schnell drücke ich noch mal Moritz' Hand unter dem Tisch.

Als ich nicht sofort antworte, krabbelt Danielle fast in den Kaffeebecher vor Mr Lambert. „Mr Lambert? Stimmt das? Ist Cara die *Norden-Erbin?*"

Mr Lambert zwinkert mir erneut aufmunternd zu und erhebt sich, statt eine Antwort zu geben. „Ich glaube, wir lassen euch jetzt allein."

Es ist nett, dass er mich selbst Abschied nehmen lassen will. Ich lasse Moritz' Hand los und räuspere mich. Trotzdem ist es nur ein knappes „Ja, ich bin Anna-Louise", das aus meiner Kehle kommt.

Mehr braucht es allerdings auch nicht. Das Getuschel, das daraufhin einsetzt, schwillt schnell an zu einem Orkan, der nur übertönt wird von den ekstatischen Quietschlauten der Glitzergirls.

Blöderweise merke ich in diesem Moment, dass mir sogar die dämlich-glitzerigen Glitzergirls ans Herz gewachsen sind. Unfassbarerweise werde ich wohl sogar ihre schimmerig-schimmeligen Schickimicki-Klamotten und ihre Sprüche vermissen.

Bevor mir jetzt noch Tränen in die Augen steigen, haue ich lieber ab.

Alle Polizisten, die mit mir reden wollten, haben mit mir geredet. Meine Rolle hier ist beendet. Und den Abschied von meinem freien Leben als Cara, den möchte ich lieber etwas ruhiger begehen. Bis zur Mitternachtsparty, die Pippa und die anderen so wunderbar geplant haben, ist ja noch ein bisschen Zeit – und die brauche ich für mich allein. Damit ich danach noch einmal – entspannter – mit allen feiern kann.

Die Mitternachtsparty fühlt sich an wie die Party, auf der Cinderella tanzt, bevor sie wieder nach Hause (nach Hamburg) muss. Das Essen, pünktlich von Harrods aus London geliefert, ist superlecker, die Musik, die Freddy zusammengestellt hat, herrlich schräge, und mein Prinz ist ... der beste Prinz der Welt.

Judy, George, Apple und Gemma haben bunte Drinks gemixt aus allem, was sie auf der Harrods-Homepage an frischen Früchten finden konnten. Es gibt süße Coconut-Creme, zischende Papayabrause, Mojito-Cocktail, Tropical Fizz und bunte Smoothies in allen Farbschattierungen. Ben und Connor haben aus zwei aufeinandergestapelten Küchenbänken eine Bar gezaubert, hinter der sie jetzt stehen und Barkeeper spielen.

Ich muss lächeln. So wie in diesen alten Internatsbüchern, wo sie auf dem Fußboden sitzen und Dosenmilch schlecken und trockene Butterkekse knabbern, sieht die Mitternachtsparty bei uns nicht aus. Es ist eine deutlich –

äh – glitzerigere Variante, und ich genieße sie in vollen Zügen.

Irgendwann stellt Eden die Musik ab, klatscht in die Hände, um die Aufmerksamkeit auf sich zu lenken, und verkündet: „Überraschung! Alle mit rauskommen!"

Wir haben den anderen nicht verraten, was wir aus Edens Koffer geklaut und später wieder zurückgelegt haben (weil wir es ja doch nicht benutzt haben). Aber ich nehme an, Edens Überraschung knallt.

Als die bunten Raketen in den Himmel zischen, fühle ich mich wie ein kleines Kind zu Silvester. Mit jeder Rakete schickte ich damals einen Wunsch in den Himmel. Jedes Jahr die gleichen.

Einen Wunsch, um das Universum zu bitten, meine Mum und meinen Dad wieder zurück zur Erde zu schicken. Er wurde mir nicht erfüllt.

Einen weiteren, der bat, meine Nana wieder glücklich zu machen. Nans Gesicht hatte sich in den schlimmen ersten Jahren nach dem Unfall genauso verdüstert wie ihre Kleidung. Doch jedes Kind braucht glückliche Menschen um sich herum.

Und dann flog immer noch ein anderer Wunsch, ein großer, sehnsüchtiger und natürlich geheimer, hoch in den Himmel. Meist mit der größten Rakete. Es war der Wunsch, frei zu sein. Ja, mit nur zehn Jahren wünschte ich mir bereits nichts sehnlicher, als frei zu sein.

Die Freiheit, die ich kurz hatte, muss ich jetzt wieder aufgeben. Doch ich werde niemals vergessen, wie sie sich anfühlt. Ganz wunderbar bunt und weit und hoch nämlich und rund und … einfach perfekt! Genau wie die jetzt hoch in die Luft über uns zischenden Raketen, die den südkornischen Nachthimmel in ein rauschendes Meer aus Farben verwandeln.

„Woran denkst du?", fragt Moritz leise und nimmt mich in den Arm.

„Daran, dass ich vermutlich nach dem Winterball abreisen werde", antworte ich ehrlich.

Moritz schüttelt den Kopf. „Das ist … so unfair."

Ich weiß nicht, ob es unfair ist, so ist das Leben eben. So ist das Leben von Angie Norden. Doch ich weiß, dass sie eines Tages frei sein wird. Nicht nur für ein kurzes Schuljahr lang, sondern für immer.

Ich hole tief und entschlossen Luft. Oh, ja!

# Der Mann mit dem Bart

Erst als ich im Bett liege, komme ich zur Ruhe. Die anderen im Zimmer schlafen bereits.

Bailey hängt – auf dem Bauch liegend – mit ihrem Oberkörper halb aus dem Stockbett raus. Beide Arme baumeln senkrecht nach unten. (Das wird sie mir morgen früh garantiert nicht glauben. Ich mach schnell ein Foto, hihi!) Oh, ich werde alle so vermissen!

Die Bilder der letzten Wochen und Tage und Stunden laufen vor meinem inneren Auge vorbei.

Der Tahiti-Urlaub bei Tante Rosie, die so oft versuchte, mit mir zu reden – worüber eigentlich? Und Nana, die das immer wieder verhinderte. Warum?

Dann die Momente, in denen Nana plötzlich ganz sanft und weich wurde und ebenfalls über irgendwas mit mir sprechen wollte – wozu es nie kam. Und die Momente, in denen sie hart war, fast unfreundlich – wenn ich versuchte, eine Möglichkeit zu finden, von meinem Vater Abschied zu nehmen.

Ja, mein Vater … Moritz hat mich ganz wuschig gemacht mit seinem ständigen „Hast du jetzt die Augen gesehen?".

Ja, ich hab sie gesehen. Sie sahen … hm, grün aus. Aber grüne Augen gibt es natürlich doch ziemlich häufig auf der Welt.

„Aber nicht *solche!*" Moritz konnte einfach nicht aufhören. „Genau wie auf dem Foto von deinen Eltern auf deinem Nachttisch!"

Danke, Moritz, jetzt kriege ich selbst diese Augen nicht mehr aus dem Kopf!

Wenn man müde ist, hat man die Gedanken noch weniger im Griff als am helllichten Tag. Ich bewege mich beim Einschlafen auch gerne noch ein wenig in Tagträumen. Was, wenn ich diese blöde Beobachtung von Moritz weiterspinnen würde? Ich meine, was, wenn dieser Typ mit dem Vollbart wirklich mein Vater wäre?

Unwillkürlich muss ich lächeln. Wie unglaublich schön wäre es, einen Vater zu haben! Einen Menschen, der zu einem gehört, der …

Stopp! Das ist ein ziemlich dämlicher Tagtraum. Denn wenn das mein Vater wäre, der doch noch lebt, dann wäre er ja … einer von diesen Mafiosi? Das – ähm – wäre dann ja wohl nicht ganz so schön. Oder würde mir das nichts ausmachen? Wäre mir sogar ein mieser Mafia-Vater lieber als gar keiner?

Mein Gehirn spinnt sich sofort seine eigene Version zusammen. Wenn Dad ein Gangster wäre, würde es allerdings endlich Sinn machen, dass Nana nie über ihn reden wollte. Ihr unwilliges, nur wenig versteckt ablehnendes Gesicht jedes Mal, wenn ich ihn bloß erwähnte!

Dazu würde auch passen, dass Rosie mit mir über den Unfall sprechen wollte. Dass sie mir etwas Wichtiges erzählen wollte, und dass Nana das jedes Mal zu verhindern wusste. Weil Nana nicht wollte, dass ich weiß, dass Dad noch lebt!

Hach, herrlich, sich in so was reinzusteigern! Ich muss nur aufpassen, dass ich morgen früh nicht allzu enttäuscht bin, dass ich doch keinen Vater habe.

Und überhaupt – der Vollbart wurde natürlich vorhin zusammen mit all den anderen von der Polizei abgeführt. Obwohl ich bei den Befragungen immer wieder deutlich gesagt habe, dass er derjenige war, der diesem Obermafiaboss plötzlich eine Pistole an die Schläfe gehalten hatte. Und hätte er nicht mit dem Schuss auf die Füße des Fahrers den Wagen gestoppt, hätte Josh mich auch nicht aus dem Wagen ziehen können.

Ich seufze noch einmal tief. Der Vollbart hat mich also praktisch gerettet. Wäre es nicht einfach megacool, einen Vater zu haben, der so etwas tut? Das ist ja beinahe Hollywood, hihi!

Quatsch, natürlich nicht! Er wäre ja dann immer noch ein Gangster. Und das wäre dann ..., na ja, vielleicht doch nicht so cool.

Oh, ich bin so müde, ich kann nicht mal mehr in meinen Tagträumen klar denken! Immer wieder fallen mir die Augen zu. Im Halbschlaf vermischen sich Tag und Tagtraum mit den Gefühlen, den wirren Hoffnungen und Ängsten und ... dem dringend nötigen Schlaf.

Als ich am nächsten Morgen völlig verpennt zum Frühstück runterkomme, erwartet mich schon eine Nachricht.

„Miss Bonneville war eben hier", lässt mich Hettie wissen. „Du möchtest direkt nach dem Essen noch kurz ins *Dog and Duck* gehen. Dort wartet irgendein Mann auf dich."

Ein Mann?

Was soll das jetzt schon wieder? Die Polizisten haben mir doch schon alle Fragen der Welt gestellt.

Mit flauem Magen schiebe ich mir zwei Croissants rein. Dann hole ich mir meinen Mantel und verlasse das Holiday Cottage. Auf halbem Weg zur Straße bleibe ich stehen und gehe statt zum *Dog and Duck* erst noch kurz rüber zum anderen Cottage, in dem die Jungen wohnen. Ich suche den unteren Wohnraum nach Josh ab. Nicht da. Gibt's doch nicht! Immer, wenn ich ihn brauche …!

„Suchst du mich?"

Ich fahre herum. Josh, in einem dunkelblauen Dufflecoat, kommt gerade von draußen zur Tür rein.

Erleichtert lasse ich ihn wissen, dass mich jemand im Pub erwartet und ich jetzt rübergehen werde. Gespannt warte ich auf seine Reaktion. Und ein bisschen hoffe ich, dass er vorschlägt mitzukommen. Dieses Mal hätte ich tatsächlich nichts dagegen. Der Tag gestern sitzt mir noch in den Knochen und mein Bedarf an Abenteuern ist fürs Erste gedeckt.

Josh lächelt. „Sehr gut."

*Sehr gut?*

Er wirkt entspannt und gut gelaunt. Schon gestern auf unserer kleinen Mitternachtsparty hat er total witzig mit Connor und Ben rumgealbert. Seine miese Laune scheint sich komplett in Luft aufgelöst zu haben.

„Ich wollte dir das nur sagen", lege ich nach.

Josh lächelt noch breiter. Dann legt er mir, wie beiläufig, eine Hand auf den Arm. Eine Geste voll Wärme.

Ich bin verwirrt. „Dann … äh … geh ich jetzt?!"

Wenn es gefährlich wäre, dort hinzugehen, würde er mich doch zurückhalten, oder? Dann würde er doch irgendwas sagen, oder?

„Ich freu mich für dich", sagt Josh. „Ich freu mich sehr!"

# Der Unfall,
# Mum und Dad und
# unser Leben eben

Moritz und ich haben darauf verzichtet, in die Tiefe der ehemaligen Zinnmine einzusteigen, die heute Morgen auf dem Ausflugsprogramm steht. Unsere Lehrer konnten das verstehen. Für eine Weile haben wir genug von muffigen, modrigen Gängen unter der Erde. Stattdessen sitzen wir jetzt hier auf dem kargen Rasen am Rande des Mienengeländes und bestaunen die schäumenden Wellen der See vor uns.

Außer uns sind nur wenige Touristen an diesem stürmischen Januarmorgen hergekommen, um sich über das frühere Arbeiterleben der kornischen Bevölkerung zu informieren.

Ich habe Moritz erzählt, was eben passiert ist – als ich vor knapp zwei Stunden mit klopfendem Herzen das *Dog and*

*Duck* betrat. Meine gesamte Welt hat sich auf den Kopf gestellt. Oder vielleicht hat sich meine Welt gerade wieder richtig herum gedreht? Egal. Nichts wird jemals wieder so sein wie vorher. Und – oooooh – wie gut ist das!

Meine Beine näherten sich zum zweiten Mal innerhalb von zwölf Stunden einem wackeligen Puddingzustand, als ich beim Reinkommen Lord Farrington hinter dem Tresen fragend anguckte. Seine Antwort war ein Nicken in Richtung eines kleinen Tisches am Fenster.

Und dort saß er. Der Mann mit dem Vollbart – und meinen grünen Augen!

„Hast du es sofort gewusst?", fragt Moritz.

Ich schüttele den Kopf. „Wie sollte ich? So was Absurdes!" Dann überlege ich. „Aber ich glaube, mein Körper hat es gewusst. Ich hatte plötzlich ein brennend warmes, fast übermächtig sehnsüchtiges Gefühl im Bauch, als er hochguckte und lächelte und mich zu sich winkte. Ich hab mich – auf total verrückte Art – sofort zu ihm hingezogen gefühlt. Obwohl ich in den ersten Sekunden ja noch dachte, er wäre ein Gangster."

Moritz legt den Arm um mich und drückt mich. „Das ist so irre! Das ist alles so irre!"

Ja, irre schön! So irre schön, dass ich es noch immer kaum glauben kann.

„Du hast den Rest deines Lebens Zeit, es zu glauben",
grinst Moritz.

Und da macht mein Herz wieder einen kleinen glücklichen
Extra-Hüpfer. Ja, das habe ich!

Vorhin im Pub hatten wir nur eine knappe Stunde, um zu
reden. Um zu erklären. Dann musste ich schnell packen und
in unseren Internatsbus steigen. Viel zu wenig Zeit natürlich, aber – ja, ich hab ja noch den Rest meines Lebens!

Zuerst hat *er* erzählt und sich dabei immer wieder entschuldigt. Was natürlich Quatsch ist! Er hat nichts falsch gemacht.

Er musste einfach tun, was er getan hat! Das kann ich jetzt
verstehen.

Danach beantwortete er geduldig all meine Fragen. „Und
ist das auch der Grund, warum Nan immer, wenn ich deinen Namen erwähnte …?"

Er lachte und unterbrach mich. Er wusste, was ich sagen
wollte. „Ich glaube, für deine Großmutter wäre kein Mann
auf der Welt gut genug für ihre Tochter gewesen. Aber keine Sorge, ich denke, sie hat ihre Meinung über mich in den
letzten Jahren gründlich geändert."

„Weil du das auf dich genommen hast?"

„Du meinst, tot zu sein?" Er lachte noch lauter.

(Oh, ich mag ihn! Ich mag ihn sooo gern!)

Dann sah er mich sanft an. „Das, was mich wirklich fast

getötet hätte, war, von euch getrennt zu sein. Von dir getrennt zu sein, mein Herz. Aber was wäre das für ein Leben gewesen – immer auf der Flucht? Ich MUSSTE es zu Ende bringen."

Ich nickte heftig.

Dafür bewundere ich ihn grenzenlos. So viele Jahre! Um uns alle zu befreien!

„Wusste Rosie davon?" Auf einmal fügten sich so viele Dinge, die mir in den letzten Jahren merkwürdig erschienen waren, zusammen. Auch Rosies Verhalten ... „Wusste Tante Rosie, dass du *nicht* tot bist?"

„Ja", bestätigte er, „und sie war die Einzige, die wütend darüber war, dass wir dich in dem Glauben gelassen haben, ich läge in diesem See in Frankreich." Er schaute flehend. „Wie gesagt, meine kleine Carina, mein Liebstes, ich konnte das nicht riskieren! Du warst ein kleines Kind! Wenn du dich verplappert hättest!"

„Dann wärst du aufgeflogen ..." Ich musste schlucken. „Und wahrscheinlich jetzt wirklich tot, erschossen von diesen Mafiosi ..."

„Vor allem hätte ich die Bande dann nicht mehr zur Strecke bringen können", ergänzte er. „Und genau das habe ich jetzt getan! Wir haben tatsächlich ALLE gekriegt! Die werden den Rest ihres Lebens hinter Gittern verbringen."

Was für eine Geschichte!

Als meine Eltern damals nach Frankreich fuhren, waren sie auf dem Weg, um sich mit dem allerhöchsten Boss dieser Bande, mit Mr Kaschmir, zu treffen. Mein Vater war damals schon jahrelang von den Mafiosi erpresst worden und er versuchte verzweifelt, mit ihnen zu verhandeln, um endlich Ruhe zu haben und seine Familie zu schützen.

Meine Mutter hatte schreckliche Angst um ihn gehabt, als er sich entschloss, zu dem Treffen zu fahren, und hatte darauf bestanden mitzukommen. Das war ihr zum Verhängnis geworden. Der Autounfall war ein Anschlag gewesen, ein Versuch der Mafiabande, meine Eltern zu töten. Das Treffen diente nur als Lockangebot. Verhandeln wollten die Gangster nie. Als mein Vater das erkannte, war er rasend vor Zorn gewesen. Er wollte nicht nur seine Frau rächen, sondern die ganze Bande kriegen. Selbst, wenn auch er dabei umkommen würde.

Denn das war er bei dem Anschlag eben nicht.

Als das Auto in Frankreich von der Straße abkam, den steilen Berg runterraste und sich dabei mehrfach überschlug, wurde mein Vater – ebenso wie meine Mutter, nur an einer ganz anderen Stelle – aus dem Auto geschleudert. Er muss lange bewusstlos im Gebüsch gelegen haben. Als er es schließlich schaffte, sich zu einem Dorf zu schleppen, und dann hörte, dass meine Mutter tot war, traf er eine blitz-schnelle Entscheidung. Er würde diese Kerle zur Strecke bringen!

Er ließ sich einen Bart wachsen, um nicht mehr erkannt zu werden, und schleuste sich in die Bande ein. Langsam er-schlich er sich das Vertrauen des Bosses, der natürlich nicht ahnte, wer er war. Mein Vater war ja offiziell für tot erklärt worden.

Von da an hat er etliche Jahre so getan, als sei er ein treuer Mafioso, hat aber heimlich mit der Polizei zusammengear-beitet. Nur war es nie gelungen, den gerissenen Mr Kasch- · 295 · mir auf frischer Tat zu ertappen. Doch genau einen solchen Beweis brauchte mein Vater, um seinen Todfeind für immer ins Gefängnis zu bringen.

Highmoor Castle war eines von vielen, vielen über ganz Europa hinweg verstreuten Verstecken der Bande, um ihr Diebesgut unterzustellen. Als mein Vater davon hörte, dass das Cornwall College einen Ausflug nach Puddlebrook un-ternehmen würde, reifte in ihm ein Plan. Ein riskanter Plan, aber auch ein perfekt ausgeklügelter Plan.

Mein Vater wollte dem Oberboss einen Leckerbissen als Lockvogel hinwerfen. Etwas, wofür es sich lohnen würde, extra aus Italien ins ferne Cornwall zu reisen. Und dieser Leckerbissen war ich, die Tochter seines scheinbar toten

Erzfeindes. Sobald Mr Kaschmir dann mit mir zusammen im Entführungsauto sitzen würde, sollte die Polizei zuschlagen und ihn festnehmen. Perfekt.

Es gab nur ein kleines Problem. Nana widersetzte sich mit aller Macht diesem Plan und verbot mir, nach Highmoor Castle zu fahren. Woraufhin anscheinend ein wildes Gerangel hinter den Kulissen zwischen Nan, Dad und Rosie begann, von dem ich natürlich nichts geahnt habe.

Mein Vater seufzte. Dass dieser Plan auch hätte schiefgehen können, war ihm natürlich klar gewesen.

Nanas Einwilligung kam in letzter Minute. (Daher der komische Anruf von ihr, bevor Moritz und ich zur Burg hochgingen. Sie wusste von allem und … sie hatte panische Angst um mich!)

Mein Vater hat alles auf eine Karte gesetzt. Und gewonnen!

„Es waren aber auch knapp vierhundert Polizisten plus dein wunderbarer Leibwächter im Einsatz!", grinste er, als er mir von den Vorbereitungen für die Aktion erzählte. „War gar nicht so einfach, die undercover in der Gegend zu verteilen." Er lachte. „Ein Zweierteam – ein Mann und eine Frau – erzählten mir, wie du sie zur Schnecke gemacht hast, als sie versuchten, sich unauffällig zu postieren. Weil sie angeblich Enten gestört haben!" Er wischte sich eine Lachträne aus dem Auge. „Oh, das ist meine Tochter!"

„Diese Leute im Dorf waren also alles Polizisten? Die mich beschützen sollten?"

Er grinst. „Na klar! Im Januar verirren sich allerhöchstens ein paar Pensionäre hierher – aber selbst denen ist es meist zu kalt."

„Und Lord Farrington?", fragte ich verblüfft. „Hat der sich nicht gewundert?"

„Lord Farrington arbeitet schon seit Jahren mit uns, also mit der Polizei zusammen", erklärte mein Vater. „Er wurde erpresst von der Bande, damit sie ihr Diebesgut unbehelligt in der Burg abstellen konnte. Doch er ging zur Polizei, und ·297· wir beschlossen, die kleinen Fische hier in Cornwall nicht zu verhaften, sondern Lord Farrington zu bitten, das Spiel mitzuspielen. Dafür hat er gutes Geld von uns, na ja, von mir, bekommen."

„Das hat er auch echt verdient", fand ich, und zwar in doppelter Hinsicht, denn der Lord hatte ja wirklich Mut bewiesen, indem er sich nicht einschüchtern ließ und zur Polizei ging. Außerdem fiel mir in diesem Moment wieder ein, dass Mrs McIntyre uns ja noch im Internat erzählt hatte, wie viele Burgbesitzer heutzutage finanziell knapp vor dem Ruin stehen. Man braucht eine Menge Geld, um ein altes Castle in Ordnung zu halten.

„Mach dir um Lord Farrington keine Sorgen, Angie!",

meinte mein Vater. „Du hast ein gutes Herz, aber ich habe ihm zum Dank bereits zusätzlich eine kleine Summe überwiesen." Er lächelte. „Die Summe ist groß genug, um das gesamte Castle von oben bis unten zu renovieren." Er lachte noch mal. „Der arme Mann! Um seine Besucher von den Kellergewölben fernzuhalten, hat er sich sogar großartige Geschichten von Lords und Ladys ausgedacht, die angeblich in Highmoor Castle spuken. Aber so was gehört ja sowieso zu jeder anständigen Burg."

Lord and Lady Witherington! Ich grinse. Ja, von denen haben wir auch gehört.

Je länger das Gespräch im *Dog and Duck* dauerte, desto mehr erkannte ich meinen Vater wieder. Seine Gesten, sein Lachen, seinen Humor, seine Großzügigkeit. Ich konnte fast nicht mehr verstehen, warum ich ihn nicht sofort in der Burg erkannt hatte. Trotz Vollbart.

„Oh, ehrlich?", fragt Moritz jetzt begeistert. „Dein Vater bezahlt alle Reparaturen der Burg? Cool!"

Ich lächele. Ich habe einen Vater. *Das* ist cool!

„Aber wenn alles von der Polizei und deinem Vater geplant war", überlegt Moritz plötzlich und richtet sich auf, „was war dann eigentlich mit Lucy? War das nun ein echter Eiswagen und alles bloß Zufall oder nicht?"

Ich schüttele den Kopf und ziehe die Stirn in Falten. „Nein, das war kein Zufall. Du hattest recht. Natürlich gibt es in Hamburg mitten im Januar keine Eiswagen, die durch die Straßen fahren. Das waren Polizisten. Mein Vater hat den Gangstern gesagt, dass er deine Schwester kidnappen lassen würde, damit sie dich erpressen können. Zum Glück haben die Kerle das nicht nachgeprüft. Und Lucy ..." Ich lächele. „Die hatte keine Ahnung, in welchem Polizeidrama sie da mitspielte. Mein Vater hat mir erzählt, sie und ihre Freundinnen haben tatsächlich an diesem Morgen zwölf Kugeln Eis verdrückt, während die Polizisten auf sie aufpassten!" Wir lachen beide. Dann lassen wir uns auf den Rücken fallen und gucken in den Himmel. Dort, hoch oben, treibt der Wind wilde Wolkenformationen über unsere Köpfe hinweg. Schneller und immer schneller, einem unbekannten Ziel entgegen.

Was wird *mein* Ziel sein im Leben? Wie wird es mit Cara Winter weitergehen, wenn sie in ein paar Tagen wieder offiziell Anna-Louise Norden geworden ist?

„Lass uns jetzt nicht darüber nachdenken", bittet Moritz mich sanft, „lass uns einfach den Tag heute genießen."

# Wir tanzen
## auf dem Winterball

Und dann ist er da, der Tag des Winterballs. Mein vermutlich letzter Tag im Cornwall College. Ich gehe davon aus, dass David mich morgen bei seiner Rückreise nach London mitnehmen wird.

Es ist ein großer Tag. Nur zweimal im Jahr werden auch die Familien der Schüler zu einem Ball eingeladen. Das gesamte Gelände des Internats blinkt und blitzt. Ich glaube, Mrs Hampstead hat sogar die Kieselsteine des Schlossplatzes schrubben lassen, hihi! Und der Festsaal im alten Brockhampton Castle würde jedem Prinzessinnen-Ballsaal Ehre machen.

Die Wände wurden schon gestern mit Blumengirlanden und Tannenzweigen dekoriert. Alle Tische sind liebevoll geschmückt und der Parkettboden wurde extra auf Hochglanz poliert. David wird staunen. Ich hoffe, er hat seinen besten Smoking aus dem Schrank geholt.

Natürlich wird Nana nicht kommen, ihr Gesicht würde sofort erkannt werden. Obwohl … Gerade fällt mir ein, dass ja jetzt sowieso jeder weiß, wer ich bin. Ob sie vielleicht doch kommt? Ich konnte sie die ganze Woche nicht erreichen, was natürlich verständlich ist, bei all dem, was im Moment in unserer Familie zu regeln ist.

Plötzlich ist da jemand von den Toten auferstanden und übernimmt nun wieder den Vorstand des Familienimperiums! Polizei, Presse …! Bin ich froh, dass ich weit weg bin $\cdot$ und noch immer – wenigstens ein bisschen – Cara Winter heiße.

„Wie sollen wir dich denn jetzt nennen?", fragten natürlich sofort alle. „Anna-Louise oder Cara?"

Die Antwort könnte nicht einfacher sein. Hier bin ich Cara. Cara und immer nur Cara. Doch wer ich nach diesem Wochenende wieder sein werde, ist leider ebenso klar …

Die zwei Tage Unterricht, die wir seit unserer Rückkehr aus Puddlebrook hier im Internat hatten, habe ich so genossen wie noch keine Schulstunde vorher. Dürfte ich weiter hierbleiben, würde ich mich überhaupt nie mehr beschweren. Über nichts. Nicht mal über eine Doppelstunde Chemie – großes Ehrenwort! (Ich meine, was gibt es Schlimmeres?)

Aber jetzt kommt erst mal der Ball, und den will ich genießen.

Ich hatte mir in Hamburg zwei verschiedene Ballkleider einpacken lassen, weil ich nicht wusste, ob mir eher nach klassisch-elegant sein würde oder nach selbstbewusst-wow! Letzteres bedeutet: ein tief ausgeschnittenes, mit unendlich vielen Pailletten besetztes hellblaues Seidenkleid. Es hat meiner Mutter gehört. Nana hat es für mich aus einem Wandschrank geholt und mir feierlich überreicht: „Du bist jetzt alt genug, Angie!"

Die Wahl fällt mir nicht schwer. Heute würde ich sogar ein knallrotes, bauschig-raschelndes Zehn-Meter-Tüll-Kleid tragen. Je prunkvoller, desto lieber. Heute will ich feiern! Meinen letzten Tag im besten Leben, das ich in den letzten Jahren hatte!

Vorsichtig schlüpfe ich in das Kleid meiner Mum.

Es ist erstaunlich, dass man plötzlich fast zu einer anderen Person wird, wenn man andere Sachen trägt. In dem wunderschönen, hell schimmernden Ballkleid fühle ich mich fast so elegant, wie Mum es immer war.

Ich schaue in den Spiegel. Vor mir steht eine erwachsene junge Frau. Ich kann es beinahe nicht fassen. Bin ich das wirklich? Die schüchterne Cara, die vor fünf Monaten hier im Internat angekommen ist?

Allerdings – irgendetwas passt noch nicht. Mit meinem Kopf. Der sieht ... ähm ... noch nicht ganz so erwachsen aus. Wie hat Mum denn ihre Haare gehabt? Hat sie die nicht immer hochgesteckt? Wie steckt man eigentlich Haare hoch? Jetzt – in diesem Kleid – soll alles perfekt sein. ICH will einmal perfekt sein. Dieser Abend, mein Abschiedsabend, soll perfekt sein!

Als Judy ins Zimmer kommt – in einem dunkelgrün glänzenden Taftkleid, auf der linken Seite ärmellos, auf der rechten in eleganten Falten hochgerafft – blimey! –, reißt sie ihre Augen auf. „Cara? Bist DU das?"

Ich ziehe eine Grimasse und zucke mit den Schultern. „Judy, hilf mir! Was soll ich mit meinen Haaren machen? Die kann ich in diesem Kleid doch nicht einfach so hängen lassen, oder?"

Über Judys Gesicht geht ein Strahlen. Ich schätze, genau darauf hat sie gewartet, seit sie ein Zimmer mit mir teilt. „Lass mich mal machen, Sweetie!"

Und Judy macht!

Nach einer Viertelstunde steht eine würdige Erbin des Norden-Imperiums vor mir. Zwar mit einer Menge Nadeln im aufgetürmten Haar (die fallen ja wohl hoffentlich nicht beim Tanzen raus?), aber ... erstaunlich souverän. Zumindest äußerlich.

Innerlich bin ich noch etwas verunsichert. „Äh, sieht das –
ich meine, für mich –, sieht das für mich nicht etwas zu …
aufgedonnert aus?"

„*Aufgedonnert?*", fragt Judy entsetzt. „Willst du mich belei-
digen? Du siehst aus wie frisch beim Cover-Shooting für
die Vogue! Das kann man ja wohl nicht aufgedonnert nennen, das ist *classy*, Honey! Echte Klasse!"

Judy wirkt richtig stolz.

„Danke!", lächele ich. „Wie gut, dass ich mit dir in einem
Zimmer bin!"

Das scheint Judy ehrlich zu rühren. Hat sie auch darauf die
ganze Zeit gewartet? Dass jemand sich freut, sie um sich zu
haben? Oh dear, sie wird doch nicht anfangen zu weinen?
Ich fürchte, auch wenn sie immer so affig und hochnäsig
tut, viele Komplimente bekommt sie wahrscheinlich nicht
im Leben. Schon gar nicht von ihrem herzlosen Rinder-
Daddy, der so wenig Interesse an seiner Tochter hat. Auch
heute wird niemand aus Judys Familie auf dem Ball sein.
Ihr Vater ist mit seiner neuesten Freundin zu einer Party
auf den Cayman-Inseln eingeladen. Ein Event, das offenbar
wichtiger ist.

Zum Glück entscheidet sich Judy zu lachen. „Das beruht
ganz auf Gegenseitigkeit, Darling!"

Ich bringe es nicht übers Herz, ihr zu sagen, dass mein Bett ab morgen wieder frei sein wird. Oder vielleicht möchte ich auch mich selbst nicht schon wieder daran erinnern. Dafür ist ja später noch Zeit.

Arm in Arm gehen wir von Pembroke House zum Schloss rüber, wo die Schüler und Schülerinnen bereits von den Familien erwartet werden. Im an den Ballsaal angrenzenden Green Room – bei uns im Internat so genannt wegen der hellgrünen altmodischen Tapeten und Sofagarnituren – wird Sekt oder Orangensaft als Aperitif gereicht.

Ich halte Ausschau nach David Dunbar. Da, mit einem Glas in der Hand plaudert er ganz entspannt mit einem Herrn und zwei älteren Damen, von denen die eine ... Mich trifft der Schlag! Das ist ja Nana! Und ...!

Ich vergesse glatt meine souveräne und – jaja – absolut classy Titelbild-Aufmachung, raffe meinen bis auf den Boden reichenden Rocksaum hoch, um nicht ziemlich unsouverän zu stolpern (heute Abend *bitte* nicht!), und rase quer durch die Champagner schlürfenden Gäste. „David! Nan! Miss Gwynn! DAD! Ooooooh!"

Ich fühle mich so prächtig und perfekt und einfach wunderbar, dass ich fürchte, gleich wird es Paff machen und ich erwache unsanft aus einem blümchenrosa Traum.

Pippa lacht, als ich ihr das nach dem festlichen Dinner anvertraue. „Ich weiß genau, was du meinst. Aber ich kann dir versichern, das hier ist kein Traum."

Zur Sicherheit zwickt sie mich fest in den Arm.

„Aua! Bist du doof?" Wir kichern beide.

Während wir dem Treiben auf der Tanzfläche zusehen, kommt Abebi zu uns rüber. Hübscher denn je in einem goldfarbenen, knallengen Kleid, das perfekt zu ihr passt.

„Cara, ich wollte mich noch bei dir entschuldigen!"

„Wofür?", frage ich ehrlich erstaunt.

Abebi ist so nett und natürlich und überhaupt nicht angeberisch, dass ich kaum glauben kann, wie eifersüchtig ich am Anfang war. Ich mag sie wirklich gern.

„Na, weil ich in den ersten Tagen ständig mit Moritz rumgehangen habe …", meint sie zerknirscht. „Ich hatte ehrlich keine Ahnung, dass ihr zusammen seid."

Ich lache und würde am liebsten antworten: *Ich auch nicht!* Aber das lasse ich dann doch.

„Total kein Thema!", versichere ich ihr und sehe ihr lächelnd hinterher, als sie schon im nächsten Augenblick von Connor auf die Tanzfläche gezogen wird.

Sie zieht noch schnell eine Grimasse und winkt.

„Die ist echt in Ordnung", grinst Pippa. „Und dein Dad ist der Hammer!"

Sie deutet rüber zu meinem Vater, der gerade mit meiner

Nan eine ziemlich coole Sohle aufs Parkett legt. Ich wusste gar nicht, dass Nana zu Rockmusik tanzt?

Von hinten nähern sich Moritz und Josh.

Ich bin superfroh, dass Moritz endlich weiß, wer Josh ist, und er nicht mehr ständig auf ihm rumhackt und ich mir nicht mehr ständig Ausreden einfallen lassen muss, um Joshs gelegentliche „Aufdringlichkeit" zu entschuldigen. Seitdem sind die beiden übrigens ein Herz und eine Seele.

Als Moritz anfängt, mit Pippa rumzualbern, nutze ich die Chance, um ein paar Worte mit meinem, für alle außer für mich und Moritz ja immer noch ganz geheimen Bodyguard · 307 · zu wechseln. „Sag mal, warum hattest du eigentlich die ganze Zeit so grottige Laune, als wir nach Puddlebrook gefahren sind?"

„Na, hör mal!", grinst Josh entschuldigend. „Kannst du dir das nicht vorstellen? Ist ja wohl verständlich, dass ich nicht gerade wild auf die Aktion war, die mich dort erwartete. Du wusstest ja von nichts, aber ich stand ganz schön unter Druck." Er schüttelt den Kopf und seufzt. „Dass ich da nicht unbedingt die Lockerheit in Person war, kannst du mir vielleicht verzeihen. Ich glaube, ich hatte einfach Schiss, dass was schiefgehen könnte. Ich bin auch nur ein Mensch. Der ja doch eine ziemlich wichtige Rolle in der Sache übertragen bekommen hat. Was, wenn ich dich nicht rechtzeitig aus dem Auto gekriegt hätte? Mann, ich will gar nicht daran denken! Und dann dein Vater! Der hat mir ungefähr stündlich zehn SMS geschickt und *massiv* eingeschärft …"

„Na, worüber redet ihr?" Apple hat sich zu uns gestellt und lächelt Josh zuckersüß an.

Ich muss grinsen. Ich schätze, wenigstens Josh wird froh sein, wenn ich zurück nach Hamburg gehe, weil dann auch seine Zeit im Cornwall College vorbei ist. Der Ärmste war seit Beginn seiner getarnten *Schülerlaufbahn* hier auf der Flucht vor immer neuen Verehrerinnen. Erst Bailey, dann Judy … Und es hört anscheinend nicht auf. (Ich huste mal kurz, weil ich sonst kichern müsste.)

Die Musik wechselt von Rock zu langsamerem Blues (Apple kann ihr Glück nicht fassen, Josh tanzt mit ihr!), und dann spielt die Band plötzlich einen Walzer. Ich nehme an, zu Ehren unserer Gäste der – hihi – etwas älteren Generation.

Mit einem leichten, vielleicht sogar stolzen Lächeln auf den Lippen kommt mein Vater auf mich zu. „Darf ich bitten?"

Er macht eine gekonnte Verbeugung und führt mich auf die Tanzfläche. Walzer ist nicht gerade ein Heimspiel für mich, aber heute ist alles anders.

Wir gleiten über den Parkettboden, als wäre das Leben ein

Märchen. (Danke, Nana, die Tanzstunden haben sich doch noch ausgezahlt!) Oh, was für ein schönes Märchen, ein wahres Märchen!

Ich fühle mich wirklich und wahrhaftig wie Cinderella, die statt *eines* Prinzen gleich *zwei* abgekriegt hat. Na ja, einen wuschelhaarigen, großmäuligen, ganz wunderbar liebenswerten Prinzen und einen richtigen König.

Dad lacht, als Prinz Moritz ihm auf die Schulter klopft.

„Darf man abklatschen?"

„Man darf, junger Mann, man darf!", versichert Dad und schaut uns lächelnd nach, wie wir – in dieser Paarung nicht mehr ganz so federleicht (beim Tanzunterricht hat Moritz wohl nicht sooo gut aufgepasst!), aber umso inniger – weitertanzen.

In Büchern liest man an dieser Stelle immer so was wie: *Sie wünschte, dieser Abend möge nie zu Ende gehen.* Aber genau das wünsche ich mir tatsächlich!

Und das flüstere ich auch Moritz ins Ohr. Kitschig oder nicht.

Moritz grinst. „Er *wird* nie zu Ende gehen. Wir tanzen einfach immer weiter. Bis in alle Ewigkeit! Ich lass dich einfach nicht gehen."

Leider erinnert mich genau das wieder daran, dass nicht nur dieser Abend zu Ende gehen wird, sondern auch meine

Zeit im Cornwall College. Als der Walzer vorbei ist, gehe ich traurig zu unserem Tisch zurück.

„Was ist denn los, mein Herz?", fragt Nana, die dort sitzt, als würde sie Hof halten. „Bist du müde?"

Müde? Im Cornwall College? Niemals!

Und dann erzähle ich ihr, wie schwer es mir fällt, von hier Abschied zu nehmen.

*„Abschied nehmen?"*, krächzt Nana mit einem Blick, der mich in Sorge um sie fast nach ihrem Riechfläschchen greifen lässt. „Ja, aber wie kommst du denn darauf, Angie-Love?"

Sie schüttelt den Kopf. „Miss Gwynn, sagen Sie doch auch mal was!"

Miss Gwynn lächelt. „Ich glaube, da hast du was falsch verstanden, Angie. Die Gefahr ist vorbei. Für immer. Dein Vater hat es geschafft!"

Ich bleibe still. Was will sie mir damit sagen?

„Es besteht kein Grund mehr, dich vor der Welt zu verstecken", höre ich Dad plötzlich hinter mir.

Er hält zwei Gläser mit Erdbeerbowle in der Hand. „Ladys?" Er reicht sie Miss Gwynn und Nana rüber.

Ich verstehe immer noch nicht ganz. Ich traue mich nicht, zu verstehen. „Ich – kann – hier – bleiben? Für immer?"

Dad lacht. „Na ja, ich hoffe, nicht für *immer*! Aber auf jeden Fall, bis du die Schule abgeschlossen hast." Er macht eine Pause und beobachtet mich. „Das heißt, wenn du willst."

Wenn ich will???

„Yiiiiiiiiiiihaaaaaaaaaa!" Sorry, ich glaube, das ist der schlechte Einfluss meiner Cowgirl-Zimmergenossin! (Hihi!)

Doch Miss Gwynn kichert nur, und sogar Nana überlebt meinen Ausruf ohne Ohnmachtsanfall.

Ich muss sofort mit Moritz reden. Und dann mit Pippa. Und überhaupt!

Als ich spät in der Nacht im Bett liege, in dem winzigen Zimmer, in dem nur ein paar Meter von mir entfernt Judy selig schnarcht, kann ich nicht anders – ich schlage Miss Gwynns fliederfarbenes Büchlein auf. Im Schein meiner Taschenlampe schreibe ich:

*Liebes Leben,*
*ich bin glücklich!*

*Deine Cara*

Dies war der dritte Band von

Annika Harper studierte in Hamburg und London und arbeitet als Autorin und in einem Chocolate Shop. „Cornwall College" ist ihre erste Reihe. Sie lebt mit ihrem englischen Mann, zwei Kindern und drei Hunden in einem Cottage in Cornwall.

# Willkommen im Cornwall College!

Annika Harper
**Cornwall College, Band 1:**
**Was verbirgt Cara Winter?**
272 Seiten
Gebunden
ISBN 978-3-551-65281-2

Annika Harper
**Cornwall College, Band 2:**
**Wem kann Cara trauen?**
320 Seiten
Gebunden
ISBN 978-3-551-65282-9

Das Nobelinternat „Cornwall College" in England. Hier sind sie alle, die Kinder der Reichen und Schönen: protzige Prinzen und Glitzergirls, echte Stars und Dramaqueens. Und Cara Winter. Gerade erst ist sie aus Deutschland gekommen. Fast könnte man das unauffällige Mädchen übersehen. Aber Cara hat ein Geheimnis ...

# Liebe geht durch den Magen

**Susanne Fülscher**
**Pasta Mista**
**Band 1: Fünf Zutaten für die Liebe**
320 Seiten
Klappenbroschur
ISBN 978-3-551-65025-2

Liv kann es kaum glauben: Überraschend steht der neue Freund ihrer Single-Mutter vor der Tür, der Italiener Roberto. Schlimm genug, dass Liv nichts von der Beziehung der beiden gewusst hat, Roberto hat auch noch seine 16-jährigen Zwillinge Angelo und Sonia im Schlepptau! Angelo ist ein echter Traumtyp, der Liv kolossal aus der Fassung bringt, seine bildschöne Schwester scheint eine echte Zicke zu sein. Aber immerhin verbindet Liv und Roberto die Leidenschaft fürs Kochen.

www.carlsen.de

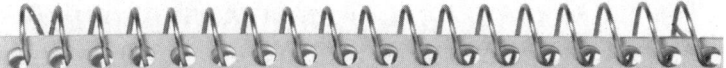

# Wünsch dir was! Sommer, Liebe, Freundinnengeflüster und eine märchenhafte App ...

Leni, 14, ist bis über beide Ohren in Nick verliebt. Dumm nur, dass der auf dünne Blondinen steht – und Leni zu gern Pizza mit extra viel Käse isst. Amelie, 14, ist verzweifelt: Ihre Eltern wollen sich scheiden lassen! Und Paula, 15, hat einen Traum: Schauspielerin werden! Alle drei hoffen auf ein Wunder. Oder auf die App „Sternschnuppengeflüster". Denn die macht ein unglaubliches Versprechen: „Bis zum Ende der Sommerferien werden all deine Wünsche in Erfüllung gehen ..."

Sophie Cramer
**Sternschnuppengeflüster**
288 Seiten
Gebunden
ISBN 978-3-551-65184-6

# Zwei Mädchen. Zwei Pferde.
# Ein dunkles Familiengeheimnis.

Sabrina J. Kirschner
**Zwei Herzen – eine Pferdeliebe**
**Band 2: Maries Geschichte**
352 Seiten
Gebunden
ISBN 978-3-551-65230-0

Marie hat alles, wovon andere nur träumen. Sogar ein eigenes Pferd! Bis sie bei einem Unfall ihr Gedächtnis verliert. Plötzlich ist nichts mehr wie vorher. Denn Marie wird verwechselt und landet auf einem Schüler-Reiterhof. Dort entdeckt sie Dark Shadow, ein junges, wildes Pferd, das nur sie zu verstehen scheint. Gemeinsam mit Robbie, dem Sohn des Besitzers, kümmert sie sich um ihn.
Doch langsam kommt auch Maries Erinnerung zurück – und ein dunkles Geheimnis ans Licht ...

„Cornwall College" gibt es überall im Buchhandel
und auf www.carlsen.de

# FOLGE UNS AUF INSTAGRAM!

FSC MIX Papier aus verantwortungsvollen Quellen FSC® C014496 www.fsc.org

© Carlsen Verlag GmbH, Hamburg 2019
Umschlag: Christiane Hahn
Lektorat: Kerstin Weber
Satz: Pinkuin Satz und Datentechnik, Berlin
Lithografie: Margit Dittes Media, Hamburg
Herstellung: Constanze Hinz

ISBN 978-3-551-65283-6